KB001158

젊은
　　　근희의
행진

젊은
근희의
행진

이서수
소설

은행나무

차례

미조의

시대

나에게 그 회사를 추천해준 사람은 수영 언니였다. 언니는 구로공단역이 구로디지털단지역으로 바뀌기 전부터 구로에 살았고, 직장도 그곳에서만 구했다. 대학 시절 매일 산책하던 천변을 지금까지도 매일 걸었다. 언니의 꿈은 웹툰 작가였지만 회사에서 요구하는 그림을 그리는 어시스턴트가 될 수밖에 없었는데, 다소 수위가 높은 성인 웹툰을 그려야 했다. 언니는 그 일을 시작한 지 반년 만에 탈모약을 먹기 시작했다.

내가 경리직으로 지원한 회사 역시 웹툰과 웹소설을 제작하는 회사였다. 구로디지털단지역에서 도보로 10분 거리였고, 언니 말로는 동종 업계에서 다섯 손가락 안에 드는 회사라고 했다. 역에서 회사로 걸어가는 길에 테크노타워, 포스트, 밸리 등의 이름이 붙은 거대한 건물들이 잇따라 보였다. 그리 삭막한 풍경은 아니어서 짧게 안도했다.

관리팀 차장은 사십대 후반의 남자였다. 그는 내 이력서를 들여다보며 고심하더니 이직과 퇴사가 잦은 이유를 상세히 설명해보라고 했다. 그것부터 묻는 것을 보니 이번에도 떨어질 게 분명하다고 직감했다.

첫 번째 직장에 다닐 때 엄마가 수술을 하셨는데 제가 간호할 수밖에 없는 상황이었습니다.

차장은 곧바로 다른 가족은 없는지 물었다. 없다고 답하려다가 흠칫 놀랐다. 실은 없는 게 아니지 않은가. 이력서에도 적혀 있듯 충조는 분명히 존재하는 인물이었다. 가족으로 볼 수 있는지가 의심스럽긴 하지만.

오빠가 있는데 멀리 살아요.

차장은 그러면 간병인을 쓰지 그랬느냐고 집요하게 물었다. 첫 질문부터 파고드는 것을 보니 여간 깐깐한 사람이 아닌 것 같았고, 벌써부터 그와 함께 일하기가 싫어졌다. 차장은 두 번째 직장에선 왜 이런 거냐고 물었다.

6개월 근무하고 경영 악화로 퇴사를 권고받았는데, 그 뒤에 아르바이트생으로 다시 일해줄 수 있겠느냐는 부탁을 받아서 반년 동안 아르바이트생으로 일했습니다.

잘라놓고 알바로 썼다고요?

차장은 나를 멍청한 여자애로 보는 듯한 눈길을 던지더니, 세 번째 직장에선 왜 이런 거냐고 물었다.

통근 시간만 네 시간 가까이 걸려서 어쩔 수 없이 퇴사했습니다.

차장은 이렇게 먼 회사를 생각 없이 들어간 것부터가 잘못이라고 했다. 합격한 곳이 그곳밖에 없어서였다고 말하고 싶었지만 참았다. 그러자 차장은 네 번째 직장에선 또 왜 이런 거냐고 물었다. 이력서에 쓰여 있는 그대로였다. 더 설명할 것도 없었다.

경영 악화로 퇴사를 권고받았습니다. 대답을 마치고 곧바로 짤막한 손톱만 내려다보았다. 그러고 있는 동안 내가 누군지, 이곳은 어디인지 헷갈렸다. 순간적으로 현재를 상실했다. 이게 말로만 듣던 압박 면접인 걸까? 그건 구시대의 유물이 되어 사라졌다고 들었는데 눈앞의 저 남자는 그런 소식을 혼자서만 듣지 못한 것 같았다.

세 달 만에 그랬다고요? 마지막 직장도 경영 악화로 퇴사했다고 되어 있는데?

나는 그렇다고 답했다. 회사가 망한 것이 내 잘못은 아니지 않은가. 요즘엔 그런 회사가 많다고 덧붙이려다가 말았다. 차장은 침통한 표정으로 고개를 숙이고 있다가 희망 연봉을 물었다. 그리고 내가 입을 열기도 전에 먼저 말했다. 우리가 원하는 사람은 같은 업무를 오랫동안 해줄 사람인데, 알고 오셨죠?

물론 알고 왔다. 이제껏 모든 걸 직설적으로 물어놓곤 자기에게 불리한 상황이 오니 예의를 차리며 우회적으로 묻고 있었다. 나는 잘 알고 왔노라고 답했다. 이젠 놀라지도 않는다. 업무의 난도가 높지 않고, 10년이 지나도 똑같은 업무를 해야 한다. 그러므로 많은 돈을 줄 수 없다. 연차가 쌓이면 승진은 가능하지만 그걸 바라면 위험해지게 될 것이다. 너를 자르고 신입을 뽑아도 급여 정산 정도는 충분히 맡길 수 있다. 너는 그걸 알고 있어야 한다. 거의 모든 회사에서 들어온 말이었다.

차장은 다시 압박 면접으로 돌아가, 더존 프로그램은 당연히 쓸 줄 알죠? 라고 물었다. 예상하지 못한 말은 아니었으나 예상하지 못한 자신감 하락이 찾아왔다. 나는 떳떳하지 못한 목소리로 말했다. 예전에 다녔던 회사들은 세무사 사무소에 자료를 넘기는 방식이었습니다.

차장은 긴 한숨을 내쉬었다. 그의 얼굴은 여긴 왜 왔냐고 묻고 있었고, 나의 얼굴은 나를 왜 불렀냐고 묻고 있었다. 우리는 서로가 원하는 답을 듣지 못한 채 헤어졌다. 두 번 다시 만날 일이 없을 거라는 강렬하고도 반가운 예감이 들었다.

텅 빈 복도를 걸어 엘리베이터로 향하는데 엄마에게서 전화가 걸려왔다. 엄마의 전화는 시간대를 가리지 않고 석양처럼 슬픈 기운을 몰고 왔다.

　─미조야, 조금 전에 집주인이 찾아왔어.

　나는 알겠다고 답한 뒤 전화를 끊었다. 엘리베이터 벽면 거
울에 비친 얼굴을 보니 유적지에 돋아난 누런 잡초 같은 안색
이었다. 이런 몰골로 잘도 면접을 봤다. 아니면 면접을 봐서
이런 몰골이 되었나. 어쨌든 지금은 집 문제가 우선이므로 그
것에 대해 생각해야 한다. 작년에 골목에 현수막이 걸리기 시
작하면서부터 각오는 했다. 재건축이 시작되면 주인에게서
무슨 말이 있을 거라고 미리 귀띔을 해두었는데도 엄마는 몹
시 당황한 목소리였다. 이곳을 떠나면 반지하로 가야 한다는
걸 엄마도 알고 있는 것이다.

　5천만 원으로 서울에서 전셋집을 구하겠다고? 수영 언니
는 내 잔에 소주를 따라주다가 놀란 어조로 물었다. 오늘도 성
인 웹툰을 그리다가 온 언니는 지난번 보았을 때보다 낯빛이
더욱 어두웠다. 새로 시작한 작업이 이전에 맡았던 것보다 더
심각한 내용이라고 했다. 변태적이고 가학적인 성행위를 즐
기는 남성이 주인공으로 등장하는 웹툰이었고, 그걸 그리며
언니는 매일 힘들어했다. 사장은 대박이 확실한 작품이라고
어시들을 독려했지만 거의 모든 어시가 여성이었기에 분위기
는 언제나 좋지 않았다. 다들 힘들어했다. 작업을 하다가 엎드

려 우는 동료도 있었고, 우울증 약을 먹는 동료도 있었다.

받아들여. 어딜 가든 마찬가지야. 어머니께도 그렇게 말씀드리고. 언니는 언니다운 해결책을 내놓았고, 나는 대답 없이 고개만 저었다. 그게 가능하면 고민도 안 했겠지. 엄마가 어떤 사람인지는 언니도 알았다. 충조의 잘못도 있었고, 엄마의 잘못도 있었지만 결론적으론 내가 잘해야 되는 문제로 귀결되었던 지난날을 언니도 다 알았다.

언니는 좋겠다. 언니 엄마는 어딜 가든 혼자서도 잘 사시잖아.

언니는 손을 내저었다.

우리 엄마는 너희 엄마보다 나이가 훨씬 많잖아. 혼자 사는 노인한텐 집주인들이 집을 잘 안 주려고 해.

왜?

언니는 잠깐 머뭇거리다가 말했다.

고독사할까봐.

나는 언니가 있는데 왜 고독사를 하겠냐고 묻지 못했다. 언니 역시 어묵 국물을 휘저으며 생각에 잠겼다. 우리는 우리의 엄마들이 고독사할 가능성을 점쳐보고 있었다. 언젠가 우리는 K-장녀로서의 의무를 저버리고 캐리어를 끌고서 훌쩍 떠나버릴지도 모른다. 취하면 가끔 그런 얘기를 했다. 내가 아는 섬이 있는데, 거기 가서 같이 살자. 물고기나 잡아먹으면서. 언니가 그렇게 말하면 나는 우리가 그 비린 것들을 매일 먹을 수 있을 리가 없다고 반박했다. 언니는 지금도 밤 9시만 되면 KFC 1+1 치킨을 먹기 위해 집을 나서지 않느냐고 덧붙이면서. 그런 말을 하며 우리는 함께 웃었다. 편의점 맥주와 스낵 봉지를 부려놓고. 우리의 낙이 네 캔의 맥주를 기막히게 잘 조합해 골라오는 것뿐일지라도 함께 있는 자리에선 자주 웃었다. 마주 보고 웃다 보면 더 많이 웃게 되었다. 그런 밤이면 언니는 취한 목소리로 말했다. 너만 있으면 괜찮을 거 같아. 외딴 섬이어도, 와이파이가 없어도.

어묵탕은 점점 식어갔고, 부탄가스도 다 소진되었는지 불이 다시 붙지 않았다. 우리는 탕이 차가워질 때까지 말없이 앉아만 있었다.

술자리는 맥없이 끝났다. 가게 안에 가득 들어찬 사람들을 보며 별세계구나, 자꾸 그런 생각이 들었고 언니 역시 같은 생각이 든다고 했다. 자리에 앉자마자 QR코드 인증부터 마쳐야 했는데, 이렇게 많은 사람들이 붙어 앉아 술을 마시고 있으니 과연 안전할까 싶었다. 마스크를 쓰고 밖으로 나와 미니스톱으로 걸어갔다. 언니와 깔깔거리에서 술을 마실 때마다 습관처럼 레종 프렌치블랙을 사곤 했다. 언니는 3년 전에 담배를 끊었는데 탈모약을 복용하면서 다시 흡연자가 되었고, 나는 술집 – 레종 루틴을 몇 번 반복하다 결국 흡연자가 되어버렸다.

나란히 서서 담배 연기를 피워올리고 있는 동안 눈앞으로 마스크를 쓴 회사원들이 무리지어 지나갔다. 다들 술집으로 들어가는 중이거나, 나오는 중이거나 했다. 바닥엔 '오피돌 2만 원'이라고 크게 적힌 전단지가 수십 장 깔려 있었다. 셔츠만 입은 리얼돌의 얼굴을 사람들이 밟고 지나갔다. 그걸 물끄러미 보고 있는데 언니가 옆구리를 쿡 찔렀다. 야, 저기 좀 봐.

언니가 가리킨 여자는 복장부터 기묘했다. 캉캉치마처럼 겹겹이 단을 댄 짧은 치마에 머리를 양 갈래로 높게 묶고 리본 장식이 달린 무릎 양말을 신고 있었는데, 그런 차림새로 돌아서는 여자의 얼굴은 사십대 후반에 가까웠다. 여자는 회사원 무리를 기웃거리며 끊임없이 말을 걸었다. 야, 마약이라도 파는 거 같다. 수상해. 언니가 그쪽으로 걸어가더니 핸드폰을 들여다보는 척하며 여자의 등 뒤에 섰다. 나는 언니가 그러고 있는 게 웃겨서 혼자 계속 웃었다. 다시 곁으로 돌아온 언니가 말했다. 계속 같은 말만 하네. 언니는 내가 무슨 말이냐고 물어도 대답을 않더니 지하철역으로 걸어가는 길에 알려주었다. 전단지를 찔러주면서, 다 됩니다, 다 돼요, 계속 이 말만 했어. 언니는 짧고 날카롭게 웃었다.

그게 무슨 뜻인데? 나는 뒤미처 무슨 뜻인지 깨닫고 인상을 찡그렸다. 언니는 뭘 그런 걸로 심각해지냐고 말했다. 난 이제 아무렇지도 않아. 넌 내가 온종일 어떤 걸 그리는지 알면 기절할걸.

나는 오래전부터 입속에 굴러다니던 말을 결국 꺼내놓았다. 언니는 그런 일을 왜 계속해?

미조야, 너도 오늘 면접 본 회사에 들어가면 알게 될 텐데, 성인 웹툰은 오너의 최후의 방패 같은 거야. 매출 100억 정도 올리는 건 쉽거든. 그러므로 어느 회사를 가든 어시는 마음의 준비를 하고 있어야 돼. 어딜 가나 똑같다는 거야. 다 마찬가지야.

또 저 말버릇. 다 마찬가지라는 말. 그러니 마음의 준비나 단단히 해야 한다는 말. 언니는 그 말을 하면 자기가 되게 어른스러워 보이는 줄 아는 모양인데 사춘기 소녀처럼 보일 때가 더 많았다. 언니의 말을 곧이곧대로 믿기도 힘들었다. 오너의 최후의 방패라기보다 언니의 최후의 방패 같았다.

정말로 다 똑같다고?

언니는 선뜻 대답하지 못하고 내 눈길을 피했다.

난 그런 회사 다니기 싫은데.

넌 장부 정리만 하면 되는데 무슨 상관이니?

나는 언니를 그만 보내고 싶었다. 그리고 구로엔 두 번 다시 오고 싶지 않다는 생각도 했다. 어차피 면접 본 회사에서 연락이 올 가능성은 없었고, 영세하고 사양산업인 제조업이 많긴 해도 원래 다니던 회사들이 더 나을 것 같았다. 언니는 내 말에 눈을 동그랗게 떴다.

너 취했니? 우리 회사 영업 이익률이 얼마나 높은데. 매출도 앞으로 올라갈 일만 남았어. 이런 회사는 앞으로 10년은 탄탄하지. IT회사잖아. 안 그래?

나는 그게 왜 IT회사냐고 물으려다가 말았다. 언니를 두 번 다시 안 볼 것도 아니고, 엄마와 집 얘기도 해야 했다. 아직 하루가 끝나지 않았고 어쩌면 지금부터 시작인지도 몰랐다. 언니는 내 표정을 살피더니 어깨를 어루만졌다.

잘 들어가. 집도 잘 구해보고. 언니는 어림도 없을 거라는 어투로 말했다. 만일 서울에서 구할 수 없으면 부천이나 인천에도 가봐. 이부망천이라는 말도 있잖아.

그런 말은 처음 들어봤다. 삼도천과 비슷한 뜻인가? 집 못 구하고 죽기 전에 어딜 건너가라는 뜻인가? 언니는 그런 뜻이 아니라고 했다.

근데 그것도 다 옛말이야. 이젠 아파트도 많이 올라가고 달라졌어. 청약통장은 있니?

없어.

우리는 그런 것도 안 하고 여태 뭐 했을까?

언니는 깔깔거리며 웃었다. 뒤늦게 술기운이 올랐는지 자꾸만 웃더니 역사에서 담배를 빼어 물고 손을 흔들며 다급히 돌아섰다. 천변을 걸으며 담배를 피우려는 거겠지. 언니는 밤마다 물가를 걷고, 그런 지가 벌써 10년째다.

　엄마는 침대 끝에 걸터앉아 노트북을 들여다보고 있었다. 저걸 언제 주었더라. 수영 언니가 쓰던 것을 받아서 준 거였다. 화면이 크다는 것을 제외하면 배터리 상태도 그렇고 쓸 만한 물건이 아니었는데도 엄마는 그 노트북을 사랑했다. 거의 유일한 친구였다. 포털 사이트에서 온갖 가십거리를 읽고 기억해두었다가 귀가한 나를 따라다니며 말해주는 낙도 있었지만 더 중요한 건, 그 노트북으로 시를 쓰고 있다는 거였다.
　중증 우울증 판정을 받았을 때 엄마에게 노트북을 가져다주며 뭐든 써보라고 했다. 나에게 일기를 쓰면서 마음을 다독이는 습관이 있었기에 엄마도 그렇게 해보길 바라서였다. 엄마는 긴 글은 쓰기 싫어했고, 단상 같은 것을 기록하기 시작하다가 나중엔 시를 썼다. 그게 시라고 생각하는 사람은 나밖에 없을 거라고 엄마는 말했다.
　정말 너밖에 없을 거야. 너는 이게 시로 보이니?
　응, 아무리 봐도 시로 보여.
　그때부터 엄마는 거의 매일 한 편씩 시를 썼다.
　주인이 빨리 나가라는데 우리 이제 어쩌니. 그렇게 말하는 엄마의 얼굴은 다행히도 그리 어두워 보이지 않았다. 눈길이

모니터에 고정되어 있는 걸 보니 오늘 쓴 시를 읽어주고 싶은 눈치였다. 나는 재킷을 벗어 옷장 안에 걸면서 물었다. 오늘도 시 썼어?

주인 여자가 왔다 가고 마음이 뒤숭숭해서 동네를 걷는데 시가 막 떠오르는 거야. 이젠 걸을 때도 떠올라. 왜 이런지 모르겠어.

읽어줘봐.

나는 잘 닫히지 않는 옷장 문을 손바닥으로 꾹꾹 누르며 말했다. 내 방은 작아서 옷장이며 책장이 모두 조금 더 큰 엄마 방에 있었다. 대학 시절 읽은 책들을 한 권도 버리지 못하고 모아놓은 책장도 있었는데 나보다 엄마가 더 아꼈다.

들어볼래? 엄마는 목소리를 가다듬었다. 자작시를 낭송할 때마다 엄마의 어조는 비극적인 대서사시를 읽는 것처럼 웅장해졌다. 그런 목소리로 엄마는 오늘 저녁에 쓴 시를 읽었다. 부대찌개를 앞에 둔 시무룩한 체코인 종이컵에 꼬인 백 마리의 개미 버려진 네 짝의 장롱 중 두 짝은 돌아서 있는 것과 열차 안에 나와 갇힌 사람들 수족관 속 겹겹이 쌓여 있는 게와 같다면 집게발로 너를 쿡 찌를까. 거기까지 읽더니 엄마는 말이 없었다.

끝이야?

떡집에서 못 팔고 버린 떡 같은 하루.

나는 엄마를 돌아보았다. 엄마의 눈길은 여전히 모니터에 고정되어 있었다. 떡집에서 못 팔고 버린 떡 같은 하루라…….

나는 나의 하루와 엄마의 하루가 얇은 유리창을 사이에 두고 겹쳐지는 광경을 떠올렸다.

너는 이게 시 같니?

응. 시 같은데.

그러니. 너는 시를 잘 아는구나.

아니야. 잘 몰라.

아니야. 너는 시를 잘 알아. 엄마는 강조하듯 그렇게 말하더니 노트북을 덮으며 어서 씻으라고 했다. 엄마의 가장 중요한 일과가 끝난 것이다.

세수를 하며 엄마의 시를 떠올렸다. 체코인과 돌아선 장롱과 버려진 떡 그리고 또 뭐였더라. 나머지는 생각나지 않았다. 엄마는 왜 그런 시를 쓰는 걸까. 목격한 것들을 나열하는 것뿐인지도 모르지만 엄마가 부대찌갯집에서 체코인을 봤을리 없고, 그 전에 이 동네에 체코인이 왔을 리도 없다. 왔다고 하더라도 체코인이라는 걸 어떻게 단박에 알아볼 수가 있나. 버스를 탔을 리도 없다. 마스크를 꼭 써야 하는 세상이 된 뒤로 엄마는 동네를 벗어난 적이 없었다. 마을버스 종점까지였던 엄마의 생활 반경은 이제 집 근처를 거의 벗어나지 않았다. 종점에 가본 것도 용기를 내서 한 일이었다. 아무런 목적 없이 종점에서 내려 조금 걷다가 다시 버스를 타고 돌아왔지만, 엄마는 바다를 보러 가는 것처럼 들뜬 마음이었다고 했다. 종점이 바다 같았어. 나는 엄마를 도무지 이해할 수 없었지만 그걸 시로 써보라고 대꾸했다.

어쩌면 나는 엄마에 대한 몰이해의 장벽에 시를 세우고 있는 건지도 모른다. 첫째 딸은 나지만 둘째 딸은 시인 것이고, 그렇게 존재하지도 않는 둘째 딸에게 내 역할의 일부를 떠넘기고 있는 건지도. 엄마가 입버릇처럼 말하는, 이럴 줄 알았으면 딸 하나 더 낳을걸 그랬다는 후회를 시로 해결해보라고 등 떠미는 건지도.

세수를 마치고 나서야 충조를 까맣게 잊고 있었다는 걸 깨달았다. 정신머리 없는 놈. 아빠는 충조를 볼 때마다 그렇게 말했다. 아빠의 가게에 가서도 일을 돕기는커녕 〈생생정보통〉을 넋 놓고 보는 충조를 가리키며 아빠는 이렇게 말하곤 했다. 저놈 지금 또 정신이 나갔다. 나갔어. 충조는 그런 말을 들어도 아무런 반응을 보이지 않았다.

방으로 들어오자마자 언니에게 잘 들어갔느냐고 톡을 보냈다. 답장은 오지 않았다. 읽었음에도 답장이 없는 걸 보니 아직 도림천을 걷고 있는 중인 듯했다. 자려고 누우니 뒤늦게 답장이 왔다. 언니의 답장을 읽다가 문득 엄마와 언니를 만나게 해줘야 하나, 그런 생각이 들었다.

미조야, 나는 글도 잘 쓰고 그림도 잘 그려서 뭐라도 될 줄 알았는데 지금 이렇게 레종과 도림천에 버려져 있다. 미조야, 나는 예쁘지도 않고 날씬하지도 않은데, 그게 한 번도 걱정된 적은 없는데 지금 담배가 다 떨어져가고 있는 게 너무 걱정된다. 이게 돗대야. 잘 자라.

나는 피식 웃다가 모로 누웠다. 언니는 뜬금없는 말을 종종 했고, 엄마가 시를 쓰고 있다고 말할 때마다 "멋지다, 정말 멋진 분이시다"라고 말해주었다. 엄마와 언니가 모녀였다면 어땠을까. 아주 재미난 풍경이었겠다고 생각하며 눈을 감았다가 흠칫 놀라며 다시 떴다. 충조에게 전화하기로 했지. 그런데 충조에게 전화하는 건 너무나 싫은 일이었다. 그래도 나는 이불을 걷고 일어나 앉았다. 충조에게 전화를 하자. 집이 이렇게 되어버렸다고 알리자. 장남인데 설마 또 정신머리 없이 굴지는 않겠지.

결국 충조에게 전화를 걸었다. 신호음이 울렸고, 계속 울렸다. 끊고 다시 걸었다. 신호음이 울렸고, 계속 울렸다. 끊고 다시 걸려다가 말았다. 오늘은 포기다. 어쩌면 충조는 나의 전화에서 일몰처럼 불길하고 슬픈 기운을 느끼는지도 모른다. 우리 가족은 이런 기운으로 서로를 그늘지게 하는 건지도. 그래, 충조야. 전화받지 마. 받으면 너도 뭔가를 해야 될 테니까.

걱정과 달리 놀랄 정도로 푹 잤다.

*

낙성대역 인근 전셋집이 눈에 들어왔다. 가격이 얼추 맞았고, 위치도 좋았다. 물론 반지하였지만. 언니 말대로 5천만 원으론 지상의 집을 구할 수 없었다. 곁에서 함께 부동산 사이트를 들여다보고 있던 엄마는 바닥에 누워버렸다. 이제 빨래를 어떻게 말린다니. 엄마는 빨래 때문에 걱정이 태산이었다. 고작 빨래 문제만 걱정하는 게 이상하게도 안심이 됐다.

빨래방 가서 건조기로 말리면 되니까 걱정 마. 어딜 가든 살아. 다 마찬가지야. 나는 수영 언니나 할 법한 말을 엄마에게 해주었다. 엄마에게 맡겨놓으면 또 집에 와서 버려진 떡 같다는 시나 쓸지도 모르니 내가 적극적으로 움직여야 했다.

사이트에 올라온 낙성대 집은 꽤 널찍하고 깨끗해 보였다. 사진으로 보니 싱크대며 창호가 새것처럼 말끔했다. 반지하여도 밝아 보인다. 새집 같네. 엄마도 연신 그렇게 말했다. 곧바로 부동산에 전화를 걸었다. 전화를 받은 남자는 일단 사무실로 나오셔야 한다고 정중하게 말했다. 지나치게 정중해서 사기를 치려는 게 아닐까 의심스럽기까지 했다. 하긴, 사기도 돈이 있는 사람이나 당하는 거지.

부동산은 역에서 멀지 않았다. 비좁은 공간에 여덟 명의 남자들이 책상을 마주 붙여놓고 이열횡대로 앉아 있었다. 이렇게 직원이 많은 부동산은 처음이었다. 엄마도 놀란 눈치였다. 좌방석이 푹 꺼진 소파도 없었고, 동네 사랑방처럼 차나 한잔하고 가라는 분위기도 아니었다. 누가 사장인지 알 수 없을 정도로 죄다 젊었다. 낙성대 집 물건을 보러 왔다고 말하자마자 젊은 남자가 의자에서 일어나더니 옆에 놓인 두 개의 맹꽁이의자를 가리켰다. 문득 교무실로 불려가 성적 때문에 꾸지람을 들었던 순간이 떠올랐다. 그때도 이렇게 불편한 자세로 앉아 담임이 가리키는 모니터를 들여다봤는데. 엄마는 이런 상황이 신기한 듯 통화 중인 다른 남자들을 대놓고 쳐다보았다. 콜센터라고 해도 믿을 수 있는 풍경이었다.

남자는 모니터에 부동산 사이트를 중복해서 띄우더니 매물을 급하게 보여주었다. 뒤에서 누가 쫓아오기라도 할 것처럼 설명이 무척 빨랐다. 젊어서 그런가. 나도 젊으면서 그런 생각을 했다. 금액이 맞는 곳은 한 군데밖에 찾을 수 없었다. 낙성대 집, 오로지 그 매물밖에 없었다. 남자가 말했다. 이거 하나만 보시겠어요, 아니면 금액을 좀 더 올려볼까요.

엄마는 마스크를 눈 아래까지 끌어올리고 대답 없이 허공만 쳐다보았다. 절반 가까이 되는 남자들이 마스크를 내리고 통화에 열중하고 있었다. 엄마가 걱정되어 먼저 나가 있으라고 했더니, 기다렸다는 듯 얼른 밖으로 나갔다.

나는 다른 물건도 더 보겠다고 말했다. 남자는 5천만 원에서 7천만 원 사이의 전셋집을 일일이 클릭하더니 볼 것인지, 패스할 것인지 빠르게 물었다. 스피드 퀴즈처럼 획획 지나가는 사진을 보며 결정 내리는 건 여간 힘든 게 아니었다. 조금만 뜸을 들여도 남자는 마우스를 톡톡 두드렸다. 사진만 봐선 죄다 멀쩡해 보였다. 뭐가 뭔지 구별할 수 없을 정도로 많은 집을 본 뒤에야 겨우 네 군데를 골랐다. 남자와 함께 밖으로 나오니 엄마는 모퉁이에 서서 두 손을 맞잡은 채 고개를 숙이고 있었다. 남자는 SUV를 가리키며 말했다. 걸어서 보러 다니긴 힘드실 거예요.

남자는 거칠게 운전했다. 차에 오른 지 3분 만에 첫 번째 원룸에 도착했다. 우리가 마음에 들어 했던 집이었다. 남자를 따라 계단을 내려가는데 센서등이 켜지지 않아 어둡고 긴 동굴 속으로 들어가는 것 같았다. 매일 이 복도를 오가야 한다고 생각하니 모든 게 꿈만 같았다. 내가 살 집을 구하는 게 아니라, 꿈속의 내가 집을 구하고 있는 광경을 훔쳐보는 듯한 기분이 들었다.

남자가 문을 열자마자, 벽이 보였다. 사진으로 본 것과 달랐다. 둘러볼 것도 없이 문가에 서서 한눈에 확인할 수 있는 집을 두고 나는 자세히 둘러보는 척했다. 광각으로 찍은 사진이었구나. 당했다.

곁에 서 있는 엄마가 떠올랐다. 엄마는 그림자처럼 아무런 소리 없이 신발장 앞에 가만히 서 있었다. 엄마도 이 모든 게 꿈 같다고 생각하려나. 아니면, 버려진 떡 같다고.

방은 비어 있었고, 몇 걸음 가지 않아 벽이었고 창이었는데, 창문을 여니 행인들의 발이 눈높이에서 보였다. 밖으로 고개를 내밀었다간 그들의 발길에 차일 것 같았다. 신기하게도 내가 걱정했던 건 차이는 내가 아니라 나를 차는 그들이었다. 걷다가 다른 사람의 머리를 차면 얼마나 당황스러울까.

남자는 내 눈치를 살피다가 물었다. 어떠세요?

어떨 거 같으냐? 나는 입을 열 기분이 아니었지만 뭐라도 말해야 할 것 같아서 관리비가 얼마인지 물었다. 지성 있는 여성처럼 행동하자.

남자는 관리비가 있는데 조금 저렴한 편이라고 했다.

얼만데요.

아, 지성 없는 목소리잖아. 나는 재빨리 미소를 덧붙였다.

8만 원이요.

나는 미소를 지웠다. 우리가 내고 있는 관리비는 수도세

1만 5천 원이 전부였다. 갑자기 아무것도 하기 싫어졌다. 눕고 싶었다. 바닥에 그냥 눕고 싶었다.

엄마는 참지 못하고 관리비가 왜 그렇게 비싸냐고 물었다.

근방에선 저렴한 편이에요. 10만 원 넘는 곳도 많아요.

이게 무슨 냄새지? 엄마는 남자의 말은 듣지도 않더니 갑자기 감자조림 냄새가 난다고 말했다. 그 말을 기쁜 듯이 해서 나뿐만 아니라 남자도 어리둥절한 표정이 되었다. 엄마의 말대로 감자조림 냄새가 나긴 했다. 처음엔 미미했지만 점차 진해졌다. 확실히 감자조림 냄새였다. 때마침 옆방에서 달그락거리는 소리가 들려왔다. 환기 장치를 타고 음식 냄새가 고스란히 넘어오는 것 같았다. 나는 밖으로 먼저 나갔다. 냄새의 침입이 공간의 섞임으로 연결되는 상황이 더럽고 치사한 종류의 범죄처럼 느껴졌다.

침해하지 말라고. 이게 어렵나?

각자 그 자리에서 독립적으로. 이게 어렵나?

머리 차일 일 없이. 네가 먹는 반찬 내가 알 일도 없이. 이게 어렵나?

고작 한 군데를 보았을 뿐인데 피로감이 엄습했다.

남자의 차를 타고 두 번째 집으로 향했다. 남자는 룸미러로 내 표정을 살피며 말했다. 여긴 반지하는 아니에요.

그는 나에게 집을 소개해주며 점차 자신을 장물아비로 느끼는 것 같았다. 떳떳하지 못한 물건을 보여주며 사라고 권유하는.

　두 번째 집은 오늘 보기로 한 집들 가운데 가장 비싼 집이었다. 어차피 계약할 수도 없는 집이었지만 궁금한 마음이 들었다. 엄마도 보지 말자는 말이 없었다. 감자조림 냄새를 맡은 뒤론 약간 들떠 보이기까지 했다. 오늘은 어떤 시를 쓸지 벌써부터 궁금했다. 옆집에서 못 먹고 버린 쉰 감자 같은 하루였다고, 그렇게 쓰려나.

　남자를 따라 계단을 올랐다. 계단을 오르는 것만으로도 마음이 점차 안정되는 신기한 체험을 했다. 이 집을 설계한 사람의 인간적인 면모마저 떠올리게 되었다. 이타주의자. 휴머니스트. 누군가를 쉬게 해주기 위해 만든 집인지, 금전적 가치로 환산한 만큼의 공간에 욱여넣기 위해 만든 집인지 명확하게 느껴졌다.

　기다란 복도 양쪽에 각각 네 개의 문이 있었다. 남자가 문을 열자 이번에도 벽이며 창이 곧바로 보였다. 그래도 여긴 책상이 있었고, 변기 위쪽에 샤워기가 있는 구조도 아니었다. 그러나 이번에도 엄마와 함께 살 수 있는 크기는 도무지 아니었다. 남자가 내 눈치를 살피더니 말했다. 책상은 빼셔도 돼요. 그럼 좀 넓어져요. 곧바로 엄마가 제지하듯이 말했다. 내가 써요.

남자는 깜짝 놀라며, 어머님과 같이 사실 집이냐고 뒤늦게
물었다. 나는 그런 걸 먼저 설명할 필요는 없다고 생각했는데
어쩌면 창피해서 그랬던 건지도 몰라서 대답 없이 고개를 돌
려버렸다. 남자는 방이 좀 작을 수도 있지만 그래도 볕이 드
는 방이어서 괜찮을 거라고 말했다. 태도가 눈에 띄게 조심스
러워졌다.

지성 있는 여성인 척도 더 이상 못하게 됐다. 지금은 지성
이 아니라 생활력을 보여줘야 할 때였다. 관리비를 좀 깎는다
거나, 보증금을 조정한다거나.

그때 엄마가 갑자기 스위치를 내렸다. 이내 방은 어둠 속에
잠겼다. 엄마가 당황하며 말했다. 이상하네. 왜 어둡지?

나는 볕이 드는 방이어서 괜찮을 거라고 말했던 남자를 돌
아보는 대신 곧바로 창문을 열어보았다. 높다란 회색 벽이 눈
앞에 우뚝 서 있었다. 오르막길에 있어 앞쪽에선 1층으로 보
이지만, 뒤쪽에선 반지층인 집이었다. 남자는 헛기침을 했다.

거짓말까지 하는 장물아비가 되다니. 나는 남자를 짧게 노
려보았다.

집으로 돌아오는 내내 우리는 말이 없었다. 엄마는 지친 듯
눈을 내리깔았고 나는 그제야 엄마의 속눈썹에 맺힌 감정을
보았다. 우리는 가난해도 너무 가난했다. 하지만 둘 다 그걸

인정할 수 없었는데 자존심 때문만은 아니었다. 서울에서 우리가 함께 살 집을 구하기에 턱없이 부족한 5천만 원은 아버지가 평생 동안 모은 재산이었다. 우리는 그걸 너무나 잘 알았기에 절대로 기죽지 않겠다고 다짐했는지도 모른다. 하지만 서울의 집값은 아버지의 유산을 하찮은 것으로 만들어버렸다. 어느새 아버지는 6평 남짓한 반지하방의 전세금만 남겨준 사람이 되어 있었다.

자려고 누웠는데 엄마 방에서 음악 소리가 흘러나왔다. 안 자고 뭐 하나 싶어 살며시 문을 열어보았더니, 코끝에 안경을 걸치고 노트북 앞에 앉아 있는 엄마가 보였다. 〈사랑 그 쓸쓸함에 대하여〉가 나직하게 흘러나오고 있었다.

노랫소리 때문에 깼니?

아직 안 잤어.

시 썼어. 들어볼래?

아니, 피곤해.

엄마는 그럼 어서 자라고 말했지만 나는 문설주에 기대어서서 미적거렸다.

마지막 문장만 읽어줘봐.

엄마는 마우스 스크롤을 한참 동안 내리다가 다시 올리길 반복하더니, 잠깐의 틈을 두고는 낭송을 시작했다. 예의 그리스 비극을 읊는 듯한 어조로.

도시의 주인이 나의 발끝에 불을 놓았다.

나는 아무런 감상평도 덧붙이지 않았다. 엄마도 매번 그랬
듯 시 같으냐고 묻지 않았다. 물었다면 나는 뭐라고 답했을
까. 시 같다고 하면 우리의 하루가 시적으로 변하는지, 시 같
지 않다고 하면 우리의 하루는 어떻게 되는지. 그러나 엄마는
묻지 않았고, 그러므로 이건 시가 아니라 일기인지도 몰랐다.

미조야, 5천만 원은 참 큰돈이야.

대꾸 없이 문을 닫으려는데 엄마가 수경재배로 키우고 있
는 고구마 줄기가 눈에 들어왔다. 그것은 거의 내 키만큼 자
라 줄기 끝에 끈을 매달아 천장에 연결해놓은 상태였다. 평소
엔 인지하지 못했던 그것이 오늘따라 너무 커 보였다. 몹시
거추장스러워 보였다. 1평은 족히 차지할 것처럼 보였다. 맙
소사, 1평이라니! 고구마에게 선의를 베풀 재력이 우리에게
있던가.

이사 갈 때 저거 가져갈 거야?

엄마는 그제야 고구마 줄기를 돌아보았고 표정이 흐려졌다.

너무 커. 자르든지 해.

나는 차마 죽여버리라고 말하진 못하고 자르라고만 했다.

자르라고? 엄마는 뜻밖이라는 듯, 어떻게 그런 말을 할 수
있느냐는 듯 나를 한참 쳐다보다가 다시 노트북 모니터를 보

더니 갑자기 타자를 빠르게 치기 시작했다. 내 욕을 쓰는 건가? 물론 엄마는 시를 쓰고 있을 것이다. 그렇게 믿기로 했다.

내 방으로 돌아와 곧바로 불을 껐다. 안 그래도 짐이 많아서 원룸에 이 짐을 다 넣을 수는 없을 텐데, 고구마 줄기는 지나치게 잘 자라 천장에 닿을 듯했다. 쑥쑥 자라며 내게 자기 방을 달라고 외치는 듯했다. 나는 옆방의 고구마 줄기가 미웠다. 있는 줄도 몰랐던 조용한 식물까지 미워하는 나의 마음은 도대체 얼마나 작아진 걸까. 6평짜리 반지하방만큼?

이불을 덮고 누웠다가 벌떡 일어나 불을 켜고 일기장을 꺼냈다. 어떤 말이든 써야지. 시인지 일기인지 잡념의 배설인지 그런 건 중요하지 않다. 마음속에서 소용돌이치는 단어들을 꺼내놓지 않으면 영원히 그 안에 박혀버릴 것 같았다. 그게 내가 되어버릴 것 같았다. 그러나 막상 일기장을 펼치자, 볼펜을 쥔 손은 도무지 움직이려 들지 않았고 단어들은 제자리를 찾지 못했다. 우리가 우리의 집을 찾지 못하는 것처럼.

심호흡을 하고 단어를 적어내려가기 시작했다.

고구마 줄기.

써놓고 보니, 무해한 단어였다. 차분하게 나를 올려다보고 있는 느낌이었다.

종이에 앉는 단어도 이렇듯 제자리가 있는데 우리는 왜 아무 곳에도 앉지 못할까. 어쩌면 엄마는 민들레 꽃씨처럼 날아다니다 어딘가 안착할 거라고, 반세기 넘게 살아오면서 늘 그 랬듯 지금도 그럴 거라고 생각하는지도 모른다. 그러지 않고 서야 5천만 원이 큰돈이라고 말할 수는 없다. 나 역시 그게 아 주 큰돈이라고 생각했었다. 7년 전, 아버지가 그것을 우리에 게 남겼을 땐.

하지만 엄마, 우리는 민들레 꽃씨가 아니고 우리에겐 집이 필요해.

＊

대륭포스트타워 앞에서 수영 언니를 만났다. 반차를 쓰고 일찍 퇴근한 언니는 근처 편의점으로 나를 데리고 가더니 유 자맛 꿀물을 사서 건넸다. 따뜻했다. 이걸 왜 마시라고 하는 지 도무지 알 수 없었지만 묻지 않고 끝까지 마셨다. 그리고 언니를 따라 다시 대륭포스트타워 앞으로 걸어갔다.

미조야, 너 이게 뭔지 알아? 언니는 건물 앞쪽에 등신대 높 이로 세워놓은 타일 벽을 가리키며 물었다. 그 벽에 구로의 역사가 흑백 사진으로 커다랗게 프린트되어 있었다. 산업단 지가 조성되기 전 구로동 일대의 한적한 풍경과 1960년대 가 발공장의 여공들, 1970년대 공업단지공장, 1980년대 한국수 출산업공단, 2000년대 G-밸리의 밤 풍경이 그곳에 있었다.

나는 언니가 뜬금없이 이걸 왜 보라고 하는 건지 알 수 없었지만 꿀물을 먹고 나선 좀 느긋해졌기에 잠자코 있었다.

미조야, 여기 이 여자 좀 봐.

언니가 가리킨 사진 속 인물은 가발을 만들고 있는 단발머리의 젊은 여성이었다.

언니랑 닮았어.

우리는 함께 웃었고, 손을 잡고 걸었다. 어쩜 머리 모양까지 똑같을까. 우리는 한참 동안 그 여성에 대해 얘기했다. 반세기 전 언니와 머리 모양이 똑같고, 얼굴도 닮은 여성이 이곳에서 가발을 만들고 있었다는 것에 대해. 짓궂은 운명의 수레바퀴 운운하는 촌스러운 말은 주로 언니가 했고, 나는 그 시절의 헤어스타일이 지금 봐도 어색하지 않은 것을 놀라워했다. 그 시절의 힙스터였을까? 주로 어디에서 놀았을까? 언니는, 모르지, 모르는 일이야, 계속 그렇게만 말하더니 횡단보도 앞에 멈추어 섰을 때 떨리는 음성으로 말했다. 미조야, 난 저 사진을 보고 더 이상 내 탓을 안 하게 됐다.

무슨 탓?

넌 내가 나쁜 일을 한다고 생각하지?

나는 대답하지 않았다. 언니가 하는 일은 세상을 조금 더 나쁘게 만드는 일인지도 모른다고, 그렇게 생각한 적은 있다고 말하려다가 하지 않았다.

네가 무슨 생각 하는지 알아. 하지만 나는 저 여자처럼 시대가 요구하는 걸 만들고 있는 거야. 시대가 가발을 만들어야 돈을 주겠다고 하면 가발을 만드는 거고, 시대가 성인 웹툰을 만들어야 돈을 주겠다고 하면 그걸 만드는 거야. 그렇게 단순한 거야. 마찬가지인 거야.

나는 별다른 대꾸를 하지 않았다. 꿀물을 마셔서 그런지 입을 열 때마다 단내가 났다. 언니도 별다른 말이 없었다. 어느새 우리는 손을 놓고 걸었다. 나는 언니의 말을 생각했다. 언니는 결국 그런 사람이구나. 몰랐던 게 아니다. 그러나 처음엔 언니가 그런 사람인 줄 몰랐다. 언니에게 그렇게 말했더니 그럼 어떤 사람인 줄 안 거냐고 따지듯 물었다.

언니가 우리 집에 처음 놀러왔을 때 계속 방바닥에 누워 있었잖아. 왜 그러냐고 물었더니 언니가 뭐라고 했는지 알아?

언니는 안다고 고개를 끄덕였다. 기억하고 있다고. 그때 언니는 이렇게 말했다. 나는 친해지고 싶은 사람이 있으면 그 사람 집에 가서 가만히 누워 있어봐. 그러는 동안에도 마음이 계속 편하면 그 사람과 마음 놓고 친해질 준비를 해.

그러나 그때 언니에게 하지 않은 말이 있었다. 별로 친하지도 않은 사이인데 자꾸 방바닥에 눕는 언니가 마음에 들지 않았다고. 많이 불편했다고. 이제 와 그런 말을 하니, 언니는 가려던 술집으로 가지 말고 만원의행복 실내포차로 가자고 말했다. 우리가 가장 우울할 때 가는 술집이었다.

언니는 소주를 연거푸 두 잔 마시더니 잔을 내려놓으며 말했다. 미조야, 너 그거 아니? 인간을 육체적으로 학살하는 것은 시간이지만, 정신적으로 학살하는 것은 시대야.

뭐라고? 나는 내가 무슨 말을 들은 건가 되짚어보았다.

나의 정신을 죽이고 있는 건 시대라고. 이 시대. 사람들이 좋은 웹툰보다 나쁜 웹툰에 더 많은 돈을 쓰는 이 시대가 내 머리카락을 빠지게 하고 있어.

저절로 언니의 정수리로 시선이 갔다. 원형탈모증이 진행 중인 그곳의 공백은 더욱 커져 있었다.

그만두고 다른 일 하면 안 돼?

아직 1년도 못 버텼는데 퇴직금은 타야지.

그러다 대머리 돼.

언니는 한참 대답이 없다가 말했다. 말이 좀 심하다. 네 걱정이나 해.

나는 잠자코 소주를 따라 마셨다. 말이 너무 심했나. 별로 심했던 것 같지는 않은데. 어쩌면 언니는 정말로 대머리가 될까봐 내내 두려워하고 있었던 건지도 모른다. 내가 그 두려움을 모르고 함부로 말한 건지도. 언니는 입을 꾹 다문 채 오이스틱만 바라보았다. 초장에 초파리가 빠져 있었다. 나는 젓가락으로 작은 생명체를 건져내고 다시 언니의 눈치를 살폈다.

그러나 언니는 끝까지 나를 보지 않았고, 그런 방식으로 내게 계속 항의했다. 대머리가 될지도 모른다고 말했던 게 너무나 큰 상처였나보다. 나는 언니에게 사과했다. 언니는 고개를 푹 숙이고 있다가 대뜸 자기 집으로 들어오라고 말했다. 엄마랑 원룸에 사는 것보다 나랑 원룸에 사는 게 덜 비참하지 않을까? 언니는 그 말을 하면서 조금도 웃지 않았다. 농담인 줄 알고 웃던 나도 점점 심각해졌다.

다른 사람이랑 같이 못 잔다며.

맞다. 나 그래.

그냥 한번 해본 말이라는 걸 알았기에 더 이상 묻지 않았다. 언니는 그냥 한번 해보는 말이 많았고, 어쩌면 거의 모든 말이 그냥 한번 해보는 말에 가까웠다.

면접 본 데서 연락 없니?

없다고 말하며 자리에서 일어나 소주를 가져왔다. 뒤늦게 사무실 풍경이 세세하게 떠올랐다. 십수 명의 여자들이 책상 앞에 앉아 태블릿으로 그림을 그리고 있었다. 그리고 사무실 구석에 누워 있는 여자들이 있었다. 층간소음 방지용 매트 같은 곳에 누워서 두 손을 배 위에 포개고 조용히 눈을 감고 있던 여자들. 언니에게 물었더니 아 그거, 하더니 자세히 말해주었다. 아파서 누워 있는 거야. 목이랑 손, 허리. 다들 환자야. 그렇게 안 쉬면 일을 할 수가 없어. 우리 회사도 휴게실 있어. 누워 있는 휴게실.

그렇구나. 회사이자 병원이구나. 나는 고개를 끄덕이다가 물었다. 언니는 나중에 늙으면 요양원 갈 거야?

언니는 머나먼 곳으로 날아가는 비행기를 바라보는 눈빛으로 나를 보다가 말했다. 미조야, 나는 내가 몇 살까지 살 수 있을지 그것도 자신할 수 없어. 나는 아마 그림을 그리다가 디스크로 요절할걸. 허리 디스크, 목 디스크, 손목 디스크로.

나는 언니에게 분명하게 말했다. 언니, 디스크로 죽는 사람은 없어.

언니는 내 말에 크게 공감하는 얼굴로 바로 그게 문제라고 했다. 평생 고통받을 게 확실하다는 표정이었다. 웹툰 작가들은 다 이래. 근데 미조야, 여긴 여전히 뭔가를 만들어내는 젊은 여성들로 가득한 거 같다. 미싱도 가발도 실은 그대로인 거야. 내가 아무런 대꾸도 안 하자 언니는 소주 두 잔을 연거푸 비우고 말했다. 아무리 생각해도 나는 그림을 잘 그려서 망한 거 같다.

언니의 눈가가 점점 붉어졌다. 걱정되어 무슨 일인지 물었더니, 갑자기 오늘 회사에서 그린 웹툰이 얼마나 말도 안 되는 내용이었는지 말해주기 시작했다. 반지하방에 여자를 가둬놓고는……. 나는 분개했다. 다른 곳에 가둬도 분개했을 테지만, 반지하방이라서 더욱 분개했다. 그러자 언니는 더더욱 상세히 말해주었는데, 나는 귀를 막으며 그만 좀 하라고 외쳤지만 언니는 더더욱 열렬히 설명해주었고…… 나는 결국 언니를 그곳에 내버려두고 밖으로 뛰쳐나왔다.

한자 간판이 걸려 있는 인력사무소 거리를 하염없이 걷다가 계단 난간에 붙어 있는 구인 공고를 발견했다. 그 옆으로 수십 장의 구인 공고가 나붙어 있었다. 양돈장 남 구함, 월급 180~200만, 비자 무, 불법 됩니다, 연락 주세요. 배추작업, 남녀 부부 구함, 일당 10만 원, 전라도 해남, 비자 C-38, C-39. 모텔 남녀 부부 환영. 고물상 남녀 부부 환영. 굴 까기 작업 공장, 연령 제한 없음, 1개월 후 300만 원 인상됩니다. 꽃게 배 타실 5명 구함, 건강한 남자, 비자 F-4.

구인 공고를 전부 다 사진으로 찍어두었다. 나 같은 사람을 구하는 일이 아니라는 걸 알았지만 그냥 찍어두었다. 인력사무소에서 나오던 남자가 담뱃불을 붙이며 쳐다보았지만 말을 걸어오지는 않았다. 나는 핸드폰을 주머니에 넣고 대림역 방향으로 걸었다.

집으로 돌아가는 열차를 타고 나서야 언니에게 미안한 마음이 들었다. 그러나 전화를 걸어도 받지 않았고, 톡을 남겨도 확인하지 않았다. 미안한데 언니, 그 얘긴 진짜 듣기 싫었어. 마지막으로 그런 톡을 남기고 핸드폰을 주머니에 넣었다. 빈손으로 멍하니 앉아 있으면서, 핸드폰을 보지 않으면 열차 안에선 할 게 아무것도 없다는 걸 깨달았다. 하도 심심해 핸드폰을 들여다보고 있는 다른 사람들의 정수리를 보며 언니처럼 원형탈모증에 걸린 사람이 있나 찾아보았지만 그런 사람은 없었고, 그렇다면 저들은 무슨 일을 해서 돈을 벌고 있는지 새삼 궁금했다. 저토록 풍성한 머리숱을 유지하고도 돈을 벌 수 있는 일은 무엇인지 어깨를 흔들며 묻고 싶을 정도로 궁금했다. 핸드폰이 진동했고 당연히 언니인 줄 알고 메시지를 확인했지만, 언니가 아니었다.

충조, 나의 오빠, 정신머리 없는 놈이 나를 향해 걸어오고 있었다. 내 앞에 털썩 앉더니 키오스크를 가리키며 쉰 목소리로 말했다. 주문 안 해?

나는 대답 없이 팔짱을 낀 채로 충조를 노려보았고, 충조는 결국 들고 온 쇼핑백을 발치에 내려두고 키오스크로 걸어갔다. 잠시 후 충조는 콜라를 들고 자리로 돌아왔다. 그러더니 말없이 콜라만 마셨다.

나는 최대한 간결하게 상황을 설명해주었다. 5천만 원이 전부다. 집 같지도 않은 집들을 보러 다니느라 얼마나 힘든지 모른다. 충조는 내내 콜라만 마셨다. 나는 그런 충조의 얼굴을 물끄러미 보다가 아버지가 했던 말을 떠올렸다. 저놈 지금 또 정신이 나갔다. 나갔어.

괜찮다. 충조에게서 반응이 돌아올 거라는 기대는 하지 않았다. 충조는 그런 사람이니까. 나는 마음을 가라앉히고, 요즘 어떻게 살고 있느냐고 물었다. 그러자 충조는 금세 활기를 되찾았다. 눈에도 초점이 돌아왔다. 사실 나는 충조가 어떻게 살고 있는지 알았지만 설마 지금도 그렇게 살고 있을까 싶어서 물은 거였다. 아니나 다를까 충조는 요즘에도 지방 맛집을 찾아다니느라 바쁘다고 했다. 지난주엔 나주에 가서 곰탕을 먹었고, 매끼마다 먹느라 고역이었는데 그래도 맛이 좋아 남기지는 않았고, 〈생생정보〉도 여전히 열심히 보고 있다고.

〈생생정보통〉이겠지.

아니야. 2015년부터 〈생생정보〉로 바뀌었는데 몰랐구나.

충조는 그 말을 아주 즐거운 듯이 했다. 충조는 10년째 공시생으로 살고 있었는데, 7년 전 아버지가 돌아가시자 갑자기 고시원으로 들어가버렸다. 도망치듯 사라져서 엄마와 나는 정말로 황당했고, 두들겨 패야 정신을 차릴 거라고 말하면서도 그렇게 하진 않고 진득하게 기다렸는데, 7일이 지나면 돌아올 줄 알았던 충조는 7년이 지난 지금까지도 돌아오지 않고 있었다. 충조는 그사이 〈생생정보〉에 나온 전국의 맛집을 열심히 방문했고 별점을 매겼으며, 자신의 블로그에 방문일지를 올렸다. 나는 블로그에 올라온 국제시장 분식집 사진을 보다가 충조를 고문하고 싶은 충동을 느꼈다. 그러나 그것도 이젠 다 지나간 일이었고, 엄마와 나는 충조가 정상이 아니라는 것을 받아들였다.

충조는 단기 아르바이트생으로 살았고, 맛집을 찾아다니는 것 외에 다른 일은 하지 않았다. 전혀. 아무것도. 그런 충조의 쇼핑백에서 나온 물건은 아주 뜻밖이었다.

이게 뭔지 알아?

나는 모른다고, 이게 대체 뭐냐고 물었다. 크고 두꺼운 사진집으로 보였다. 《조춘만의 중공업》. 충조는 제목을 가리키며 말했다. 여기 쓰여 있잖아.

나는 다시 사진집의 제목을 보았고, 여전히 아무것도 이해하지 못했다. 충조가 말했다. 눈빛에 열기를 피워올리며. 나 요즘 공단 보러 다녀. 맛집도 여전히 다니는데, 이젠 그 지역의 가장 큰 공단도 꼭 찾아가. 단양에 가면 성신양회가 있어. 본 적 있어? 없을 거야. 그 건물 정말 멋져. 〈매드맥스〉에 나오는 포스트 아포칼립스 시대의 건물처럼 생겼어. 여수에 가면 말이야, 밤에 차를 타고 들어가면 번쩍거리는 공단을 볼 수 있어. 연기가 펑펑 피어오르고 크롬처럼 번쩍번쩍하다니까. 스팀펑크라는 단어 알아? 그런 장르가 있어. 딱 그 느낌이야. 울산에 가면 현대중공업이 있어. 울산대교 전망대에 올라가면 아주 잘 보여. 밤에 보면 얼마나 멋있는지 몰라. 엄청나게 커. 이 사진집은 현대중공업 공단 내부를 찍은 거야. 〈트랜스

포머)보다 멋있어. 안 그래? 충조는 페이지를 휘릭 넘기다가 손가락으로 어딘가를 가리켜 보였다. 나는 충조가 무슨 말을 하는 건지 조금도 이해하지 못했다. 충조는 내 반응을 신경 쓰지 않았다. 나는 뒤늦게 정신이 들어 충조에게 물었다. 안에 들어가본 적 있어?

없는데?

그냥 구경만 하려고 간다는 거야?

충조는 고개를 끄덕였다.

도대체 왜?

왜라니. 멋지니까.

충조는 완전히 돌았다. 낙성대 반지하방 창문에 머리통을 내밀게 한 뒤 지나가는 행인의 발길에 차이게 하면 정신을 좀 차릴까. 나는 충조에게 말했다. 이런 공단이 어떤 의미인지 알고나 좋아하라고. 그런 곳에서 일하는 노동자들은 힘들 거 아니야. 오빠보다 훨씬 힘들게 일할 거 아니야. 멋지다니. 그냥 멋져서 구경만 하고 온다니. 그게 말이나 되는 소리야? 오빠는 그런 말도 못 들어봤어? 그 쇳물 쓰지 마라.

충조는 두 눈을 크게 떴다. 처음 들어본다는 표정이었다. 정말이지 지성을 찾아보려야 찾을 수 없는 남성이다, 충조는.

헤어지기 전 충조는 한참 동안 머뭇거리더니 내게 돈을 빌려달라고 말했고, 나는 충조의 정강이를 걷어찼다. 이제부터 내 전화 받지 마. 씩씩거리며 횡단보도를 건너고 난 뒤에야 그 말이 이상하다는 걸 깨달았다. 이제부터 연락 안 해,라고 말해야 할 것을 내 전화 받지 말라고 하다니. 그건 다시 전화를 걸겠다는 의미인데.

머리가 아팠다. 터질 듯이 아파서 횡단보도를 다 건너면 나오는 타코야키 트럭 앞에 멈추어 섰다. 타코야키를 굽고 있던 아저씨가 무심히 나를 쳐다보았다. 타코야키를 사려는 건가. 아저씨의 눈빛에 떠오른 질문이 훤히 보였다. 나는 일부러 타코야키 트럭 옆 호두과자 리어카로 걸어가서 호두과자를 샀다. 그렇게 엉뚱한 사람을 실망시켰다.

방문을 여니 엄마가 나를 돌아보았다. 손에 가위를 들고 있었다.

뭐 하는 거야?

엄마는 대답 없이 고구마 줄기를 싹둑 잘랐다.

들어갈 자리가 없잖아. 가지고 가려면 잘라야지.

이발을 마친 고구마 줄기는 30센티미터 정도로 아주 작아져 있었다. 조금 심하다 싶을 정도로 많이 잘라냈다. 엄마는 자른 줄기를 선뜻 버리지 못하고 바닥에 수북이 쌓아놓은 채 한동안 바라보았다. 저걸 언니의 정수리에 옮겨 심을 수 있다면 좋을 텐데. 문득 그런 생각이 들었다. 아주 잘 자랄 것 같았다. 나는 엄마의 얼굴을 돌아보며 물었다. 오늘도 시 썼어?

이제 안 쓰려고.

왜?

나가서 폐지를 줍는 게 낫지.

계속 써.

왜 쓰라는 건데?

잘 쓰잖아.

내가 잘 쓰니?

엄마는 참아보려 했으나 결국 웃고 말았다. 그런 엄마의 얼굴을 보며 그림을 잘 그려서 망했다던 언니의 얼굴이 떠올랐다. 엄마는 시를 잘 써서 망한 건가. 잘 쓰지 않았으면 폐지라도 주웠으려나. 그러나 그렇게 해서 장만한 집은 지상의 집일지 아니면 한 뼘 정도 더 커진 반지하 원룸일지. 문 열고 엎어지면 벽인 그런 집.

주인이 언제까지 빼달래?

엄마는 잘라낸 고구마 줄기를 주물럭거리며 말했다. 코로나 때문에 자기도 걱정이라고, 천천히 빼도 된다는데 그 말을 들으니까 빨리 빼주고 싶더라.

엄마가 착해서 그래.

나 안 착해. 착하면 내가 이렇게 됐겠니?

방으로 돌아와 인력사무소 거리에서 찍은 구인 공고를 들여다보았다. 비자 무. 불법 됩니다. 두 문장이 유독 눈에 들어왔다. 충조에게 이걸 좀 보여줄걸 그랬다. 비자가 없어도 되고 불법체류자여도 된다고 하니 오빠도 될 거라고. 괜찮을 거라고. 어딜 가든 마찬가지라고. 다 하게 되어 있다고. 그렇게 중얼거리다가 습관처럼 구직 사이트에 접속했다. 언제쯤 나도 퇴근 열차에 타볼 수 있을까. 집게발로 서로를 쿡 찔러가며 회사에 다녀볼 수 있을까.

핸드폰이 진동했다. 수영 언니였다.

미조야, 내가 가발 공장을 다녔더라면 내 정수리가 이러지 않았을 거라는 생각이 든다. 만약 정수리가 이랬어도 가발을 직원 할인가에 살 수 있었겠지. 그런데 미조야, 내가 지금 레종이랑 도림천에 버려져 있는데, 여기 온통 중국말만 들린다. 미조야, 나는 내가 예쁘지 않고 날씬하지도 않은 건 한 번도 걱정한 적이 없는데 그림을 잘 그리는 게 너무 걱정이다. 아직도 나는 너무 잘 그리거든. 네가 이 얘기 싫어하는 거 알지만 마지막으로 딱 한 번만 할게. 내가 그린 웹툰 진짜 잘 팔려. 오늘은 팀장한테 불려가서 칭찬도 들었다. 잘 자라. 이게 돛대다.

나는 답장을 보내지 않았다. 대신 일기장을 펴 들었다. 벽 너머에서 키보드 두드리는 소리가 들려왔다. 우리는 동시에 문장을 쓰고, 언니는 아마도 걷고 있을 것이다. 내일은 멀고, 우리의 집은 더 멀고, 민들레 꽃씨가 날아와 우리 머리 위에 내려앉는 꿈은 가까운 그런 밤이었다.

엉킨 소매

의사는 내게 6주면 무엇이 형성되는지 말해주었다. 나는 아무것도 묻지 않았는데, 의사는 성경을 읽어내려가는 표정으로 말했다. 요지는 하나였다. 다시 생각해보시겠어요? 나는 준비가 되지 않았다고 명확하게 말했다. 내 옆에 앉아 있던 경현은 고개를 끄덕이기만 했다.

초음파 검사는 늘 불쾌하다. 몸속으로 진찰 기구가 들어왔을 때 나는 아팠고, 아프다고 말했다. 나와 함께 태아를 확인한 경현은 진찰실에서 나오자마자 말했다. 그게 아팠어? 작던데, 아팠냐고. 나는 무슨 의미로 그런 말을 하는지 몰라서 경현을 쳐다보았다. 그가 말했다. 내 거가 저 기구보다 작은 것처럼 느껴졌어.

한숨이 나왔다. 경현을 더 이상 사랑하지 않는 게 천만다행이었다. 차라리 해정과 함께 올걸 그랬다. 부동산에서 일하고 있는 해정은 임신을 임대업에 비유했다. 방의 주인은 나이기에 내 결정에 달린 문제라고 했다. 나는 해정의 비유가 적절한지 한참 생각했다. 가게 앞 노상 테이블에 앉아 삼겹살을 먹던 중이었다. 해정은 내게 알맞은 집이 있다고 말했다. 수술을 마친 뒤 일주일 동안 머물 곳이었다. 위층에 사는 집주인이 실내 공사 일정을 긴박하게 통보했고, 나는 회복이 필요한 때에 공사 소음이 가득한 집에 있고 싶지 않았다.

검사비를 내고 돌아서자, 경현이 검사비와 수술비의 절반을 송금해주었다. 나는 입금 내역을 확인한 뒤 그에게 말했다. 작다느니 그런 말을 꼭 해야 돼?

경현은 대답 없이 나의 시선을 피했다. 우리는 서로 모르는 사람처럼 엘리베이터를 기다렸다. 경현은 엘리베이터에 올라타자마자 벽면 거울을 보며 머리를 매만졌다. 태평한 얼굴이었다. 반면에 내 얼굴은 무척 심란해 보였다. 두 눈에 핏발이 섰고, 안색도 나빴다. 나만 잠을 설친 게 억울해서 너는 잘 잤느냐고 물었다. 그러자 경현이 나를 쏘아보며 말했다. 너도 낳고 싶지 않잖아. 왜 나한테 시비야.

사실이었기에 반박할 말이 없었다. 그러나 내가 그런 결정을 내렸다는 것이 그를 당당하게 만든 이유가 되어버린 건 싫었다.

도대체 콘돔을 왜 뺀 거야?

경현은 미간을 찌푸리더니 말했다. 얇은 막 하나의 차이가 얼마나 큰데. 너도 그때 합의했어. 내가 다 녹음해뒀다고. 나는 심장이 내려앉을 정도로 놀랐지만 태연한 어조로 말했다. 뭘 녹음했다는 거야? 들려줘봐. 경현은 엘리베이터에서 내리자마자 계단실 문을 열고 나가더니 내게 손짓했다. 나는 등 뒤로 문을 닫고 서늘한 층계참에 서서 기다렸다. 마침내 경현이 녹음 파일을 들려줬고, 건성으로 대답하는 내 목소리를 함께 확인했다. 나는 곧바로 핸드폰을 빼앗아 파일을 지웠다. 영상도 있는 거 아니야? 내 말에 경현은 심하게 화를 냈다. 그런 짓은 한 번도 한 적이 없다고 주장했다. 나는 도대체 녹음은 왜 한 거냐고 물었다. 믿을 수 없을 땐 녹음하는 수밖에 없어. 너 그날 많이 취해 있었잖아. 경현은 그렇게 말해놓고 미안했는지 머쓱한 표정을 지었다.

남자 보는 눈이 없어서 그래. 해정은 그렇게 말했다. 너처럼 이상한 남자만 골라서 만나는 애도 드물어. 그냥 잊어. 나는 그런 말을 들을 때마다 울었다. 도대체 왜 내가 만나는 남자들은 다 이 모양인가. 사람 보는 눈이 없는 게 죄는 아니잖아. 내 말에 해정은, 죄는 아니지만 운이 나빴던 건 사실이라고 했다. 그리고 응급 피임약을 먹어야 할 시기에 밀접 접촉자가 된 불운을 미워하라고 덧붙였다. 코로나 신속항원검사후 나는 확진 판정을 받았고, 그때부턴 임신이 아니라 바이러스가 내 몸에 남길 후유증을 걱정했다. 임신은 도무지 쉽지 않은 일처럼 보였고, 바이러스는 고열과 기침으로 나를 집요하게 괴롭혔다.

나는 해정에게 전 남친들을 모두 사랑했고, 그들이 나에게 거짓말을 하거나, 나를 때리거나, 바람을 피운 뒤에야 그들에 대한 사랑이 사라졌다고 말했다. 원래 연애는 다 이런 거 아니야? 나는 그렇게 말하며 삼겹살 기름이 튄 냅킨을 작게, 더 작게 접었다. 해정 옆에 앉아 있던 주영 씨는 핸드폰을 들여다보며 아무런 말도 하지 않았다. 내가 울든 말든 거들떠보지도 않았다. 주영 씨는 늘 그랬다. 나이는 모르지만 나보다 언니인 건 확실한데, 내가 연애나 피임 고민을 털어놓을 때마다 늘 무관심한 태도를 내보였다. 주영 씨에게 뭘 보는 거냐고 물었더니 내 앞으로 핸드폰을 쑥 내밀었다. 유튜브 쇼츠 영상이 재생되고 있었다. 의미 없는 1분짜리 영상. 팝업 코미디. 내 인생에서 가장 엉망진창이었던 순간들을 1분짜리 영상으로 편집해놓으면, 그것도 결국 코미디가 될까. 그런 생각을 하고 있는데 주영 씨가 갑자기 내 어깨를 툭 치더니 말했다. 그냥 웃어넘겨.

나는 그게 무슨 의미인지 묻는 표정을 지었다.

불편해?

뭐가?

배가 불편하냐고.

나는 고개를 끄덕였다. 당연히 배가 불편했다. 정확히는 배 안에 든 것이 불편했다.

주영 씨는 생각에 잠긴 표정을 짓다가 말했다. 포경수술 같은 거라고 생각해봐.

무슨 뜻이야?

포경수술은 남자가 겪어야 할 성장통이잖아. 여자가 임신 중지를 하는 것도 일종의 성장통으로 볼 수 있지. 안 그래?

내가 아무런 대답도 하지 않자 주영 씨는 내 얼굴을 물끄러미 보다가 물었다. 이상한 말이라고 생각해? 나는 고민하는 척하며 대답을 피했다. 그걸 그렇게 말할 수가 있나. 나는 주영 씨가 나를 위로하느라 그런 논리를 펼친 거라고 짐작했다.

택시 왔어. 경현이 내 어깨를 두드리며 말했다. 잘 가라는 의미였다. 경현과는 두 번 다시 만날 일이 없을 것이다. 수술 당일엔 해정과 함께 가기로 했다.

초음파 검사를 받으러 가면 태아를 보여준다는 걸 알고 있었다. 그래서 경현에게 함께 가자고 말했다. 얇은 막 하나를 제거하면 어떤 일이 일어나는지 그가 정확히 알아야 한다고 생각했다. 나는 어떤 여성을 위해 그렇게 했다. 앞으로 경현을 사랑하게 될지도 모를 여성을 위해. 하지만 효과가 있을지는 모르겠다.

*

카페에 올라온 게시물을 읽었다. 이 카페엔 임신 중지를 앞둔 여자들만 있다. 오늘은 이런 글이 올라왔다.

—병원에 갔더니 쌍둥이래요. 지금은 결혼할 수 없는 상황이라서 지워야 하는데, 쌍둥이래요. 그래서 눈이 안 떠질 정도로 울었어요.

저절로 한숨이 나왔다. 운도 없지. 왜 하필 쌍둥이냐. 나는 6주에게 말했다. 너는 쌍둥이가 아니어서 참 고맙습니다. 나는 6주에게 말할 땐 다, 나, 까 말투를 썼다.

너는 곧 죽을 텐데 그걸 알고 있습니까.

너는 나에게 아무것도 요구해선 안 됩니다.

배고픕니까.

나는 배고픔을 느끼는데, 누군가 올린 게시글처럼 니가 느끼는 배고픔인지도 모르겠단 생각은 안 합니다. 나는 6주 너를 갖기 전에도 자주 배가 고팠던 사람입니다.

입덧은 아침에만 하고, 누군 침만 삼켜도 속이 메스껍다는

데 나는 라면을 끓여서 밥까지 말아 먹었다. 몸이 건강해야 회복도 빠를 테니까. 내 몸을 돌볼 사람은 이제부터 나뿐이다. 엄마는 내가 무슨 일을 겪고 있는지 까맣게 모르고, 가장 친한 친구인 해정은 임신 중지 경험이 없는 것 같았다. 내가 해정에게 내 감정을 어떻게 설명해야 할지 모르는 것처럼, 해정 역시 나를 어떻게 도와야 할지 잘 모를 것이다.

나는 해정과 주영 씨에게 괜찮은 사람으로 보이고 싶었고, 그런 마음이 나의 상황을 세세하게 설명하는 것을 방해했다. 되도록 말을 아껴야 한다. 그래야 판단을 덜 받을 테니까. 나는 그들이 나를 판단하지 않으리라 믿지만, 혹시 모른다. 속으론 냉혹하게 판단하고 있을지.

새벽에 올라온 글은 죄책감에 시달리고 있는 여자들이 쓴 글이다. 생명을 죽인다는 죄책감. 지옥에 갈지도 모른다는 공포. 나도 그걸 부인하진 않는다. 하지만 내가 원하는 삶을 포기할 정도는 아니다. 나는 내가 느끼는 죄책감 때문에 슬퍼하지 않는다. 죄책감을 극복하든 못하든 계속 잘 살아갈 것이다. 그러니까 내가 나의 온전한 결정으로 이루어진 사람이 될 수 있게 나를 좀 내버려두면 안 될까?

그런데 지금 올라온 이 글을 보면…… 하나님의 뜻에 따라 결국 아이를 낳기로 결정했다는 고백. 평생 죄책감에 시달릴 일을 쉽게 선택해선 안 된다는 설득. 새벽 3시 47분에 우리를 설득하고 있는 여자. 이 사람은 정말 여자가 맞을까? 원치 않는 임신을 한 여자가 맞을까? 이 사람은 우리 모두를 죄인으로 심판하고, 6주 너부터 시작해 주수로 구별되는 모든 생명을 구하려고 나타난 오지라퍼. 이런 사람이 도처에 있다.

나는 댓글을 달았다.

―미혼맘 카페로 가셔야 할 거 같아요.

답글이 즉시 달렸다.

―저 미혼 아니에요.

컵 수프를 꺼내서 끓인 물을 붓고 기다렸다. 새벽 4시 14분. 수프가 만들어지길 기다리는 2분 동안 6주에 대해 생각했다. 처음 임신을 예감한 건 버스 안에서였다. 버스가 급정차를 했는데, 나도 모르게 한 손으로 배를 감쌌다. 나의 무의식적인 행동에 내가 놀랐고, 그날 저녁에 곧바로 임테기를 샀다. 생리가 불규칙한 편이어서 늦게 알 수도 있었지만 결국 그 일 때문에 일찍 알게 되었다. 내 몸은 내가 모르는 걸 먼저 알 수도 있다.

핸드폰이 진동했다. 확인해보니 주영 씨가 보낸 톡이었다. 새벽 4시 18분에 주영 씨는 뜬금없이 장문의 톡을 보냈고, 그 내용은 더욱 뜬금없는 것이…… 인도의 어느 가족 이야기였다. 동화 같은 도입부가 나를 어리둥절하게 만들었다.

─인도의 어느 가정집입니다. 지금 막 아이가 태어나려고 합니다. 산파가 아이를 받을 때, 옆에 있는 심부름꾼은 아이 아버지에게 전할 말을 기다리고 있습니다. 사실 산파는 이미 알고 있습니다. 심부름꾼도 알고 있습니까? 그도 알고 있습니다. 산모의 배가 옆으로 퍼진 것을 보고 짐작했습니다. 그러면 어떻게 됩니까? 심부름꾼은 아이 아버지에게 뛰어가 이 사실을 알릴 준비를 합니다. 그리고 산파는 아기의 입을 틀어막을 준비를 합니다. 성기를 확인한 뒤 곧바로 아기를 침묵 속으로 떠밀 준비를 합니다. 이것은 사실 특별한 일이 아닙니다. 정말로 특별한 일이 아닙니까? 아닙니다. 왜냐하면 너무나 많은 여아가 이런 식으로 죽기 때문입니다. 이것은 살인입니까? 살인입니다. 집단 학살입니다. 하지만 지금은 그런 게 중요하지 않습니다. 이 집에 있는 사람들에게 가장 중요한 건 아기의 성기입니다. 고추가 있습니까, 없습니까.

없습니다.

이제부터 아버지는 바빠집니다. 이런 상황에 대비해 마당에서 기른 협죽도 열매를 잘라와서 절구에 넣고 찧기 시작합니다. 부서진 희망을 마구 찧기 시작합니다. 그것은 아기에게 먹일 독입니다. 아기는 그걸 먹고 이 세상에서 지워집니다. 영원히 사라집니다. 출생은 기록되지 않고, 죽음은 추모되지 않습니다. 기억은 처음부터 존재하지도 않아야 합니다. 엄마는 아기의 얼굴을 보지 못했습니다. 이 모든 일은 엄마와 아기의 잘못입니다. 남자를 낳지 못한 엄마의 잘못과 남자로 태어나지 못한 아기의 잘못입니다.

이어지는 주영 씨의 톡 역시 나를 당황하게 만들었다.

—내가 모임에서 발표할 글이야. 이 글을 쓰다가 니가 생각났어. 우리가 격렬히 반대해야 하는 살인은 이런 살인이라고 생각해. 딸이 태어나면 막대한 결혼 지참금이 필요하기 때문에 어쩔 수 없이 죽여야 하는 구조적 살인. 그리고 니가 임신 중지를 택한 건, 살인과는 명백히 다른 문제야. 원치 않는 임신을 유지한다는 건 너의 삶을 죽이는 일이니까. 나는 너한테 이 말을 꼭 해주고 싶어. 그래야 니가 앞으로 당당하게 살아갈 수 있을 테니까.

나는 주영 씨가 보낸 톡을 읽다가 인도의 어느 가정집에서 일어난 끔찍한 살인 이야기를 다시 읽어보았고, 그 결과…… 주영 씨가 나를 상당히 오해하고 있다는 걸 깨달았다.

나는 지금도 당당하게 살아갈 자신이 있다. 주영 씨는 왜 이런 생각을 한 걸까. 나는 오로지 나의 선택으로만 괴로워할 것이고, 때로는 조금도 괴로워하지 않을 건데. 나는 그런 내

60

용의 톡을 주영 씨에게 보냈다.

ㅡ뭐, 그렇다면 다행이고.

주영 씨는 내게서 적당히 물러나 앉는 태도를 취했다. 나는 주영 씨의 이런 태도 때문에 상처를 받다가도, 이런 태도 때문에 끌리곤 했다. 그런데 지금은 좀 아니었다. 혹시 주영 씨는 나의 안티인가?

여아 살인과 임신 중지는 전혀 다른 일인데 그걸 왜 묶어서 생각하지. 나는 골이 나서 주영 씨가 보낸 톡을 노려보며 고심했다. 답장을 보낼까, 말까. 설마 주영 씨는 속으로 나의 결정을 불편해하고 있었던 걸까. 그럼에도 포경수술 운운하며 위선을 떨었나. 혼자 논리 싸움을 하다가 이 새벽에 이상한 결론을 내리고 내게 톡을 보냈나. 나를 응원한다는 최악의 말 같은 건 없었지만, 앞으로 당당하게 살아가길 바란다는 말은 차악의 말이라고 볼 수 있었다.

나는 이따위 말은 듣고 싶지 않았다. 주영 씨는 나의 선택에 대해 윤리적 판단을 내렸다. 결국 주영 씨에게 그런 내용의 톡을 보냈고, 주영 씨는 내 톡을 읽고 나서 씹었다. 아무리 기다려도 답장이 오지 않았다. 나는 기가 차서 맥주를 한 캔 땄고, 벌컥벌컥 마시다가 사레가 심하게 들려서 죽을 뻔했다.

개수대를 붙잡고 폐에 물이 들어간 사람처럼 고통스럽게 숨을 쉬려고 노력하다가, 울었다. 아파서 울었다.

나는 한 번도 반대에 부딪혀본 적이 없었던 거야.

뒤늦게 그걸 깨달았다. 임신했다는 사실을 알린 사람은 세 명. 경현과 해정과 주영 씨. 그들 중 임신 중지를 반대하는 사람은 아무도 없는 줄 알았는데, 알고 보니 주영 씨는 나름대로 나를 판단하고 있었다. 저마다 생각이 다를 수는 있지만, 먼저 상처를 주고 나의 톡에 아무런 답장도 하지 않는 건 너무하단 생각이 들었다.

수술하러 갈 땐 역시 해정이 곁에 있는 편이 낫겠다. 주영 씨는, 진짜 아니지. 의자에 앉아서 잠든 나를 바라보며 무슨 생각을 할까. 미련하다고 생각할 사람은 아니고, 연민도 느끼지 않겠지만 어떤 감정이든 나는 좀 불편할 것 같았다.

새벽 6시.

이제 네 시간 뒤면 6주는 사라진다.

*

택시에서 내린 나를 발견한 해정은 두 팔을 들어올려 크게 흔들었다. 해정이 일하는 사무소에서 그리 멀지 않은 곳이었다. 해정은 내게로 달려와 캐리어를 낚아채듯 가져가더니 조용하고 침착하게 물었다. 몸은 좀 어때?

아랫배가 당겨.

병원 가야 하는 거 아니야?

그 정도는 아니야. 누워 있으면 괜찮아져.

해정은 약간 그늘진 얼굴로 말없이 걷다가, 그 집 주방에 인스턴트 미역국을 잔뜩 사다놨으니 전자레인지에 데워 먹기만 하라고 말했다.

냉장고, 세탁기, 에어컨 다 설치되어 있어. 젊은 사람들은 이런 게 있어야 좋아하거든. 없으면 다 사야 하는 거냐고 새삼스럽게 물어. 처음엔 어떻게 설명해야 하나 고민했는데, 이젠 딱 한마디로 말해.

뭐라고 하는데?

여긴 살림집이에요. 이 말을 하면 다들 수긍하는 표정을 지으면서 조용히 신발을 신어. 젊은 사람들이 원하는 건 살림집이 아닌 거지. 살림집이라고 말하면 엄마 집처럼 느껴지나봐. 자기 집은 엄마 집과 달라야 한다는 거지. 다양한 옵션은 기본이고, 도배와 장판은 필수고. 집주인 마음은 생각도 안 해.

근데 너 왜 자꾸 젊은 사람들이라고 말해? 우리도 젊잖아.

……그러게. 일할 땐 내가 젊다는 생각이 안 들어. 나도 가난하면서 왜 집주인 마음으로 손님을 보게 되는지 모르겠어.

해정은 그렇게 말하더니 고개를 숙이고 걸었다. 나는 일터에서의 고충을 선선히 털어놓으며 침묵의 간극을 메우려는 해정에게 고마움을 느꼈다.

어제 오후, 마취에서 깨어나 눈을 뜨니 해정이 겁먹은 얼굴로 나를 내려다보고 있었다. 내가 입을 열자마자 얼른 내 손을 잡았다. 나는 해정의 눈가를 보았고, 저게 왜 우나, 그런 생각을 했다. 왜 울어? 그렇게 물었던 것도 같다. 마취가 덜 깨서 정신이 없을 때였다. 해정은 안 울었다고 우기더니, 내가 너무 작고 연약해 보여서 걱정이 되더라고 했다. 니가 안 깨어날까봐 얼마나 조마조마했는데. 박경현을 찾아가서 두들겨 패주고 싶었어.

회복실에서 걸어나와 간호사의 설명을 들을 때에도 나는 계속 어지러웠고, 벽에 한 손을 짚고 서 있었다. 해정이 나 대신 설명을 들었고, 약국에 들러 처방 약을 받아왔다. 우리는 택시를 타고 나의 집으로 갔다. 해정은 곧바로 배달 음식을 주문했다. 나는 이튿날부터 공사가 시작될 예정인 윗집을 노려보며, 지친 몸으로 다른 곳으로 가야 하는 게 화가 난다고 말했다. 그러나 정확히 누구에게 화가 난 건지는 몰랐다. 위층 집주인은 아니었다. 내가 집에 남자를 데려올 때마다 1층 공용 현관에 설치한 감시카메라로 확인한 뒤 잔소리를 했지만, 새삼스럽게 그것 때문에 화가 나진 않았다. 경현도 아니었다. 이미 완벽히 끝난 관계였다. 해정도 아니었다. 울지 않겠다고 약속해놓고 울었다고 해서 화를 낼 수는 없었다. 주영 씨도 아니었다. 연락이 없을 줄 알았다. 그러면 남은 사람은 나인데, 나는 나에게만은 절대로 화를 내고 싶지 않았다. 해 정은 족발과 막국수와 미역국을 내 앞으로 자꾸 밀어주며 많 이 먹으라고 말했지만, 입맛이 너무 없었다. 입은 쓰고, 몸은 축축 처지고, 자꾸만 눕고 싶었다. 화장실에 들어가서 거즈를 제거했는데 피가 잔뜩 묻어 있어서 마음이 참담했다. 말 없는 나를 보더니 해정은 가방을 챙겨 들었고, 몸에 이상이 생기면 언제든 연락하라고 했다. 나는 그렇게 말해주는 해정이 언니 처럼 느껴졌지만, 이 일 때문에 해정을 언니로 느끼거나 나보 다 낫다고 생각하고 싶지 않았다.

해정은 캐리어를 멈춰 세우더니 똑같은 빌라 세 채가 나란 히 서 있는 곳을 가리켰다.

저 집이야. 맨 앞쪽 A동 3층. 근데 너 계단 올라가다가 놀라 지 마.

왜 놀라?

복도 벽이 좀 이상하거든.

어떻게 이상한데?

해정은 직접 보라고 말하며 내 팔을 습관적으로 잡아끌었 다가 곧바로 소스라치게 놀라며 손을 놓았다. 미안해. 너 지 금 빨리 못 걷지?

괜찮아. 걸을 수 있어.

해정은 내 대답을 부인하는 것처럼 고개를 가로젓더니 천천히 걷자고 말했다. 그러면서 핸드폰을 수시로 확인했다. 어딘가에서 전화가 연달아 걸려왔다. 나는 내 캐리어를 끌고 가는 해정의 뒷모습을 바라보다가 해정이 타이트한 정장 바지에 가죽 구두를 신고 있다는 걸 알아챘고, 도무지 어울리지 않는다고 생각했다. 일할 땐 확실히 다른 모습이었다.

해정의 뒤를 따라 공용 현관으로 들어서니 복도 전체에 퍼진 서늘한 기운이 느껴졌다. 계단을 올라가며 누군가 복도에 내놓은 쓰레기봉투를 유심히 보았다. 일주일만 머물다가 집으로 돌아갈 거니까 이웃의 신분 따윈 알 필요가 없음에도, 나는 혼자 살 집을 구할 때마다 이웃이 누군지 무척 신경 썼던 기억을 되살리며 현관 옆에 내놓은 짐을 유심히 쳐다보았다.

3층으로 향하는 층계참에서 해정은 걸음을 멈추더니 나를 돌아보았다. 해정이 손가락으로 가리킨 것은 터질 듯 부풀어오른 벽이었다. 가운데 부분이 곡선을 그리며 앞으로 크게 튀어나와 있었다. 안에서 뭔가가 벽을 밀고 나올 것 같은 모양새였다.

왜 저래?

부실 공사. 걱정 마. 건물이 무너질 정도는 아니니까.

주인은 왜 그냥 내버려두는 건데?

세대마다 주인이 달라. 복도는 공용 공간이니까 공사비를 분담해서 수리해야 하는데, 합의가 잘 안 되고 있어. 1, 2층 집주인들은 3층 복도니까 어차피 안 보인단 거지.

그래서 집이 안 나가나.

많이 이상하니?

나는 그렇다는 의미로 고개를 끄덕였다. 집으로 들어갈 때마다 이런 벽을 봐야 한다는 건 결코 기분 좋은 일이 아니었다. 해정은 튀어나온 벽을 한 손으로 슥 만지더니 계단을 올라갔다. 나는 어쩐지 그 벽에 몸이 닿는 게 싫어서 멀찍이 떨어져 걸었다. 내가 지나가길 기다려 벽 속에서 무언가 튀어나올 것 같았다.

해정은 도어록 비밀번호를 천천히 누르더니 나를 돌아보았다. 나는 번호를 외웠다는 의미로 고개를 끄덕였다. 해정이 먼저 안으로 들어가 거실 불을 켰다. 불을 켜지 않더라도 채광이 나쁘지 않은 편이었다. 해정은 분주히 방과 주방 불을 켜더니 나를 돌아보았다. 어떠냐는 의미의 표정을 짓고 있었다.

괜찮네.

며칠 지내기엔 나쁘지 않지?

복도 벽만 아니면 우리 집보다 훨씬 좋은데. 방도 두 개나 되고.

하나는 거의 창고야. 너무 작아서 책상도 안 들어가.

나는 해정이 들여다보고 있는 방 앞으로 걸어갔다. 주방에 딸린 곁방이었는데, 해정의 말대로 정말 작았다. 세 사람이 나란히 누우면 꽉 찰 것 같았다. 이렇게 작은 방에 굳이 문을 달고 방 구실을 하라고 해놓은 게 우스웠다. 주방을 돌아보니 싱크대가 사선으로 설치되어 있었다. 오른편으로 갈수록 점점 뒤쪽으로 밀려들어갔다. 벽이 그런 구조인 것 같았다. 싱크대를 기준으로 삼고 형광등을 설치했는지 형광등도 사선으로 달려 있었다. 뒤늦게 거실 벽도 사선이라는 걸 깨달았다.

벽이 온통 비뚤다?

그래서 잘 안 나가나봐. 이런 집은 가구를 들여놓기도 어렵거든.

나 정말 여기 있어도 되는 거지?

집주인이 우리 부동산에만 집을 내놨는데, 이 집에 관심이 전혀 없어. 복도 벽이 저 모양이니 손님에게 보여주기도 민망하고. 내가 맡고 있는 물건이니까 편하게 있어도 돼.

해정은 계속해서 울리는 핸드폰을 손에 꼭 쥐고 서둘러 신발을 꿰어 신었다. 잠시 후 해정이 계단을 달려 내려가는 소리가 들렸다. 나는 베란다 창 앞에 서서 기다렸고, 해정이 사무소를 향해 뛰듯이 걸어가는 모습을 바라보았다. 문득 이 집에서 아주 오랫동안 살고 있는 사람이 된 기분이 들었다.

한숨 자고 일어나니 일몰 무렵이었다. 열어놓은 창문 사이
로 새들이 우짖는 소리가 날카롭게 들려왔다. 저렇게 우는 새
는 직박구리라고 주영 씨가 알려주었는데. 그때 우리는 성당
벤치에 앉아 있었다. 주영 씨를 만난 지 네 번째인가 다섯 번
째 되던 날이었고, 주영 씨가 먼저 성당에 가자고 제안했다.
자기는 고민이 있을 때마다 그곳에 가는데, 내가 고민이 있어
보인다고 했다. 그날 내내 내가 밝게 웃고 수다를 멈추지 않
았는데도 그런 말을 했다. 이 사람은 나를 꿰뚫어 보는구나.
그런 마음이 들어 주영 씨에게 끌렸다. 나는 그날을 떠올리며
주영 씨가 보낸 톡을 다시 읽었다.

─먹고 싶은 게 있으면 말해.

어쩐지 명령처럼 들렸다. 나는 한참 동안 답장하지 않다가
뒤늦게 술, 이라고 보냈다. 주영 씨는 느낌표 두 개를 보내더
니 아무런 말이 없었다.
해정과 주영 씨를 기다리다가 찬물에 세수를 했다. 빈속에
약을 먹고, 시원한 생수를 마셨다. 날이 점점 더워지고 있었
다. 한 달만 지나면 다들 여름휴가를 가느라 바쁘겠단 생각이

들었다. 나도 이번 여름엔 그래보고 싶었다. 인생의 가장 중요한 결정은 아니어도 잊지 못할 결정을 내린 여름이었으니 바쁘게 휴가를 준비해보고 싶었다. 벌써 다 회복된 건가……. 그런 생각을 하다가 포털 사이트에 들어가 이런저런 기사를 보았다. 관심도 없는 기사를 보다가 관심을 끄는 기사를 발견했다. 중요한 판결을 폐기하며 임신중지권을 박탈한 나라에 관한 기사였다. 나는 그 기사를 읽다가 갑자기 배가 당기듯 아파서 울었다. 바닥에 누워 천장을 바라보며 눈물을 말리는 동안 통증이 천천히 가라앉았다.

주영 씨와 해정이 3단으로 접힌 매트리스를 들고 왔다. 둘 다 손목에 커다란 비닐봉지가 걸려 있었다. 해정은 손을 씻고 나서 곧바로 미역국과 햇반을 데웠고, 주영 씨는 베란다 창을 활짝 열고 거실 바닥에 먹을 걸 부려놓았다. 맥주와 소주, 육포, 스낵, 포션 치즈, 과일 푸딩. 나는 그 앞에 앉아서 맥주를 가장 먼저 집어들었는데, 주영 씨가 곧바로 낚아채갔다.

일주일만 참아.

주영 씨의 태도가 워낙 단호해서 나는 잠자코 과일 푸딩을 집어들었다. 해정이 미역국과 햇반을 들고 오며 말했다. 보쌈 시켰으니까 천천히 먹어. 주영 씨는 맥주 한 캔을 금세 비우고 집 안을 둘러보았다. 작은 방은 너무 작고, 베란다는 지나치게 크다고 평했다. 거실엔 소파 대신 빈백을 놓는 게 낫겠다고 했다. 이 집은 전체적으로 균형이 안 맞아. 주영 씨는 그렇게 말하며 고개를 저었다. 복도 벽을 봤느냐고 물었더니, 봤다고, 그게 뭐냐고 도리어 나에게 물었다.

그 안에 뭐가 살고 있는 것 같지 않아?

뭐가?

괴물.

내 말에 주영 씨는 나를 물끄러미 보더니, 이 집에 있기 싫으냐고 물었다. 나는 아니라고 답했다. 해정은 부모님과 함께 살고, 주영 씨는 사촌동생과 원룸에 살고 있었다. 내가 기댈 수 있는 상황이 아니었다. 나는 이 집이 내 집보다 훨씬 좋다고 말했다.

그렇게 좋으면 이사를 하지?

여기 얼만데?

해정이 곧바로 답해주었다. 전세 1억 4천. 나는 입을 쩍 벌렸다. 주영 씨는 싸네,라고 답하더니 자기 집이 얼만지 알려주었다. 원룸인데 왜 그렇게 비싸? 내 말에 주영 씨는 놀란 표정을 지었다. 해정이 나를 가리키며 말했다. 얘는 월세만 살아서 전세 시세 개념이 없어. 나는 두 사람이 나를 괜히 놀린다고 생각했고, 그런 분위기라는 게 좋았다. 나를 위로해주려고 노력하는 것보단 나았다. 괜히 '그런' 화제를 꺼내는 것보단 나왔다. 그런데 주영 씨가 결국 그런 화제를 꺼내기 시작했다. 시작은 돼지였다. 죽은 돼지.

내가 어제 시장을 걷다가 뭘 봤거든. 트럭 짐칸이 활짝 열려 있었는데, 그 안에 죽은 돼지가 누워 있는 거야. 네 마리였어. 머리와 내장은 없고, 다리는 다 있고, 그걸 한 마리씩 등에 업고서 정육점으로 나르는 걸 봤어. 그걸 보고 고기 먹지 말아야지 생각했는데, 5분 정도 지났나? 그 시장에 돈가스집이 있거든. 쇼케이스에 튀긴 돈가스를 잔뜩 쌓아놔. 그 집에서 돈가스를 샀어. 너무 맛있어 보여서. 나 진짜 문제 있지 않아? 완벽한 분열이라니까.

주영 씨의 말에 해정은 아무런 대꾸 없이 보쌈만 먹었다. 나는 입맛 떨어진 표정으로 막국수를 먹었다. 어제도 족발보다 막국수를 더 많이 먹었는데, 오늘도 보쌈보다 막국수에 손이 더 갔다. 막국수는 입맛이 없어도 먹을 수 있는 음식이구나. 괜히 그런 생각을 했다. 잡생각으로 주영 씨의 말을 머릿속에서 밀어내고 싶었다. 죽음에 관한 얘기는 듣고 싶지 않았다. 돼지의 죽음으로 끝나는 건 괜찮지만 어쩐지 그럴 것 같지 않았다.

나는 나 때문에 고민이 너무 많아. 원래 사람들은 다 자기 자신 때문에 고민이 많은 건가? 주영 씨는 누구에게랄 것도 없이 그렇게 묻더니 나를 쳐다보며, 요즘엔 너 때문에 고민이 많다고 했다. 나는 아무런 대답도 하지 않았다. 주영 씨 앞에 놓인 빈 소주병만 쳐다보았다. 언제 저걸 다 마셨지. 해정이 불안한 표정으로 주영 씨와 나를 번갈아 쳐다보았다. 주영 씨는 그 신호를 무시하고 계속 말했다.

내가 원하는 건 폭력 없는 세상인데, 가끔은 폭력과 폭력 중에서 하나를 선택해야 하는 딜레마에 빠질 때가 있어. 그때마다 또 분열을 느껴. 내가 둘로 쪼개지는 기분이야.

나는 젓가락을 내려놓았다. 해정은 한숨을 내쉬었다. 나는 주영 씨가 회사에서 안 좋은 일이 있었던 거라고 짐작했다. 그래서 괜히 내게 화풀이하는 거라고. 나는 주영 씨를 좋아했고 좋은 사람이라고 생각했지만, 가끔은 너무 싫었고 내게 적대적인 사람이라고 생각했다. 어떻게 한 사람에 대한 감정과 판단이 이렇게 유동적일 수가 있지. 정반대일 수가 있지. 나는 그게 사람의 마음이라고 결론 내린 지 오래였지만, 오늘은 주영 씨에게 그런 마음이 드는 게 싫었다. 그냥 계속 좋은 사람이면 안 될까, 주영 씨?

내 속마음을 듣지 못한 주영 씨는 자리에서 일어나더니 베란다로 걸어갔다. 그리고 천천히 담배를 피웠다. 해정이 뾰족한 목소리로 이 집에선 담배 피우지 말라니까,라고 쏘아붙였지만 주영 씨는 거의 다 피웠다면서 해정의 말을 듣지 않았다. 해정은 화난 표정을 지었다. 나는 분위기를 전환하고 싶어서 아무 말이나 꺼냈다.

어제 병원에 갔을 때 화장실에 들렀다가 깜짝 놀랐잖아. 변기 안에 망이 있는 거야. 연두색 망. 똥 못 누게 하려고 그런 걸 설치해놓은 거지.

해정은 놀란 얼굴이었고, 주영 씨는 큰 소리로 웃기 시작했다.

정말 치사하지 않아? 수술하기 전에 똥이 마려울 수도 있잖아. 그런 상황을 다 무시하고 자기 편의만 생각한 거지. 막힌 변기 뚫기 싫다는 거지.

거기도 누군가의 일터일 뿐이야.

주영 씨가 그렇게 말하며 나를 힐끗 돌아보았다. 나는 그런 결론이 나온 게 못마땅했다. 그래서 맥주를 집어들었고, 두 사람이 말리기 전에 재빨리 들이켜고 말했다. 주영 씨, 원치 않는 임신도 폭력이야. 그러니까 나를 그만 좀 판단해.

주영 씨가 나를 천천히 돌아보았다. 담배를 바닥에 비벼 끄고 꽁초를 집어들더니 주방으로 걸어가 개수대로 휙 던져넣었다. 그리고 말했다. 내가 그걸 모를 거 같아? 난 너한테 솔직해지고 싶어서 그런 거야.

그럴 필요 없어. 나한테 공감해줄 필요도 없고.

공감해. 나였어도 같은 선택을 했을 거야.

직접 겪지 않으면 모르니까 그런 말은 하지 마.

주영 씨는 아무런 대꾸도 하지 않았다. 베란다 창을 등지고 앉아서 두 손으로 다리를 감싼 자세로 바닥만 쳐다보았다.

나 때문에 상처받았어? 주영 씨는 그렇게 묻더니 내 대답은 듣지도 않고 괴로운 듯 두 팔로 머리를 감쌌다. 나는 이 상황이 너무 불편했다. 주영 씨는 도대체 무엇 때문에 괴로워하는 걸까. 나의 선택 때문에? 자신의 판단 때문에? 그 둘은 연결될 필요가 없다. 각자 자기 자리에서 움직이지 않는 감정도 있어야 한다.

나는 윤리적인 판단을 내리려는 게 아니야.

주영 씨는 작은 목소리로 말했고, 나는 즉시 반박했다.

다들 임신 후 선택에 윤리적인 판단을 내려. 임신 자체엔 아무런 판단도 안 내리면서. 나는 그게 잘못됐다고 생각해.

주영 씨가 고개를 들더니 더 얘기해보라는 표정을 지었다.

임신 자체를 두고 윤리적인 판단을 먼저 내려야 돼. 임신은 좋은 임신이 있고, 나쁜 임신이 있어. 나는 나쁜 임신을 한 거야. 그래서 이런 선택을 한 거고. 판단을 하려면 제발 제대로 된 단계에서 하라고.

주영 씨는 아무런 대꾸도 하지 않았다. 해정 역시 마찬가지였다. 나쁜 임신이 존재한다는 걸 설명하는 일은 생각보다 어려웠다. 내가 나쁜 사람이 된 기분이었다. 만일 내가 강간을 당해 임신했다면, 나의 주장을 좀 더 쉽게 받아들였을까. 명백히 나쁜 임신이라고 말해줄 수 있었을까. 하지만 그것은 임신 이전 단계에서 윤리적 판단이 내려진 것이다. 이런 식으로 단계를 거슬러 올라가면 모든 몰이해가 풀릴 것 같지만 실상은 아니다. 나는 더 불편해졌고, 주영 씨 역시 그런 눈치였다. 나는 내 마음을 솔직하게 표현하고도 주영 씨와 해정이 나를 차가운 사람으로 볼까봐 불안했고, 이런 마음을 갖는 내가 싫었다.

시간이 한참 지난 다음에 만날 걸 그랬다. 그땐 이런 얘기가 화제에 오를 리 없고, 나는 끊임없이 다른 얘기를 할 텐데. 하지만 그걸 인식하는 순간 편안함은 사라질 것이다. 그러므로 솔직하게 말하고 계속 얼굴을 보기로 한 것인데, 그런 선택이 자꾸 이렇게 우리를 불편하게 만든다면 어떻게 해야 하나.

주영 씨가 한숨을 내쉬더니 말했다. 나는 너한테 솔직하고 싶어. 속이는 거 없이 만나고 싶어.

나도 그래.

……나도 그랬어. 근데 그게 좋은 건 아닌 것 같아.

해정의 말에 우리는 길게 침묵했다.

이건 나의 사건이 아니라 우리의 사건이 되어버렸다. 내가 이 상황에 대해 끊임없이 생각하듯 해정과 주영 씨 역시 그렇게 하고 있었다. 우리는 서로 연결된 촉수를 갖고 있는 걸까. 그러나 그 촉수의 탐지 기관은 지극히 주관적이어서 상대의 마음인 줄 알았던 것이 자기 마음이 되기도 하고, 자기 마음인 줄 알았던 것이 상대의 마음이 되기도 한다. 그렇게 뒤섞여버린다. 나는 그런 생각을 하다가 어느샌가 맥주를 두 캔이나 비웠다는 걸 깨달았다.

해정이 다시 보쌈을 먹기 시작했다. 주영 씨는 주머니에서 뭔가를 꺼내더니 내게 내밀었다.

뭔데?

반지. 오다가 주웠어.

빈말이 아니라 주영 씨는 정말로 이곳으로 오다가 반지를 주웠다. 반지는 내 손에 맞지 않았다. 너무 꽉 끼었다. 주영 씨한테 맞을 거 같은데? 주영 씨가 반지를 꼈다. 딱 맞았다. 주영 씨에겐 딱 맞는 반지가 내겐 꽉 낄 수 있다는 게 당연한데, 나는 그게 새삼스러웠다.

해정이 남은 음식을 처리했다. 나는 육포를 잘근잘근 씹으며 베란다에서 서성였다. 창 바로 앞에 나무가 있어서 좋았다. 이런 집에 살아본 적은 없는데. 창문을 열면 늘 벽이거나 보기 싫은 이웃의 방이었지. 주영 씨가 바닥을 물티슈로 훔치자 거실은 금세 말끔해졌다.

나는 작은 방으로 들어가 바닥에 누웠다. 그냥 그래보고 싶었다. 누우면 방 같은 기분이 들지 궁금했는데 감옥 같기만 했다. 너무 작아서 갑갑했다. 해정과 주영 씨가 방으로 들어오더니 내 옆에 누웠다. 셋이 누우니 방이 꽉 찼다. 우리는 이렇게 작은 방을 만든 사람의 터무니없는 욕심에 대해 얘기했다. 그러고 있으니 감옥 같았던 방이 텐트처럼 느껴졌다. 내가 그렇게 말하자 다들 맞장구쳐주었다.

캠핑 가자.

이번 여름엔 꼭 가자.

우리는 해마다 다짐했던 걸 다시 말하고, 어떤 장비를 렌트해야 하는지 이야기를 나누다가 점점 말수가 줄어들었다. 긴 침묵을 깨고 주영 씨가 입을 열었다.

나랑 같이 사는 사촌도…… 수술했어, 작년에.

해정과 나는 조용히 듣고만 있었다. 계속 말해보라는 의미였다.

걔는 엄마한테 다 말하고 병원에 같이 갔어. 근데 그 뒤로 둘 사이가 서먹해졌어. 이모가 나한테 그러더라. 어떻게 대해야 할지 모르겠다고. 속이 너무 상하고, 왜 그랬나 싶고, 자꾸 감시하게 된다고. 사촌이 그걸 안 거지. 그래서 집 나와서 나랑 같이 사는 거야. 원래 사이좋은 모녀였는데 지금은 연락도 잘 안 해. 물론 이모는 하지. 사촌이 안 받는 거고. 나는 그런 생각이 들었어. 차라리 모르는 게 나았겠다. 사촌도 후회해. 얘기하지 말걸 그랬다고. 나도 처음엔 그게 낫다고 생각했는데 지금은 아니야. 그냥 솔직하게 말하고, 받아들일 수 없는 문제라면 자연스럽게 멀어지는 게 낫다고 생각해. 내가 이상한가?

나는 이상하지 않다고 답했고, 해정은 아무런 대꾸도 없다가 확신 없는 어조로 말했다.

나는 모르겠어. 받아들일 수 없는 문제를 받아들여야 하는 사람의 마음도 생각해봐.

꿈결에 도어록 비밀번호를 누르는 소리가 들려왔다. 나는 천천히 몸을 일으켰고, 주영 씨는 일어나지 않고 눈만 떴다. 해정은 벌떡 일어났다. 낯선 아주머니가 현관에 서서 놀란 표정으로 우리를 쳐다보았다.

아주머니는 현관문을 닫은 뒤 우리에게 먼저 가라고 말했다. 도어록 비번을 바꿀 것이고, 다른 부동산에 집을 내놓을 것이며, 우리에게 자기 집을 불법으로 사용한 값을 청구하겠다고 으름장을 놓았다. 주영 씨는 3단으로 접힌 매트리스를 안고 가만히 서 있었고, 해정은 아주머니를 설득하려다가 포기했고, 나는 캐리어 손잡이를 쥐고 터질 듯 부풀어오른 복도 벽을 노려보았다. 아주머니가 돌아간 뒤 해정이 말했다. 그동안 한 번도 안 왔는데, 왜 하필 오늘이지?

우리는 집 앞 놀이터로 걸어갔다. 주영 씨는 머리가 아파서 눕고 싶다고 말했다. 나는 누우라고 대꾸했다. 아무 데나 누우라고. 소주를 그렇게 빨리 마셨으니 머리가 아프기도 할 거라고. 그냥 한 말이었는데, 주영 씨는 놀이터 모래 바닥에 매트리스를 펼치더니 정말로 그 위에 드러누웠다. 나와 해정은 벤치에 앉아 주영 씨를 빤히 쳐다보았다.

주영 씨, 좋아?

어. 너희도 누워봐.

나는 벤치에서 일어나 슬며시 주영 씨 옆에 누웠다. 밤하늘의 별은 보이지 않았고 온통 캄캄하기만 했다. 해정은 내게 미안해하는 눈치였지만 미안하다고 말하진 않았다. 미안해할 일이 아니었으니까. 해정은 나름대로 애썼다. 나도 알고, 주영 씨도 알았기에 아무도 이 상황에 대해 불평하지 않았다. 집주인이 우리를 나무랐을 땐 화가 났고, 불법 점유를 했다고 우겼을 땐 반박하고 싶었지만, 생각해보니 충분히 그럴 만한 상황이었다. 해정은 그네로 걸어가 줄을 붙잡고 누군가와 길게 통화하더니 돌아와 우리에게 말했다. 내가 잘 설득했으니까 걱정하지 마.

걱정 안 했어.

나도.

주영 씨와 나는 매트리스 위에 누워 밤하늘을 바라보며 대꾸했다. 집으로 돌아갈 생각을 하니 가슴이 갑갑하면서 동시에 후련했다. 해정의 제안을 선뜻 수락했던 건, 이들과 함께 내가 겪은 일을 잘 정리해보고 싶어서였다. 함께 정리할 일이 아니라고 생각하면서도 나는 해정과 주영 씨를 곁에 두고 싶었다. 그러면 암울한 기사를 봐도 울지 않을 것 같았고, 서로의 생각이 달라도 인간에 대한 희망을 완전히 잃진 않을 것 같았다. 물론 완전히 잃어버릴 수도 있지만, 주영 씨나 해정의 얼굴을 다시 못 보게 되는 것보단 덜 괴로웠다. 나는 주영 씨가 어떤 대답을 하든 상관하지 않겠다는 마음으로 입을 열었다.

집은 재산이라는 이유로 침입을 허락하지 않는데, 여자 몸은 집만도 못하다는 건가.

갑자기 무슨 소리야.

기사 못 봤어?

아…… 그 얘기구나.

내 몸이 집만도 못한 자유만 허락되는 곳이라는 거잖아. 다들 재산 좋아하고 자본주의에 순응하며 살면서, 어떤 여성이 제 몸이 저의 유일한 재산입니다,라고 말해도 아무도 안 듣고. 누구나 자기 몸으로 살아야 하는데, 남의 몸으로 살 수 있는 게 아닌데, 왜 그게 재산보다 못하다는 거지? 여자 몸은 누구나 간섭할 수 있는 공공자산이라는 건가. 나는 불법 점유에 반대합니다. 그러므로 오늘 우리의 행동은 불법 점유임을 인정하고 사죄합니다.

나는 크게 소리질렀다. 주영 씨가 그걸 그렇게 연결하지 말라고 했다. 결국 집주인한테 사죄하고 끝나는 건 좀 아니라면서.

왜 아니야?

그냥 싫어.

주영 씨도 빨리 집주인이 되어야지.

그렇게 끝내지 마.

싫어. 아무렇게나 끝낼래.

마음대로 해.

주영 씨는 셔츠를 올려서 얼굴에 덮어썼다. 타투가 가득한 배가 보이든 말든 신경도 쓰지 않고. 나는 주영 씨의 그런 무심함이 좋았고, 또다시 감정이 변하는 걸 느꼈다. 아깐 주영 씨가 싫었는데 이젠 좋고, 해정은 원래부터 좋았고……. 고개를 드니 해정이 내 발치에 서 있었다.

그냥 우리 집으로 가자. 부모님한텐 너 몸살 났다고 할게.

밤엔 공사 안 해. 집으로 갈래.

내일 아침부터 다시 할 거 아니야. 우리 집으로 가자니까.

나는 아무런 대답도 하지 않았다. 당분간은 이들이 내게서 멀어지지 않을 것 같았다. 내 발치에, 옆에 항상 들러붙어 있을 것 같았다.

해정이 갑자기 매트리스 끄트머리를 붙잡더니 질질 끌고

가기 시작했다. 나는 웃으며 그만하라고 말했다. 그러다가 옆으로 굴러떨어질 뻔해서 주영 씨가 붙잡아주었다. 해정은 이대로 집까지 가자고 말했다. 내가 너희들을 끌고 갈 테니까 얌전히 있어. 주영 씨와 나는 쟤가 왜 저러나, 생각하면서도 웃으며 끌려갔다. 우리 주변에 모래 먼지가 풀풀 흩날렸다.

먼지 구름이 가라앉으면 보이는 우리의 얼굴은 저마다 다르게 생긴 사람들이겠지. 그러나 서로에게 뭔가를 해주려고 늘 기다리는 사람들이겠지. 자기 생각을 말하다가 상대를 다치게 하고, 자기도 다치는 사람들이겠지. 차라리 입을 다물까. 집이든 몸이든 뭐든 그냥 다른 사람들이나 떠들라 하고 우리는 이렇게 아이처럼 장난이나 치며 살까. 하지만 자꾸 울고 싶은 일이 생기는 걸 어쩌나. 어떻게 막을 수가 있나. 시간이 흐르면 또 다른 사건이 우리 가슴에 유성처럼 떨어질 것이고, 그때마다 우리는 서로 소매가 엉킨 채로 함께 걸어갈 것이다.

6주가 사라진 지 36시간이 지났고, 나는 주영 씨의 손을 잡고 있었다. 해정은 우리를 열심히 끌고 갔다. 놀이터가 끝나는 지점을 향해. 웃음이 그치는 곳을 향해.

놀이터 입구에 도착한 우리는 옷을 탁탁 털고 나서 매트리스를 획 뒤집었다. 그리고 세 명이서 여섯 개의 손으로 부지런히 매트리스를 털었다. 해정이 곧바로 택시를 호출했다. 주영 씨는 화단에 매트리스를 기대어놓고 핸드폰을 들여다보았다. 또 쇼츠 영상을 보는 것 같았다. 틈만 나면 그런 걸 보며 실없이 웃는 주영 씨는 아마도 심심한 것 같았다. 나는 별하나 보이지 않는 밤하늘을 올려다보았다. 텅 빈 하늘도 아름다웠다.

발 없는 새
떨어뜨리기

사영은 나를 보자마자 말갛게 웃었다. 마스크 너머의 표정이 나만큼 밝으리라는 것을 한눈에 알 수 있었다. 우리는 만나자마자 손부터 잡았다. 이런 방식의 인사는 아주 친한 사이가 아니고서야 할 수 없게 된 시기에 사영과는 오랜만에 만나도 손부터 잡게 되었다. 사영의 손은 여전히 놀랄 정도로 작았다. 손이 더 이상 커질 일도 없는데, 나는 사영의 손이 이렇게 작다는 사실에 새삼 놀랐다.

사영은 아침 식사를 거르고 나왔다고 말했다. 쟁반 위엔 커피 한 잔이 오도카니 놓여 있었다. 나는 얼른 카운터로 걸어가 블루베리 머핀을 사왔다. 사영은 머핀을 조금씩 떼어먹었다. 입가에 부스러기가 묻어서 냅킨을 건네주었더니 피곤해 보이는 얼굴로 엷게 웃으며 입술을 닦아냈다.

일이 힘드니?

사영은 고개를 끄덕이다가 이내 저었다.

언니가 그랬잖아. 이 세상엔 안 힘든 일이 없다고.

나는 그랬지, 하고 고개를 끄덕였다. 이 세상엔 안 힘든 일이 없고, 안 힘든 일을 찾아보는 일조차 너무 힘들어서 곧바로 포기하게 되었다. 우리는 힘들게 살아야 하는 현실을 받아들이기로 했지만 그렇더라도 쌓이는 울분과 스트레스는 어찌할 수가 없었고, 간간이 만나서 전시를 보거나 술을 마시는 것으로 풀었는데 그마저도 1년 전부터는 뜸해졌다.

마지막으로 만났을 때 우리는 수미 언니의 생일 파티에 참석했는데, 여섯 명이 모인 그 자리에서 확진자가 나왔다. 생일이었던 수미 언니가 양성 판정을 받은 것이다. 우리는 선별진료소에 가기 전날 바닥에 엎드려 펑펑 울었다. 나는 내가 살고 있는 원룸에 잠시 들렀던 엄마가, 사영은 함께 살고 있는 할머니가 걱정되어 검사를 받기도 전에 눈이 퉁퉁 부을 정도로 울었는데, 수미 언니는 담담한 어투로 단톡방에 이런 소식을 전했다.

—얘들아, 내가 걸린 코로나는 안전한 거래. 전파력이 거의 없대. 그러니 걱정하지 마. 그리고 나를 원망하지 않았으

면 좋겠어.

그러나 우리는 각자 조금씩 수미 언니를 원망했고, 그 뒤로 한 번도 모이자는 말을 하지 않았다. 단톡방은 고요했고, 우리는 한 명씩 차례대로 방을 나갔다. 선별진료소에 다녀와 음성 판정을 받았다는 걸 알리고, 서로 다행이라고 말했던 게 우리가 나눈 마지막 대화였다. 각자 일상 속에서 마스크를 열심히 쓰고 만남을 줄이며 연락 없이 살아갔지만, 나는 이따금 사영이 어떻게 살고 있을지 궁금했다.

그동안 어떻게 지냈어?

사영은 잘 지냈다고 기운 없이 말했다. 그러나 얼굴에 그늘이 드리워져 있어서 잘 지내지 못했다는 걸 한눈에 알 수 있었다. 언니, 우리 늦을지도 몰라. 사영은 내 시선을 피하더니 지저분해진 쟁반을 정리하며 서두르자고 말했다.

우리는 스타벅스 리저브에서 나와 에스컬레이터를 타고 컨벤션홀로 향했다. 사영은 한 달 전 내게 이런 톡을 보냈다.

─언니, 나랑 서일페 갈래?

나는 서일페가 뭔지 묻지도 않고 대번에 간다고 답했다. 서둘러 검색해보니 서일페는 서울일러스트레이션페어의 줄임말이었다. 그 순간 나는 사영이 나보다 젊다는 걸 실감했다. 사영이 없었다면 아마도 나는 서일페가 뭔지 평생 모르고 살았을 것이다.

서일페가 열리는 D홀은 컨벤션홀 3층에 있었다. 우리는 직원의 안내대로 기다란 줄의 끄트머리에 섰다. 입장하려면 종이 팔찌를 받고, 발열 체크도 해야 했다. 오전에 주최 측에서 톡으로 보낸 자가문진표를 작성하려는데 사영이 말했다. 언니, 다 '아니오'에 체크하면 돼. 우리는 열도 안 나고, 호흡기 증상도 없고, 해외에 다녀온 적도 없잖아. 나는 사영의 말대로 모두 '아니오'에 체크했고, 톡으로 전송받은 입장권 바코드를 확인했다. 이제 종이 입장권은 아무도 안 모으나? 사영은 내 말에 아무런 대꾸도 하지 않았다. 나는 멍한 표정으로 대기 줄만 바라보는 사영에게 물었다. 일은 좀 어떠니?

힘들지⋯⋯. 며칠 전엔 자살자가 왔어. 젊은 남자였는데, 부모가 집을 비운 사이에 방에 연탄을 피웠어.

죽었니?

어.

나는 더 이상 묻지 못했다. 응급실에서 일하게 되었다는 말은 들었지만, 전에도 일해본 적이 있으니 괜찮을 거라고 생각했다. 그러나 사영은 괜찮아 보이지 않았다.

언니, 젊은 사람들이 왜 자꾸 죽는 걸까?

너무 어려운 질문이었기에 나는 아무런 대답도 할 수 없었다. 그걸 알면 정치인이 될 수 있을 거라는 뜬금없는 생각이 들었다. 실제로 그들은 답을 알고 있을 것 같지 않고, 알려고 할 것 같지도 않지만. 나는 다른 이야기를 하고 싶었다. 젊은 사람들이 죽는 이야기 말고 희망찬 이야기.

사영아, 난 요즘 집이 사고 싶다.

사영은 눈을 커다랗게 뜨며 나를 돌아보았다.

언니, 돈 있어?

없지. 근데 찾아보니까 싼 집도 있어.

어디에?

고흥. 그리고 군산. 난 군산이 더 끌려.

나는 전날 밤 인터넷 검색으로 찾아낸 집에 대해 자세히 말해주었다.

군산에 있는 오래된 아파트인데, 1층이고 방이 두 개야. 리모델링도 되어 있고.

얼만데?

나는 손가락 세 개를 펼쳤다.

3억?

3천만 원.

사영은 믿을 수 없다는 표정을 지었다.

놀랐지? 고흥엔 천만 원짜리 아파트도 있어. 찾아보면 지방에 그런 아파트가 좀 있어. 근데 나는 군산이 좋아. 군산엔 초원사진관도 있고, 기찻길도 있고, 젊은 사람들이 많이 놀러 가는 곳이잖아. 거기 살면 매일 여행하는 기분이지 않을까?

사영은 고개를 갸웃거리더니 이내 세차게 저으며 말했다. 언니는 지방에 살면 안 돼. 배달 건수가 많지 않을 거야.

사영의 말이 맞았다. 프리랜서 작가로 살면서 배달을 하지 않고 살아가기란 거의 불가능했다. 모두가 배달업에 뛰어든 이상한 세상이 되어버리자, 나 역시 그런 세상을 개탄하지 않고 따랐다. 당근마켓에서 자전거와 보냉 가방을 사서 밤마다 음식을 배달했다.

언니, 그래도 군산에서 직장을 구할 수 있으면 그 집을 사는 것도 괜찮을지 몰라.

사영은 진지한 어조로 말했고, 나는 반색하며 물었다. 싸서 괜찮지?

아니. 1층이라서. 집 살 때 그게 가장 중요해. 1층이면 소방관이랑 경찰이 빨리 진입할 수 있잖아. 사람들이 아무것도 모르고 고층에 사는데, 그거 진짜 위험한 거야. 응급실에 빨리 실려갈 수 있는 집에 살아야 돼. 골든타임이라는 말 들어봤지? 나는 무조건 1층에 있는 집만 살 거야.

나는 말문이 막혀서 아무런 대꾸도 하지 못했다. 응급실에 빨리 실려갈 수 있는 기준으로 집을 골라야 한다는 건 응급실 간호사가 아니고서야 할 수 없는 생각일 것이다. 보통은 응급실에 실려갈 일이 없길 바라며 살아가니까. 실제로 사영은 병원 기숙사에 들어가기 전까지 할머니와 재개발 구역의 단층 집에서 살았다.

언니, 난 집보다 주식에 관심이 많아.

너 주식 샀어?

당연히 샀지. 설마 언니는 안 산 거야?

나는 나의 자금 사정을 모른 척하는 사영이 얄미웠다. 티를 내지 않으려 노력했지만 다들 안다고 생각했는데, 혹시 사영은 몰랐던 걸까.

주식도 안 하고 무슨 배짱이야? 돈을 불릴 수 있는 다른 방법이 있어?

나는 아무런 대답도 하지 않았다. 돈이 있어야 돈을 불리지. 속으로 툴툴거리는 동안 자연스레 수미 언니의 얼굴이 떠올랐다.

수미 언니는 술만 취하면 내 손을 붙잡고 울었다. 나처럼 확신할 수 없는 재능과 뜨거운 열정만 갖고 꿈을 이루려는 사람을 볼 때마다 가슴이 찢어진다고 말하며. 나는 언니에게 속마음을 털어놓은 걸 무척 후회했다. 우리는 가장 연장자라는 이유로 수미 언니에게 자주 상담을 요청했다. 그러나 돌아오는 답변에 만족한 적은 거의 없었다. 운동을 해. 돈을 모아. 그 사람과 헤어져. 가족보다 너 자신을 소중하게 생각해. 우리가 미적지근한 반응을 보이면 수미 언니는 갑자기 우리를 공격하기 시작했다. 모아놓은 돈이 그거밖에 없다는 걸 부끄럽게 생각해야 돼. 너한테 수동적 공격성이 있는 거 모르지? 언니가 그런 말을 할 때마다 단톡방은 조용해졌다. 머쓱한 표정, 울고 있는 표정의 이모티콘이 주르륵 떠올랐을 뿐 아무도 입을 열지 않았다. 그러나 사영은 한 번도 수미 언니에게 상담을 요청하지 않았다. 힘들다는 말도 하지 않았다. 그랬더니 언니는 사영이 자신에게 거리를 두는 것 같다고, 생일 케이크를 안주 삼아 와인을 마시며 말했다. 너는 우리랑 급이 다르다고 생각하지? 사영의 얼굴에 황당한 표정이 떠올랐고, 나는 수미 언니의 주사가 고약해졌다고 생각했다.

언니는 십대 시절부터 배우가 되는 게 꿈이었고, 고등학교를 졸업하자마자 연기 학원에 갔다가 뜬금없이 마술을 배워보라는 소릴 들었고, 열심히 마술을 배웠으나 열정만 있을 뿐 도무지 재능이 없었고, 소주방에서 아르바이트를 시작해 소주방이라는 단어가 완전히 사라질 때까지 그곳에서 일했고, 모아놓은 돈이 거의 없었다. 소주방에서 첫 아르바이트를 시작했다니, 도대체 언니는 몇 살일까.

우리는 당근마켓을 통해 만났다. 수미 언니는 매일 한 가지 물건을 무료 나눔 하는 행사를 한 달간 진행했고, 우리는 모두 언니에게서 물건을 받은 사람들이었다. 나는 커트러리 두 세트, 사영은 마 소재 여름 원피스를 받았다. 그 뒤에도 수미 언니는 심리 상담을 해주겠다며 계속 연락을 해왔다. 그렇게 우리는 점점 가까워졌다. 수미 언니가 확진 판정을 받기 전엔 가끔 동네에서 언니와 단둘이 만나기도 했다. 내가 언니의 개인 톡으로 글을 보내면, 언니는 늘 세븐일레븐에서 만나자고 답했다.

세븐일레븐 앞엔 파라솔 테이블 세 개가 놓여 있었다. 왼쪽 테이블은 스포츠 중계를 보며 맥주를 마시는 아저씨가 차지했고, 가운데 테이블은 매일 저녁 모여 앉아 막걸리를 마시는 할아버지들이 차지했다. 한번은 흑인 여성들이 할아버지들과 섞여 앉아 있는 것을 보았는데 참 생소한 광경이었다. 나보다 먼저 도착한 수미 언니는 내 옆구리를 쿡 찌르더니, 일자리를 주선해주는 것 같다고 말했다.

할아버지가 저 여성들한테 어디로 가라고, 얼마를 줄 거라고 그런 식으로 말한다.

우리는 수상쩍은 눈길로 그들을 바라보았다. 동네 편의점에서 볼 법한 광경은 아니었다. 우리는 그쪽 테이블에서 오가는 대화를 들으려고 신경을 잔뜩 곤두세웠지만 끝내 어떤 일을 주선한 것인지는 알아내지 못했다. 우리는 그게 가장 궁금했고, 어쩌면 우리가 할 수 있는 일인지도 모르겠다고 약간 기대도 했던 것 같다. 그녀들이 떠나자 우리는 아쉬움을 삼키며 동시에 고개를 돌렸고 다시 서로에게 집중했다.

그런데 가진아, 너는 꼭 글을 써야겠어?

나는 언니가 늘 그런 식으로 포문을 연다는 걸 알기에 잠자코 육포를 집어들었다. 언니가 사온 육포를 빼앗아 먹고, 언니가 사주는 맥주를 얻어 마시는 게 내겐 익숙한 일이었다. 별로 미안하지 않았고, 창피하지도 않았다. 언니가 나보다 가진 게 없거나, 거의 비슷한 정도로만 갖고 있는 사람이라는 게 내 마음을 편안하게 했다. 나의 가난이 쪽팔리지 않았다.

이번 글 별로였어?

아니. 그런 뜻은 아닌데…… 수미 언니는 발끝을 쳐다보다가 고개를 들더니 말했다. 그런 글을 쓰면 얼마나 받니?

왜?

나도 해보려고.

쓰지 마. 얼마 못 벌어.

그래. 그럴 거 같더라.

언니는 더 이상 묻지 않더니, 내 글의 어떤 점이 좋았고 어떤 점이 아쉬웠는지 조목조목 알려주었다. 육포를 잘근잘근 씹으며 내 글을 같이 씹었다.

네 글은 읽으면 힘이 쭉 빠진다는 게 장점이자 단점이야. 서서 읽으면 앉고 싶어지고, 앉아서 읽으면 눕고 싶어져. 누워서 읽으면 잠들고 싶어지고.

지루하다는 거야?

아니. 그렇게 들렸어?

그렇게 들렸어.

언니는 큰 소리로 웃더니 그날 새벽에 자기가 쓴 일기를 좀 들어보라고 했다. 사실 언니는 내 글에 대한 감상을 말해주는 것보다 본인의 일기를 낭독하는 걸 더 좋아했다. 나는 그걸 알면서도 언니가 편의점으로 오라고 하면 군말 없이 나갔다. 언니는 손가락을 튕겨 딱 소리를 내더니 주의를 집중시켰다. 낭독하기 전에 언제나 그런 식으로 시작을 알렸다. 그리고 나직한 목소리로 일기를 읽어내려갔다.

―8월 22일 새벽. 나는 종로 포차를 떠올린다. 술값 4만 원이 비싸다고 주인에게 시비를 걸었던 어느 밤을. 주인은 멍게를 썰다가 말했다. 우리도 남는 게 없어요. 작작 드셨어야지. 나는 작작 먹었다고 주장했다. 내 인생도 남는 게 있어야 한다고 말했다. 3천 원만 깎아주면 남는 게 좀 있을 것 같다고 주인에게 매달렸다. 집에 갈 차비는 남기고 싶었다. 차비가 남으면 내 인생도 결국 남는 인생이 될 것 같았다. 실패했다. 밤새 걸었다. 집까지 걷다가 도중에 집을 버렸다. 더럽게 머니까 버리게 된다. 그건 집도 아니다. 검은 곰팡이와 붉은 개미의 집이다. 개미는 내가 설치한 독약을 부지런히 날랐다. 수천 마리가 줄지어 벽을 기어갔다. 장장 네 시간 동안 이어진 독약 나르기. 다음날부터 개미는 한 마리도 보이지 않았

고, 나는 내가 저지른 살생을 괴로워하는 척하며 술을 퍼마셨다. 그리고 개미처럼 머리 위에 독약을, 독약 같은 꿈을 짊어지고 집까지 걸어갔다. 줄지어 함께 걸어갈 동료 하나 없이, 혼자서. 모든 꿈꾸는 개미는 다 죽고 나 혼자 남았다. 당연한 결말이다. 나는 마흔이 넘었고, 여전히 꿈을 버리지 못했다. 사람들은 나를 마흔 개의 다리가 달린 개미처럼 쳐다본다. 그런 존재는 있을 수 없다는 듯이. 날이 밝았고, 나는 마흔 개의 다리를 잘라서 주머니에 억지로 쑤셔넣었다. 그리고 아무렇지 않은 표정을 지으며 출근하는 사람들 사이를 두 다리로 걸었다. 그러는 동안 주머니 속 마흔 개의 다리가 나를 계속 걸어갔다.

언니는 낭독을 마치고 나를 쳐다보았다. 나는 고개를 들 수가 없어서 계속 숙이고 있었다. 도대체 우리는 왜 꿈을 버리지 못하고, 우리는 왜 이렇게 돈이 없나. 꿈과 돈이 연결되어 있다는 걸 나도 알고, 언니도 알았다. 꿈을 제대로 이루거나 완전히 버려야지만 돈을 벌 수 있다는 걸.

수미 언니는 맥주 캔을 들어올리더니 가볍게 흔들었다. 맥주가 바닥났다. 나는 늘 그랬듯 맥주 사올 돈이 없었고, 언니는 맥주와 담배 중 뭘 선택할지 한참 고민하더니 결국 담배를 사왔다. 나는 언니가 내뿜는 연기를 피하기 위해 의자에서 일어나 스트레칭을 했다. 내가 요란하게 허리를 돌리고 팔을 휘두르면 언니는 웃었다. 커다란 앞니 두 개를 드러내며 웃는 언니를 볼 때마다 나는 언니가 쥐 같다고 생각했다.

전시장 안으로 들어오자 사영의 표정은 눈에 띄게 밝아졌고, 목소리 톤도 높아졌다. 수백 개의 부스가 넓은 전시장에 빼곡하게 들어차 있었다. 각 부스마다 포스터와 엽서, 스티커, 마스킹테이프, 배지 같은 것들이 진열되어 있었고, 매대 뒤편에 창작자가 앉아 있었다. 사영은 물건을 잔뜩 사들이기 시작했다. 엽서와 키링, 배지와 손수건. 룸메이트에게 선물할 손거울도 샀다. 나는 괜스레 메모지를 집었다가 내려놓았다. 낱장마다 귀여운 새가 그려져 있는 메모지였다. 책상 위에 놓아두면 기분이 좋아지겠지만 그것도 잠깐일 것이다. 결국 메모지가 있는 줄도 모르고 살아가겠지. 핸드폰 메모장을 쓰면 되니까 메모지는 필요 없어. 그렇게 몇 번이나 나를 설득했다. 3천만 원짜리 아파트를 발견했을 땐 사고 싶다는 마음이 치솟았는데, 3천 원짜리 메모지 앞에선 비싸다는 생각만 들었다. 나는 사영이 이거 귀엽지, 저건 어때, 하고 물을 때마다 귀엽다, 사지 그래, 라는 말만 반복했다. 전시장은 무척 넓었지만 의자가 한 개도 없었다. 나는 사영을 따라다니다가 지쳐서 어느샌가 말수가 줄어들었고, 딴생각에 빠져들었다. 이렇게 많은 창작자들이 자기 작품을 열심히 홍보하며 팔고 있는데, 도대체 난 뭘 하고 있는 걸까. 차라리 글이 아니라 그림을 택했다면 이런 마켓에 서볼 수라도 있었을까.

사영은 나를 돌아보더니 부스 벽면에 붙은 포스터를 가리키며 물었다. 저거 어때? 나는 뭐라고 대답해야 하나 고민했다. 초록색 피망에 눈 코 입을 그려놓은 것인데, 아무런 감정이 느껴지지 않았다. 귀엽지도, 슬프지도, 웃기지도 않았다. 완벽히 무표정했다. 나는 솔직하게 말하기로 했다. 저걸 왜 사려고?

나 일할 때 늘 저런 표정이야. 감정을 조절하는 게 중요해서.

나는 그런 이유라면 무조건 사라고 말했고, 사영은 그 포스터를 구입했다. 그리고 무표정한 피망과 달리 활짝 웃었다. 나는 그제야 사영의 마음을 이해했다. 사영에게 서일페는 치유의 장소였다. 사영이 마음에 들어 했던 그림은 죄다 바라보고 있으면 졸음이 쏟아질 것처럼 온몸이 이완되는 그림이었다. 사영은 그런 그림들 앞에서 발길을 떼지 못하고 오랫동안 바라보았다.

언니, 저 그림 좀 봐. 사영이 가리킨 그림은 창작자가 각국에 여행을 다녀와 그린 것이었다. 그림체가 따뜻하고 소박했다. 사영은 기다란 식탁 앞에 둘러앉은 사람들을 그린 그림을 들여다보며 중얼거렸다. 뭘 먹고 있는 거지? 사영은 그게 진심으로 궁금한 것 같았다. 엉뚱한 아이네. 나는 웃으며 그림을 자세히 살펴보았다. 커피잔과 접시 같은 것만 보여서 대단한 걸 먹고 있는 건 아니라고 말해주었다. 그러자 사영은 작게 웃더니, 대단한 건 뭐냐고 물었다. 그러게. 대단한 건 뭘까. 우리는 대단한 점심을 먹어보자고 말하며 발길을 재촉했다.

입장한 지 세 시간 만에 전시장 밖으로 나왔다. 사영의 가방은 묵직하게 찼고, 내 가방은 빈 물병만 굴러다녔다. 천 원짜리 엽서 한 장 사지 않았다. 나는 결국 아무것도 사지 않은 나 자신에게 놀랐다. 이렇게까지 참을성이 강하다는 게 약간 슬펐다.

에스컬레이터를 타고 코엑스몰로 내려간 우리는 대단한 점심을 먹을 수 있는 식당을 찾아다녔다. 그리고 약속이나 한 듯 파스타 가게 앞에서 발길을 멈추었다. 대단하진 않지만 대단하지 않은 것도 아니야. 내 말에 사영은 고개를 끄덕였다. 적당해.

우리는 창가 테이블에 자리 잡은 뒤 메뉴판을 펼치고 머리를 맞댔다. 잠시 후 우리가 고른 파스타가 연달아 나왔다. 둘 다 배가 무척 고팠기에 한동안 말없이 파스타만 먹었다.

언니, 얼마 전에 프리랜서 청년들이 동반 자살한 기사 봤어?

나는 파스타 면발을 포크로 감으며 고개를 저었지만, 실은 알고 있었다. 반지하방의 창문과 방문을 테이프로 단단하게 봉하고 연탄을 피웠다는 걸. 그러나 그것에 대해 말하고 싶지 않았다. 사영은 내가 모른다고 생각했는지 그들의 죽음에 대해 자세히 말해주었다.

유서를 남겼는데, 아무도 원망하지 않는다고 썼어. 그리고 미안하다고.

진심일까? 나는 그렇게 묻고 싶은 걸 참았다. 프리랜서로 살아가는 일이 얼마나 힘든지 나 역시 잘 알았다. 달마다 월급이 꽂히는 통장을 갖고 있는 사람들은 이 불안감을 절대로 모를 것이다. 불안이 깊어지면 불신으로 바뀌고, 나중엔 해일 같은 원망이 밀려온다. 그런데 미안하다니. 도대체 누구한테? 나는 자살자가 작성한 유서가 너무나 안타까웠다. 그냥 마음껏 원망하면 되는데. 그건 돈이 드는 일도 아니다.

둘 다 코로나 때문에 일감이 끊겼대. 어떤 마음으로 그랬는지 알 것 같아.

나는 그들의 죽음에 공감하는 사영의 모습이 어색하게 느껴졌다. 네가 이 세계에 대해 뭘 안다고. 너는 이 시대에 오히려 더 필요한 인력이 되었잖아. 물론 이런 말을 입 밖으로 내뱉진 않았다. 못된 생각이니까 마음속에서만 굴렸다. 혹시 수미 언니가 말한 수동적 공격성이란 게 이런 걸까?

사영은 포크를 내려놓더니 한참 동안 냅킨을 만지작거리다가 말했다.

지난달에 젊은 여자가 약을 먹고 응급실에 실려왔거든. 근데 목숨엔 지장이 없었어. 환자 엄마가 연락을 받고 응급실에 왔는데, 둘이 만나자마자 심하게 싸우는 거야. 딸이 엄마 때문에 힘들어서 죽으려고 했다고 소리를 내질렀어. 그러니까 엄마가 화가 나서 그냥 가버렸거든. 그리고 그날 저녁에 목을 맨 자살자가 실려왔는데…… 그 엄마였어. 사망한 채로 발견되어서 할 수 있는 게 없었어. 그런데 그 딸이 그때까지 우리 병원에 있었거든. 이 사실을 알려줘야 하는데, 언니라면 할 수 있겠어?

나는 대답 없이 한숨만 내쉬었다. 도대체 그걸 어떻게 말해야 할까.

내가 모르는 일들을 사영은 아주 많이 알고 있을 것이다. 응급실에서 벌어지는 기가 막힌 죽음을. 두 눈을 의심하게 하는 끔찍한 상처를. 돌이킬 수 없는 훼손을. 극적인 회생을. 나는 근무복을 입고 응급실을 뛰어다니는 사영을 떠올렸다. 내가 한 줄의 아름다운 문장을 만들려고 다리를 떨며 앉아 있을 동안, 사영은 사경을 헤매는 사람에게 심폐소생술을 실시할 것이다. 그렇게 이 세상으로 돌아온 사람을 보고 안도하는 것도 잠시, 곧바로 응급실에 실려온 또 다른 사람에게 달려가 그 사람을 구하겠지. 사람을 구하는 사영은 너무나 멋지다. 반면에 나의 문장은 도대체 누굴 구하고 있는 걸까. 나조차 구하지 못하는 건 확실했다.

언니, 응급실에 실려온 사람이 죽으면 누가 정리하는지 알아?

누가 하는데?

내가. 나 같은 간호사들이 해. 죽은 사람을 만지는 게 어떨 거 같아? 주사 라인 정리하고, 피 닦아주고, 옷을 갈아입히려면 사망한 환자의 몸을 만져야 하는데, 어떨 거 같아?

나는 아무런 대꾸 없이 포크로 피클을 쿡쿡 찌르기만 했다. 어떤 마음인지 알 것 같지만 과연 내가 정말로 아는 걸까 싶었다. 사영이 프리랜서의 삶을 뼛속까지 알기는 어렵듯이 나 역시 사망한 환자의 몸을 만지는 일이 어떤지 완벽히 알지는 못할 것이다. 당연한 일임에도 나는 커다란 간극을 느꼈다. 사영이 겪는 고통의 무게와 내가 겪는 고통의 무게 중 어느 것이 더 무거울까.

언니는 얼마를 받으면 죽은 사람을 만질 수 있겠어?

합당한 가격을 떠올리는 것보다 사영의 마음을 다치지 않게 하는 대답을 고르기가 더 어려웠다. 사영이 겪고 있는 고통에 내가 얼마나 공감하고 있는지 그 가격에서 여실히 드러날 테니까.

한…… 10만 원?

사영의 얼굴에 역력히 실망한 빛이 스쳐갔다.

언니는 10만 원 받으면 그 일을 할 수 있어?

글쎄. 할 수 있을 것 같은데.

언니, 죽은 사람의 몸을 만지는 건 생각보다 쉬운 일이 아니야. 집에 돌아와서도 그 감각이 손에 남아 있을 때가 많아. 나는 항상 그랬어.

그래서 얼마를 받는데?

3만 원.

사영은 내 얼굴을 빤히 쳐다보다가 말했다. 우리가 그 일을 해서 받는 돈은 3만 원이야. 사람들은 그러지. 한국은 의료 서비스가 좋은 나라라고. 뭐든 신속하고, 돈만 주면 어떤 검사든지 다 받을 수 있다고. 해외에서 의료 관광도 오는 나라잖아. 솜씨 좋고, 싸다고. 그런데 언니, 그건 의료인이 희생하고 있다는 뜻이야. 우리가 희생해서 사람들이 좋은 서비스를 누리는 거야. 그렇게 생각해본 적 있어?

없다. 그런 생각은 해본 적이 없다. 나 같은 비의료인은 더욱 정확하고 빠른 의료 서비스를 원한다. 비급여진료가 대폭 줄어들길 원한다. 건강보험료가 더 낮아지길 원한다. 의사가 더 친절해지길 원한다. 간호사가 주사를 안 아프게 놓아주길 원한다. 24시간 원할 땐 언제든지 신속하게 의료 서비스를 받길 원한다. 그래, 의료 서비스. 그런데 사영아, 너는 그런 일을 해서 돈 많이 벌 거 아니야. 코로나 시국에 잘릴 걱정도 없을 거 아니야. 나는 그렇게 말하고 싶은 걸 참았다. 사영의 고통에 공감해주지 못해서 미안한 마음이 들기보다 사영은 나의 고통을 얼마나 이해하고 있을까, 그런 이기적인 생각만 들었다.

우리는 이렇게 서로를 잘 모르는데 마주 앉아서 파스타를 먹고 있는 이 시간이 무슨 의미가 있을까. 이 시간에 너는 환자를 한 명이라도 더 살리고, 나는 문장을 한 줄이라도 더 쓰는 게 낫지 않을까. 하지만 그렇게 해서 너는 정말로 환자를 살리겠지만, 나는 내 글을 살리지 못할 것이다.

언니, 내 말 듣고 있어?

나는 포크를 내려놓고 냅킨으로 입가를 닦았다. 사영은 갑자기 가방을 열더니 한참을 뒤적거리다가 스팸을 꺼냈다. 자그마치 여덟 개나. 저 무거운 걸 가방 안에 계속 넣고 다녔다니.

명절 선물로 받은 건데 언니 주려고 가져왔어. 언니 스팸 좋아하잖아.

……어, 그래. 고맙다.

나는 스팸을 건네받아서 내 가방 안에 넣었다. 텅 비어 있던 가방이 금세 묵직해졌다. 동시에 사영에게 느꼈던 거리감이 확 줄어들었다. 이 아이만큼 나를 생각해주는 사람은 없어. 그런 과장된 감정이 치솟았다.

사영은 도대체 나를 왜 만나는 걸까. 우리는 아무런 공통점이 없다. 직업도 너무 다르고, 사는 환경도 다르고, 취향도 다른 편이다. 그럼에도 우리는 오랜만에 만나면 반가워 손부터 잡고, 함께 웃고, 속마음을 쉽게 드러낸다. 다른 사람에겐 하지 못하는 말을 한다. 이런 게 가능한 이유는 뭘까.

사영이라는 이름은 모래 사, 그림자 영이라는 한자로 이루어져 있다. 사영의 집 나간 엄마가 지어준 이름이다. 그녀는 인천에서 태어나고 자란 사람으로 사영을 낳기 전까지 록밴드 보컬로 활동했다. 밴드명은 '발 없는 새'. 처음 발매한 앨범의 타이틀곡은 〈모래 그림자〉였고, 그게 사영의 이름이 되었다. 그러나 이름과 달리 사영은 발 없는 모래처럼 가볍게 살지 않았고, 그림자처럼 존재감 없이 살지도 않았다. 체구가 작아도 어딜 가나 자기 몫을 해냈고, 당차게 자기 생각을 말할 줄 알았다. 집 나간 엄마에 대한 그리움을 드러내거나 부양해야 하는 할머니를 버거워한 적은 한 번도 없었다. 나는 이 사회에서 번듯하게 자리잡고 살아가는 사영을 만날 때마다 나까지 번듯해지는 기분이 들었다. 실은 전혀 번듯하지 못한 사람이었으니까. 나는 불 꺼진 극장에서 자기 자리를 찾지 못해 우왕좌왕하는 사람인 정도가 아니라, 영화가 시작되기 전 통로에 자리잡고 앉아 공짜 영화를 보려는 뻔뻔한 사람이었다. 가끔 그런 생각이 들었다. 없는 자리를 만들어 내 자리라고 우기고 있다는 생각. 공짜를 지나치게 좋아한다는 생각. 공짜를 좋아하면 돈을 아낄 수 있고, 그렇게 아낀 돈으로 언젠가 3천만 원짜리 아파트를 사고 싶었다. 그건 서울의 집값에 비하면 훨씬 현실적이고, 노력하면 닿을 수 있는 지점이었다. 그런 꿈이라도 있어야 버티고 살지. 3천만 원짜리 아파트가 이 나라 어딘가에 있다는 걸 알아야. 그리고 꼭 필요한 한 사람도 있다. 나는 스팸으로 가득찬 가방을 옆에 내려놓고 포근해진 마음으로 입을 열었다.

사영아, 내가 아는 어떤 언니가 있거든. 이 바닥에 오래 있다가 자살 시도도 몇 번 하고, 독립 출판으로 책도 몇 권 낸 언니야. 근데 책이 참 안 팔렸어. 책을 냈는지 아무도 모르는 거야. 그러다가 딱 한 명의 팬이 생겼대. 그 팬이 언니 글을 너무 좋아한 거야. 그래서 계절이 바뀔 때마다 육개장사발면 한 박스를 보내줬어. 언니는 그때마다 웃으며 좋아해. 언니가 육개장사발면 사먹을 돈이 없어서 그러는 게 아니야. 그건 알지?

알아.

나는 언니를 보고 이런 생각이 들었어. 단 한 사람만 믿어주고 지지해주면, 그 사람은 산다고. 그 언니 이제 자살할 생각 같은 거 안 해. 팬이 보내준 육개장사발면 먹고 힘내서 글 써.

고개를 숙인 채로 내 말을 묵묵히 듣고 있던 사영은 이윽고 고개를 들어 나를 빤히 쳐다보았다. 나는 촉촉하게 젖어 있을 거라고 예상했던 사영의 눈이 바싹 말라 있는 것에 당황했다.

언니, 그건 너무 낭만적인 생각 같지 않아?

뭐?

언니가 언니라고 부르는 걸 보면 언니보다 나이가 더 많다는 건데, 한 명의 팬을 위해 글을 계속 쓰면 그 언니의 미래는 어떻게 되는 건데? 그러니까 그 팬은 그 언니 인생에 결론적으로 도움이 안 되는 사람일 수 있어. 인생은 힘줘야 하는 일과 힘 빼야 하는 일이 있어. 언니랑 그 언니는 힘 빼야 하는 일에 힘을 주는 게 문제 같아. 꿈은 힘을 빼야 하는 일이야. 현실은 힘을 줘야 하는 일이고.

야! 무슨 말을 그렇게 재수 없게 해?

사영은 대답 없이 내 가방을 가져가더니 자기 가방에 있던 물건 몇 가지를 옮겨 담았다. 서일페에서 산 것들이었다.

너 지금 뭐 해?

나 혼자 쓰려고 이렇게 많이 샀겠어?

놀라울 정도로 금세 화가 수그러들었다.

……고맙다. 잘 쓸게.

사영은 머뭇거리며 일어나려는 나의 손에서 빌지를 휙 낚아챘다.

＊

―애기들, 잘 지냈어?

수미 언니는 기분이 좋을 때마다 우리를 '애기들'이라고 불렀다. 단톡방엔 생일 파티에 모였던 사람들을 제외하고 모르는 사람이 한 명 더 있었다. 프로필이 기본 설정 사진이라서 누군지 알 수 없었다. 그러나 그걸 눈치챈 사람은 나밖에 없는 것 같았다. 다들 자기 근황을 말하느라 바빴다. 코로나 때문에 실직한 사람이 두 명 있었는데, 운 좋게도 한 명은 곧바로 이직했고, 다른 한 명은 제법 괜찮은 아르바이트 자리를 구했다. 여전히 같은 일을 하며 놀듯이 일하고 있는 사람은 나뿐이었다. 수미 언니는 그런 내가 걱정되었는지 이렇게 물었다.

―심가진, 밥은 먹고 다니지?

나는 이 말이 농담인지 진담인지 구별되지 않아 어떤 반응을 보여야 할지 고민하다가 그냥 눈웃음 표시만 보냈다. 곧바로 맥주를 따서 잔에 붓고, 소주를 섞어서 들이켰다. 사영은 가장 늦게 단톡방에 입장했다.

수미 언니는 이제 다 모였으니 보여주는 거라며 예고 없이 한 장의 사진을 올렸다. 웨딩드레스를 입고 환하게 웃고 있는 언니의 사진이었다. 어깨 위에 떨어진 샹들리에 불빛 때문인지 언니는 빛이 났다. '애기들'은 소리를 내질렀다.

―대박! 언니 결혼해?

―누구랑?

그때까지 잠자코 있던 신원 미상의 사람이 입을 열었다. 안녕하세요. 다들 그제야 그의 존재를 알아챘다. 그는 언니와 결혼한 남자였다. 이미 혼인신고는 마쳤고 결혼식만 남았는데, 우리 모두를 초대하고 싶다고 말했다. 그러자 채팅방이 갑자기 조용해졌다. 다들 말이 없었다. 나는 통장 잔고를 떠올리며 축의금을 얼마나 낼 것인지 고민했다. 이윽고 한 명씩 입을 열기 시작했다.

―언니, 우리 직장은 친족 아니면 경조사 참석 금지야. 격리되면 업무에 지장 생긴다면서.

―언니, 난 수험생 가르치잖아. 거기 갔다가 코로나 걸리면 애들한테 피해 줄 수 있어. 수능은 한 번뿐이잖아.

―언니, 미안한데 나도 가기가 좀 그래. 우리 사무실은 같은 층에 직원이 칠십 명이나 근무해. 부장이 맨날 조심하라고 난리라니까.

수미 언니는 대뜸 내게 말했다.

―가진아, 너라도 와. 너는 회사 안 다니니까 와도 되잖아.

나는 가고 싶지 않았지만 거절할 핑계가 떠오르지 않았다. 결국 가겠다고 답하려는데, 그때까지 침묵하던 사영이 말했다.

—언니, 응급실은 지금 비상이야. 환자가 실려와도 열 있고 호흡기 증상 있으면 바로 음압병상으로 옮긴다고. 그마저도 몇 개 없어서 환자를 못 받을 때가 많아. 응급실에 실려와도 치료를 못 받아서 죽을 수도 있는 거야. 이 시국에 결혼식이 중요해? 우리 거리두기 좀 지키자.

　언니는 아무런 대답이 없었다. 나는 사영을 이해할 수 없었다. 이젠 그 정도로 친하지 않아서 결혼식에 가고 싶지 않은 마음일 텐데, 왜 저렇게까지 차갑게 말하는 걸까. 그러나 한편으론 사영이 부러웠다. 그런 핑계를 댈 수 있는 직장이 있다는 게 부러웠다. 나는 직장도 없고, 거절할 명분도 없어서 가고 싶지 않은 결혼식에 가게 생겼으니까.

　—알았다. 너희들 다 오지 마.

　언니의 남편이 인사도 없이 먼저 단톡방을 나갔다. 연이어 언니도 방을 나갔다. 그렇게 한 명씩 방을 나가고, 결국 우리 둘만 남았다.

　—사영아, 너 먼저 나가.

　—언니는?

　—나도 곧 나갈 거야.

　사영은 아무런 대꾸가 없다가 이윽고 말했다.

　—언니, 군산 그 아파트 사도 괜찮을 거 같아. 거기 살면 언니 말대로 매일 여행하는 기분이 들지도 몰라.

―그런가?

―응. 그러니까 3천만 원만 모아. 그 정도는 할 수 있잖아. 그치?

나는 그렇다고 답하는 대신 소주를 병째로 들이켰다. 그리고 병을 내려놓고 톡을 보냈다.

―그 정도만 할 수 있으면 나는 성공한 건가?

―성공한 거지. 멋지게 살 수 있는 거지.

―그래? 알았어.

잠깐 동안 우리 둘 다 말이 없었다.

―나 먼저 갈게, 언니.

―그래. 잘 가.

사영은 단톡방을 나갔다. 나는 아무도 없는 방에 남아 우리가 남긴 메시지를 보았다. 느닷없는 초대와 능수능란한 거절. 서글픈 위로와 지키지 못할 약속. 문장은 우리를 보호하는 갑옷이고, 찌르는 창이고, 잘라내는 칼날이고, 이어주는 교각이지만, 대체로 이 채팅방의 문장은 쓰레기에 가까웠다.

*

겨울이 끝나갈 무렵, 사영은 갑자기 병원을 그만두었다. 환자에게 폭행을 당한 뒤 심리적 후유증을 길게 앓았다. 그 환자는 긴급한 치료를 요하는 상태가 아니었지만 당장 병상을 내놓으라며 떼를 썼고, 조금만 더 기다리라고 말하는 사영에게 달려들어 뺨을 때렸다. 나는 그를 고소해버리라고 했지만 사영은 아무런 대답이 없었다. 내 말을 묵묵히 듣고만 있던 사영은 대뜸 군산에 가자고 말했다. 3천만 원짜리 아파트도 보고, 초원사진관에도 다녀오자고. 어딘가로 훌쩍 떠나고 싶은 그 마음을 십분 이해했기에 나는 선뜻 그러자고 했다.

열흘 뒤 우리는 군산으로 향하는 버스에 올랐다. 이틀간의 서치 끝에 근사한 게스트하우스를 예약했다. 그러느라 상당한 돈을 써버렸지만 이상하게도 아깝지 않았다.

언니, 그 아파트는 여기서 멀어?

우리는 초원사진관을 보고 나와 목적지 없이 걸었다. 그 아파트는 여기서 멀어,라고 답해야 하는데 선뜻 말이 나오지 않았다. 그 아파트를 보러 가야 하는데 자꾸만 미루고 있었다. 아파트라고 해놓고 실상은 아파트가 아니라 다 쓰러져가는 폐가이면 어쩌나. 혹은 주변에 아무것도 없거나 우범 지역처럼 무서운 곳이면 어쩌나, 그런 생각들만 떠올랐다. 그 아파트를 직접 보고 싶지 않다는 걸 군산에 도착해서야 깨달았다. 그 아파트는 최후의 보루 같은 것이어서 절대로 실망하고 싶지 않았다. 직접 보지만 않으면 내 마음속에서 영원히 래미안보다 멋진 아파트로 남아 있을 것 같았다.

사영은 내 마음을 알아챘는지 아파트를 보러 가자고 재촉하지 않았다. 우리는 고즈넉한 거리를 하염없이 걸었다. 그러면서 군산에 살면 어떨까, 〈8월의 크리스마스〉를 다시 보고 싶다, 내일 아침엔 동국사에 가서 사진을 찍자, 여기 유명한 맥줏집이 있으니 찾아보자, 그런 말들을 길게 했다. 사영은 수미 언니가 당근마켓에서 무료 나눔 행사를 했을 때 받았던 마 원피스를 입고 있었다. 오래 앉아 있다가 일어나면 가로로 길게 접힌 자국이 선명하게 남는 하늘색 원피스였다. 사영은 그 원피스가 불편하다고 했다. 몸에 감기는 느낌도 부드럽지 않고 거칠거칠하고, 구겨진 자국이 쉽게 없어지지 않아서 거울을 볼 때마다 헌옷을 입고 있는 기분이 든다고.

그래서 수미 언니가 무료 나눔을 해준 건가?

드라이 비용이 비싸서 나눔한 거래. 원피스는 세일해서 2만 원에 산 건데, 드라이 비용이 8천 원. 그래서 못 입겠다고 나 준 거야. 언니는 그때 뭐 받았지?

나는 두 쌍의 커트러리라고 답했다. 그렇게만 말했을 뿐 그걸 몇 번 써봤는데 나무 손잡이에 칠을 제대로 하지 않아서 물이 닿으면 잘 마르지 않고, 그 상태로 방치해두니 썩은 내가 나서 결국 못 쓰게 되었다는 말은 하지 않았다. 수미 언니가 우리에게 준 물건은 어쩐지 번듯하지 못했다.

우리는 '가맥'이라는 간판이 달려 있으나 조금도 소담하지 않고, 매우 화려하고 커다랗기만 한 술집에서 맥주를 마시고, 소주도 마셨다. 안주로 골뱅이 무침과 먹태를 먹은 뒤 숙소로 돌아가는 길에 화요와 토닉워터를 샀다. 술병을 보물처럼 소중히 안아들고 천천히 걸었다. 평온한 밤이었다. 우리가 가지지 못한 것들은 떠오르지 않고, 가진 것들만 떠오르는 드물게 평화로운 밤.

우리는 숙소에 도착해서 번갈아 씻은 뒤, 화요와 토닉워터를 적당히 섞어서 나눠 마셨다. 그리고 나란히 침대에 누웠다. 뒤늦게 술기운이 올라와 천장이 빙그르르 돌았다.

사영아, 나 갑자기 이런 생각이 든다. 네 이름은 모래 그림자라는 뜻이고 내 이름은 아름답고 참된 것이라는 뜻인데, 어쩐지 우리 이름이 바뀐 것 같다는 생각.

언니가 모래 그림자?

응. 넌 아름답고 참된 것. 너는 사람 목숨을 구하니까.

사영은 대답 없이 눈을 깜빡였다. 발치엔 스낵 봉지와 스트링 치즈 따위가 어질러져 있었다. 사영은 옆으로 돌아누웠다. 잠시 후 잠든 줄 알았던 사영이 나직한 목소리로 입을 열었다.

언니는 언니 이름이 어울려. 나는 내 이름이 어울리고. 나는 엄마를 닮았는지도 몰라. 훌쩍 사라지고 싶다는 생각을 너무 자주 하거든.

너 어디로 가고 싶니?

나는 사영이 금방 사라지기라도 할 것처럼 불안한 마음으로 물었다.

어디든 가고 싶지. 사영은 이불을 끌어 덮더니 반듯하게 누우며 말했다. 언니, 내가 의료 수가가 어쩌고 하면서 힘들다고 했잖아. 죽은 사람 만지는 거. 근데 내가 정말 힘든 건……그걸 일로 생각해야 하는 상황이야. 마음에 그늘이 지는데, 억지로 빨리 지워야 하는 게 힘들어. 안 그러면 응급실에서 일하는 게 불가능하거든. 언니, 그거 알아? 응급실에 실려온 사람이 죽으면 가족이 울잖아. 보통은 길게 우는데, 어떤 사람은 짧게 울어.

짧게 운다고?

응. 짧게 울고 괜찮아져. 그런 사람도 은근히 많아. 몰랐지?

몰랐어. 왜 그러지?

모르겠어. 응급실에서 일하면서 느낀 건데 정말 모르겠는 게 사람 마음 같아. 어쩌면 알아야 할 필요가 없는데 알려고 해서 일을 그만두게 된 건지도 몰라.

하긴. 가까운 가족이어도 마음을 모를 때가 많지.

예전에 응급실에 속이 쓰리다고 온 남자가 있었어. 근데 별다른 이상이 없어서 진통제만 주고 돌려보냈거든.

그런데?

다음날 죽었어.

…….

독살했대. 가족이.

나는 길게 침묵했다. 사영은 죽은 남자와 함께 응급실에 왔던 가족의 얼굴을 떠올려보는 것 같았다. 그런 기억은 빨리 잊는 게 좋을 텐데. 사영은 응급실에서 일하는 동안 너무나 많은 것을 견디고 있었다. 그걸 당연하다고 생각하는 비의료인인 나의 마음이 싫었다. 그런 힘든 일을 견딜 수 있는 사람이 있어야 의료 서비스가 더더욱 나아질 거라고 생각하는 내 자신이 얄미웠다. 나는 사영을 향해 손을 뻗었다. 사영이 불시에 내 쪽으로 몸을 돌렸다.

사영아, 너 여기 왜 오자고 했어?

……그 집 보려고.

너는 그 집에서 안 살아도 되잖아. 돈 많이 모았을 거 아니야.

그래도 집은 못 사지. 그리고 나 돈 많이 못 모았어.

내가 돈 빌려달라고 할까봐 거짓말하는 거야?

사영은 웃기만 하다가 자신을 향해 뻗어 있는 내 손을 잡았다. 매번 놀랄 정도로 작은 사영의 손. 이렇게 작은 손으로 몇 명을 이 세상으로 데려왔을까.

언니, 우리 수미 언니 결혼식 가볼까? 언니가 사실 우리를 좋아했던 거잖아. 그러니까 그렇게 자주 연락했겠지.

우리가 언니를 배신했잖아. 코로나 걸렸다고 원망했잖아.

맞아. 그랬지. 그땐 언니가 코로나 걸렸다니까 미웠어. 할머니가 걱정돼서. 근데 생일 파티 해주겠다고 말한 건 우리잖아. 언니는 잘못 없어. 언니 그때 알바 잘리고 집에만 있었는데도 걸렸잖아. 우리가 가면 언니가 좋아하겠지?

좋아하겠지. 언니는 우리 말고 친구도 거의 없잖아.

그럼 가서 단체사진 찍고 오자.

그러자.

나는 사영의 손을 놓았고, 사영은 눈을 감은 채로 오랫동안 말이 없었다.

하고 싶은 말이 있는데 결국 하지 못할 것 같았다. 내가 3천만 원짜리 아파트를 사서 여기에 정착하면 날 보러 올 건지. 이곳에도 병원이 있고, 일자리가 있을 텐데 혹시 나와 함께 살 생각이 있는지. 모래 그림자가 아니라 단단히 발을 내린 모래로. '발 없는 새'라는 밴드로 활동하다가 사라진 너의 엄마와 달리 발 달린 새로서. 앉고 싶을 때 앉아서 쉴 수 있는 새로서.

사영아, 내가 그 얘기 해줬나? 참새 죽이기 운동.

아니. 참새를 왜 죽여?

옛날에 중국에서 있었던 일이야. 참새가 농사를 망친다고 생각한 마오쩌둥이 참새를 모두 없애라고 명령했어. 그래서 씨가 마를 정도의 대학살이 시작됐지. 근데 학살 방법이 너무 단순하고 끔찍했어. 참새가 절대로 내려앉지 못하게 한 거야. 그 어디에도 내려앉지 못하게 했어.

그게 말이 돼?

말이 안 되지. 근데 그렇게 했어. 인간들이 독하게 그렇게 했어. 내려앉으려는 참새만 보면 계속 내쫓았어. 결국 참새는 공중을 계속 날다가 힘없이 떨어져 죽었어. 너무나 고단하고, 말도 안 되는 상황을 견디다가. 근데 사영아, 나는 이런 생각이 든다……. 집이 없는 우리도 그 참새 같다는 생각. 정착하지 못하는 우리가 바로 그 참새 같다는 생각. 어디에도 내려앉아서 쉴 수가 없잖아.

사영은 잠깐 동안 말이 없었다.

언니, 우리 내일 아침에 그 아파트 보러 가자.

나는 아무런 대답도 하지 않았다.

언니, 응급실에 실려온 환자들은 겉으로 보이는 게 전부가 아니야. 그래서 정말 많은 생각을 해야 해. 그냥 돌려보내면 갑자기 죽을 수도 있거든. 죽음을 향해 다가가는데, 본인은 물론이고 아무도 그 사실을 모를 수가 있어. 그러니까 사람은 자주 만나서 서로를 잘 살펴봐야 해. 혼자 있으면 안 돼.

……그리고 싶어도 코로나 때문에 자주 보기 힘들잖아.

나는 사영의 말을 농담으로 받아쳤지만, 글쎄, 그건 나의 진심이 아니라는 걸 사영은 알 것이다.

같이 살자는 말을 할 수 없다면 자주 보자는 말도 하고 싶지 않았다. 저 너머 어딘가와 이곳 어딘가의 사이에 우리가 서 있다는 것을 어떻게 설명해야 할까. 나는 우리의 감정을 조심스럽게 다루고 싶었다. 우정의 색깔이 다양하다는 것은 사랑이 하나의 감정으로 이루어져 있지 않다는 것과 같다. 그러나 이런 말을 어떻게 전달해야 너를 이해시킬 수 있을까. 무엇보다, 나는 왜 너에게 이해심을 요구할까. 그냥 이대로도 우리는 잘 지내는데. 하지만 시간이 많이 흐른 뒤에도 우리가 여전히 기숙사와 월세방을 맴돌고 있다면, 그것은 분명히 문제가 될 것이다. 언제쯤 어디에 발을 내릴지 모른다는 것은. 일단 발을 내려야 그다음을 떠올릴 수 있을 테니까.

잠든 사영을 깨우지 않으려고 객실 문을 조용히 열고 밖으로 나왔다. 건물 바깥 계단에 걸터앉으니 부드러운 바람이 어디선가 자꾸 불어왔다. 마당은 고요했다. 핸드폰 앱을 열어 그 아파트의 위치를 다시 확인해보았다. 주변에 숲이 많았다. 또 뭐가 있지. 마트는 있나. 사영이 좋아하는 분식집은 있나. 나는 그런 것들을 생각하며 그 집의 위치가 표시된 맵을 아주 오랫동안 바라보았다.

젊은

근희의

행진

가슴이 답답하다며 동네 의원에 갔던 엄마는 영양 주사를 맞고 돌아왔다. 벌써 세 번째였다. 나는 엄마에게 비싼 주사를 왜 자꾸 맞는 거냐고 물었다. 엄마는 토라진 표정으로, 너와 같이 사는 게 불편하고 눈치가 보여서 자주 아픈 거라고 말했다. 우리는 함께 분갈이를 하다 말고 말다툼을 했다. 엄마가 방으로 들어간 뒤에 나는 강하에게 말했다.

우리 엄마, 뮌하우젠증후군인지도 몰라.

그게 뭔데?

실제론 아픈 곳이 없는데 병에 걸렸다고 믿어서 계속 병원에 가는 거야.

……왜 그러시지?

왜겠어. 관심 끌려고 그런 거지.

그 말을 하며 나는 내 입이 얄미워 한 대 때리고 싶었다. 엄마에 대해 그런 식으로 말하는 딸은 나밖에 없을 것이다. 하지만 엄마가 30년 가까이 뮌하우젠증후군 환자처럼 살아가고 있는 건 사실이었다. 엄마는 툭하면 아프다고 했다. 심장이 너무 빨리 뛴다고, 변비가 심하다고, 반대로 설사를 자주 한다고, 자다가 가슴이 갑갑해 여러 번 깬다고 했다. 그런 증상들은 대부분 며칠 지나면 사라질 것임을 알기에 나는 건성으로 대꾸했다. 잘 먹고, 잘 쉬고, 잘 자면 낫는다고. 엄마는 맞아, 그럴 거야, 하면서도 다음날이면 병원으로 달려갔다.

강하는 분갈이한 화초에 물을 듬뿍 주며 말했다.

화초도 눈길과 손길이 필요한데, 사람은 더하지 않겠어? 좀 더 잘해드리자.

나랑 같이 사는 게 눈치 보이고 불편하다잖아. 나는 뭐 편한 줄 알아?

그래도 나랑 사는 게 불편하다고 하시진 않잖아.

나는 아무런 대꾸도 하지 못했다. 사실이었으니까. 엄마는 강하에겐 잘해주었다. 원생들에게 편지 쓰는 걸 좋아하는 강하를 위해 가끔 편지지를 사다줄 정도였다. 엄마는 오로지 나에게만 심통을 부렸다.

강하와 나는 홍대 근처의 15평짜리 빌라를 매수해 함께 살고 있었다. 집이 좀 낡고 유흥가 소음이 크게 들리긴 해도 우리는 우리의 보금자리에 만족했다. 엄마와 함께 살기 전엔 방하나는 침실, 다른 방은 서재 겸 영화감상실로 쓰면서 말다툼한번 없이 지냈다. 그런데 엄마가 오고 나선 내 신경이 종일곤두섰다. 엄마가 옆방에 있으니 말도 가려 하게 되었고, 혀짤배기소리도 못 냈다. 우리는 애교가 휘발된 커플이 되었다. 스킨십도 밖에서만 할 정도였다. 그럼에도 강하는 불편한 기색을 조금도 내비치지 않았다.

반년만 참아봐.

너는 엄마랑 일주일도 같이 못 살잖아.

맞아. 그건 그래.

강하는 선뜻 인정했다.

엄마가 매수한 집은 반지층이긴 해도 젊은이들이 많이 몰리는 연남동이었다. 엄마는 생애 첫 집을 사면서 그다지 망설이지 않았다. 예산에 맞는 집은 그곳밖에 없으니 그 집을 사라는 계시인가보다고 말하더니 서슴없이 계약서에 도장을 찍었다. 지은 지 30년이 넘은 빌라였고, 창문은 땅바닥에 딱 붙어 있었다.

두더지도 아닌데 저런 곳에서 어떻게 평생 살 수가 있나. 그 집을 보자마자 그런 생각부터 들었지만 엄마에게 말하진 않았다. 나 역시 이십대 시절의 절반을 반지하방에서 살았다. 바닥 습기와 누수 때문에 마음고생이 심했다. 그때를 떠올리며 엄마에게 성능 좋은 제습기를 선물해야겠다는 생각만 했다. 전셋집 계약 만료일에 맞춰 이사를 준비하던 엄마는 다 쓰러져가는 집이어도 좋으니 자가가 아니면 절대로 살지 않겠다고 선언했다. 그리고 반드시 홍대여야만 한다고 말했다. 이제 환갑인데 더 이상 셋집에 살고 싶지 않고, 큰딸과 가까운 곳에 사는 게 자신의 유일한 목표라면서. 나는 그런 엄마가 무서웠다.

엄마가 매수한 연남동 집은 세입자의 계약 기간이 남아 있었기에 엄마는 1년 뒤에나 그 집에 입주할 수 있었다. 엄마는 당연하다는 듯 오근희의 집이 아닌 강하와 나의 집으로 짐을 싸들고 왔다. 나는 엄마가 홀로 나이 들고 있는 줄 알면서도 엄마의 노후에 대해 마음의 준비를 해놓지 않은 나 자신을 탓하는 대신, 동생 오근희를 매우 탓했다. 내가 왜 이 모든 짐을 짊어져야 하나. 오근희는 왜 엄마 딸이 아니라 이웃집 딸처럼 행동하는가. 어떻게 죄책감이 1그램도 없을 수가 있나. (비결이 뭔가.) 혹시 오근희는 다리 밑에서 주워온 딸인데 나만 모르고 있는 것인가. 나는 강하에게 미안했고, 오근희가 한없이 얄미웠다.

엄마는 내 속을 아는지 모르는지 내게 걱정하지 말라고 당부했다.

너한테 짐 되기 싫어서 내가 공부를 철저히 했어.

무슨 공부를 했는데?

부동산.

돈도 없으면서 웬 부동산?

문희야, 서울에 있는 부동산은 똥이 없어. 어떤 걸 사든지 언젠가 땅값이 오르고 마니까 똥은 아니야.

평생 부동산 투자라는 걸 해본 적이 없는 엄마는 부동산 하락기가 올 것이라는 기사가 쏟아져나오는 시기에 반지층 빌라를 덜컥 샀다. 이건 똥이 아니라는 확신이 든다며.

강하는 엄마가 '똥'이라고 말할 때마다 웃음을 터뜨렸다. 강하는 엄마의 직설적인 표현을 재미있어했다. 그러나 나는 아니었다. 엄마가 똥이라고 말할 때마다 엄마의 품위와 나의 근본이 시궁창 밑바닥으로 떨어지는 기분이었다. 강하에게 숨기고 싶은 것들이 자꾸만 드러나는 것 같았다.

강하는 나와 달리 부모의 그늘에서 일찍부터 벗어났다. 학교 선배와 태권도 학원을 운영하며 자기 삶을 오롯이 책임지고 있는 강하가 내 눈엔 참 멋져 보였다. 원생들에게 손편지를 써주는 자상함도 마음에 들었다. 그래서 강하와 계속 잘살고 싶었는데, 오근희 때문에 어쩔 수 없이 엄마를 우리집으로 데려와야만 했다.

오근희는 현재 북튜버이며, 방화동 투룸짜리 빌라에서 내가 빌려준 보증금으로 살고 있다. 오근희는 상당히 이기적이고 생각이 깊지가 않다. 엄마와 함께 사느니 차라리 머리 깎고 절에 들어가겠다고 해서 나를 매우 열받게 했다. 내가 뭘 기대한 걸까 싶었지만 막상 저항에 부딪히니 견딜 수 없이 화가 났다.

저녁을 굶고 방 안에만 틀어박혀 있던 엄마는 이른 새벽 방문을 몇 번이나 열고 닫았다. 나는 문을 여닫는 소리가 날 때마다 뒤척이다 결국 잠이 완전히 달아나 거실로 나갔다. 안 그래도 화해를 못하고 자서 심란해하던 차였다.

엄마, 안 자고 뭐 해?

나를 돌아보는 엄마의 얼굴엔 근심이 가득했다.

문희야, 근희가 전화를 안 받는다.

지금 새벽 4시야. 자느라 못 받을 수도 있지.

어제 저녁부터 계속 안 받아. 근희한테 무슨 일이 생긴 건 아니겠지?

나는 걱정하지 말라며 엄마를 방으로 들여보낸 뒤 곧바로 근희에게 전화를 걸었다. 엄마의 말대로 근희는 전화를 받지 않았다. 마지막으로 통화한 때가 언제인지 기록을 살펴보았다. 세 달 전이었다. 이렇게 시간이 많이 지났나……. 나는 다시 근희에게 전화를 걸었고, 계속되는 신호음을 초조하게 듣고 있다가 결국 택시를 호출했다.

*

세 달 전, 우리가 나눈 마지막 대화는 오근희의 유튜브 방송에 대한 것이었다.

그때 나는 오근희에게 화가 많이 나 있었다. 서른 가까운 나이에도 실용적인 생각이라곤 할 줄 모르는 그 애가 머잖아 나의 짐이 될 것이라는 확신에 그랬던 것 같다. 나는 강하와 사이가 너무 좋아 우리의 미래는 장밋빛으로 가득할 것이라 예감했고, 그럴수록 인기 유튜버가 되겠다는 동생의 미래가 암울해 보였으며 때론 우스꽝스러워 보이기까지 했다.

내가 왜 그랬을까.

왜 그랬긴. 근거가 다 있다.

오근희는 어릴 때부터 사방에 강한 자신감을 드러내고 다녔다. 예쁜 옷이나 신발, 가방을 발견하면 며칠 동안 드러눕고 떼를 쓴 끝에 결국 얻어냈고, 그렇게 쟁취한 걸 온몸에 두르고 다녔다. 오근희와 함께 등교할 때마다 나는 그 애의 고집 때문에 늘 질렸고, 지쳤다. 오근희는 반장 선거에 매번 나갔고, 부반장으로도 뽑히지 못했으며, 그런 날이면 집으로 돌아와 엉엉 울며 우리집이 가난하다는 걸 반 아이들이 다 알아서 뽑히지 않은 거라고 주장했다. 아파트 천지인 이 동네에서 왜 우리만 아파트에 안 사느냐고 소리를 내지르며. 그때마다 엄마는 같은 말을 했다.

근희야, 사람은 땅에서 떨어져 살면 몸이 아픈 거야. 엄마가 말했잖아. 엄마는 땅이랑 떨어져 있으면 몸이 아프다고. 엄마가 시골에서 뛰어다닐 땐 아픈 데가 하나도 없었어. 그런데 서울 오니까 계속 아파서 왜 아픈가 봤더니, 높은 데 살아서 그랬던 거야. 엄마도 옛날에 아파트 살아봤어. 높은 허공에서 살아봤어.

근희는 거짓말하지 말라며 화를 냈지만, 나는 엄마의 말을 묵묵히 들었다. 엄마는 할아버지가 땅을 무척 좋아했지만 평생 한 평의 땅도 갖지 못했던 사람이라고 안쓰러워하는 얼굴로 말하기도 했다.

그런 엄마가 환갑이 될 때까지 평생 일해 모은 돈은 1억 4천만 원 남짓. 크다면 아주 크다고 할 수 있는 그 돈으로 서울에서 살 수 있는 집은 두더지가 사는 집인가 싶을 정도로 땅 밑으로 깊게 파고 들어간 공간에 지어진 청수빌라 B101호뿐이었다. 망설임 없이 계약서에 도장을 찍는 엄마를 보며, 땅에서 멀어지면 아프다던 엄마의 말이 진심인가 싶었다.

엄마는 공인중개사에게 웃으며 말했다. 서울에 반지하가

많은 게 북한 때문이라죠? 공습이 있을 때 그 안으로 대피해서 숨으라고요. 그러니 반지하가 어떻게 보면 참 안전한 집인 거죠. 중개인은 처음 들어보는 얘기라는 듯 두 눈을 크게 뜨다가 아 예…… 하면서 말끝을 흐렸다. 그는 계약서 조항에 자꾸만 오타를 냈고, 심지어 엄마 이름까지 틀려서 내가 성질을 내며 지적해야 했다. 그는 긴장한 얼굴로 키보드를 두드리다가 한참 뒤에 입을 열었다. 아주머니, 반지하집은 공습을 피하려고 만든 게 아니라 국군의 참호로 쓰려고 만든 겁니다. 그 안에 숨어서 적군에게 총을 쏘라구요. 엄마는 어머나 세상에, 하며 혀를 차더니 전쟁이 이 나라 주택의 형태도 바꿨다면서 한숨을 내쉬었다.

평생 동안 쉬지 않고 일한 엄마와 달리 오근희는 어떤 일이든지 진득하게 붙잡고 있지 못했다. 회사에 들어가도 반년을 버티지 못해서 단기 아르바이트생으로 보낸 기간이 더 길었다. 그렇게 자신의 인생을 불성실하게 대하던 오근희는 직장에서 만난 김호균 때문에 바람이 들었고, 급기야 모든 일을 접고 유튜버가 되었다.

오근희가 그 사람과 사귀었는지는 모르겠다. 아마도 아닐 것이다. 오근희의 말에 의하면 김호균은 음침한 성격이고, 회식 자리에서 아무도 자기 잔에 술을 따라주지 않는다고 불같이 화를 낸 적이 있으며, 그런 분위기가 불편해 밖으로 나와 담배를 피우고 있는 오근희에게 이렇게 말했다고 한다.

근희 씨, 제가 곧 유튜브 방송을 시작할 건데 언제 한번 출연하실래요?

무슨 방송인데요?

그냥 수다 떠는 방송이에요.

아, 별론데.

오근희는 김호균이 자신에게 작업을 건다고 생각해 완곡하게 거절하지 않고 딱 잘라 말했다. 김호균은 그 뒤에도 오근희와 단둘이 있을 때마다 유튜브 이야기를 했다. 먹방도 하고 술방도 하다가 아무 일에나 도전해보는 방송을 하게 됐다고. 언젠가 김오리와 함께 방송을 해보고 싶다고도 했다.

김오리가 누군데요?

김오리는 만날 수 없는 존재죠.

김호균은 그렇게만 말했고, 오근희는 곧바로 김오리가 누군지 검색해보았다. 포털 사이트엔 정보가 거의 없었고, 인스타그램에 계정이 있었다. 김오리는 특별한 직업이 없는 인플루언서인 것 같았다. 캠핑 가서 사진 찍고, 전시회 가서 사진 찍고, 양양에서 서핑하면서 사진 찍고……. 죄다 그런 사진들뿐이었다. 직업은 오리무중이었다. 그래서 김오리인가? 자세히 보니 팔뚝에 귀여운 오리 타투가 있었다. 아, 이래서 김오리인가보네.

나중에 탕비실에서 마주친 김호균에게 김오리에 대해 말하던 오근희는 내가 이 사람과 왜 이렇게 길게 얘기하는 걸까, 어차피 때려치울 직장 이제부터 아무하고도 말하지 않더라도 손해볼 것 하나 없는데, 말하면 말할수록 별로인 사람으로 느껴지는 김호균과 왜 자꾸 수다를 떨고 있나, 하면서도 입으론 계속 김오리에 대해 말했다.

김오리를 만나는 게 왜 불가능해요? 팬클럽이라도 만들어 보세요.

그럴까요?

김호균은 어쩐지 빙글거리는 표정으로 오근희를 쳐다보았고, 오근희는 정말 싫다, 느끼한 눈빛이다, 그렇게 생각하면서도 자기도 모르게 김오리를 만나러 같이 가자고 말했다. 김오리가 어떤 행사에 참가할지 알고 있다면서.

디저트 뷔페 행사 말이죠?

김호균은 김오리의 스케줄을 모두 꿰고 있는 것 같았다. 그런데 거기 가도 김오리는 못 만나요. 그렇게 말하고 돌아서는 김호균은 어쩐지 오근희를 놀려먹는 태도였고, 오근희는 집으로 돌아와서도 그게 무척 마음에 걸리더라고 했다.

언니, 설마 내가 그 사람을 좋아하나?

나는 오근희가 회사를 그만두지 못하게 하려는 속셈으로 어머, 너 정말 그런 거 아니니? 좋아하는 거 아니야? 하고 맞장구를 쳐주었다. 내가 그렇게 반응하면 오근희는 언제나 반 박자 늦게 들떴다. 언니도 그렇게 생각해? 내가 어쩌다가 김 호균을 좋아하게 됐을까. 말도 안 돼. 그 사람 실제로 보면 얼 마나 나이 들어 보이는데. 나는 김호균의 나이를 물었고, 돌 아오는 답변을 듣고 나선 좋은 궁합이라 생각했으며, 오근희 가 그 사람과 결혼하는 것도 나쁘지 않겠다고 생각했다. 결혼 한 뒤엔 유튜버나 인플루언서가 되겠다고 설치더라도 하등 걱정할 것이 없다고도 생각했다. 오근희의 미래에 대한 걱정 은 결혼에 목매지 않고 독립적인 여성이 되어야 한다는 나의 신념까지 뒤흔들 정도였다.

오근희는 자신에 대한 김호균의 마음을 적극적으로 탐색 해보기 시작했다. 김오리를 만나러 가자고 말하면서 김호균 이 자신과 데이트할 마음이 있는지를 살폈다. 그러나 김호균 은 좀처럼 시원스레 답하지 않았다. 같이 가자, 가기 싫다, 그 어느 쪽도 아니었다. 그저 빙그레 웃으며 오근희의 얼굴을 쳐 다볼 뿐이었다. 그러던 어느 날 회식 자리에서 갑자기 사라진 김호균을 찾아 술집 밖으로 나간 오근희는 건물 뒤편에서 뜻 밖의 광경을 목격했다. 김호균이 익숙한 실루엣의 누군가를 이끌더니 입을 맞추는 장면이었다.

이튿날, 김호균은 무단결근했고 김호균과 입 맞춘 동료는 팀장과 함께 전무실로 들어가서 오랫동안 나오지 않았다. 사내엔 흉흉한 소문이 돌았다. 오근희는 김호균을 기다리다가 톡을 보냈다. 김호균은 곧바로 톡을 읽긴 했으나 아무런 답장도 하지 않았다. 며칠 뒤 김호균은 유튜브 방송에서 직장 동료가 자신을 성추행범으로 몰고 있다며 울음을 터뜨렸다. 오근희는 그 방송을 실시간으로 보았고 너무나 깊은 피로감이 몰려와 회사에 출근할 수 없겠다고 생각했다. 그리고 얼마 후 사직서를 제출했다.

언니, 김호균은 관종한테 잘못 걸린 거야.

나는 내가 무슨 말을 들은 건가 싶어서 곧바로 물었다.

관종이라니 그게 무슨 말이야?

내가 다 봤어. 둘이 자연스럽게 그렇게 된 거야. 그 여자가 관심 끌고 싶어서 거짓말하는 거라고.

나는 그런 종류의 관심을 끌고 싶어 하는 인간이 어디 있느냐고 말하고 싶었지만 하지 않았다. 오근희의 말에 공감해서가 아니라 오근희의 태도가 익숙해서였다. 나 역시 아무한테나 관종이라는 말을 쉽게 내뱉었다. 관종이 뭔지 깊게 생각해보지도 않고 그랬다. 다들 관종이 되려는 목표로 살아가는 것처럼 보였다. 이 세상이 관종 천국처럼 보였다. 하지만 오근희의 말은 명백히 잘못되었다. 피해자한테 관종이라고 말하다니. 정신 차려, 오근희. 네가 좋아하는 김호균은 결국 그런 놈이었어. 그리고 너도 지금 단단히 미친 거 같아. 나는 그렇게 말해 오근희를 울렸다.

회사를 그만둔 뒤 방황하던 오근희는 김호균의 방송에 출연하는 대신 자신의 유튜브 채널을 개설했고, 먹방, 술방을 거쳐 북튜버로 정착했다. 동시에 점점 이해할 수 없는 방향으로 변하기 시작했다. 책을 읽어주고 책에 대해 말하는 방송에서 왜 오프숄더 클리비지룩만 고수하는가. 어깨를 훤히 드러내고 가슴이 푹 파인 옷을 입은 오근희가 허리를 숙일 때마다 당장 화면 속으로 들어가 터틀넥을 입히고 싶은 충동이 들었다. 강하에게 그런 고민을 털어놓았더니 뜻밖에도 진지한 물음이 돌아왔다.

근희가 만일 노브라로 방송했다면 그래도 반대했을까?

당연하지.

근희에게 사상이 있었다면?

강하는 '프리 더 니플 운동', '토플리스 운동'에 대해 말해주었다. 나는 그런 문제가 아니라고 말했다. 강하도 근희의 행동이 그런 운동과 연결되어 있다고 생각하진 않는 것 같았다. 오근희의 행동은 해방운동과 거리가 멀었다. 산업과 연결되어 있는 해방운동은 없다. 있다고 하더라도 그것은 진정한 해방이 아닐 것이다. 강하가 말했다.

그래도 근희가 관종인 게 다행이야. 관종이 아니었으면 걔가 어떻게 돈을 벌었겠어.

나는 강하에게 화를 냈다. 내 동생이 다른 일로 돈을 벌 수 없을 거라고 단정짓는 태도가 싫었다.

문희야, 나는 근희를 무시하는 게 아니야. 사실 나도 학원에서 유튜브 방송 하는 원생들한테 함부로 못하는 게 있어. 우리 학원에 대해 안 좋은 말을 할까봐.

네가 그런다고?

나뿐만이 아니야. 다들 이런 문제 때문에 고민해.

나는 강하의 말을 듣고 나서도 오근희에 대한 걱정을 멈출 수가 없었다. 강하의 말과 달리 오근희의 방송을 본 사람들은 다 그 애에게 함부로 치근댈 것 같았다. 그런 나의 걱정과는 별개로 구독자 수는 빠르게 늘어갔다.

어느 날 오근희는 방송에서 서점 데이트를 걸고 후원금을 받았고, 어느 열혈 구독자가 5백만 원을 선뜻 보냈다. 내게 빌려간 월세 보증금 절반을 갚을 수 있는 돈이었다. 나는 드디어 돈을 갚는 거냐고 기뻐하는 대신, 후원금을 돌려주고 그 자리에 나가지 말라고 오근희를 길게 설득했다. 평범한 직장인으로 사는 게 제일이라고, 월급 꼬박꼬박 나오고 퇴직 연금도 받을 수 있는 직장에 쥐 죽은 듯 다니면서 네가 좋아하는 관종 콘텐츠나 잔뜩 소비하며 살라고 입이 닳도록 말했다. 잠자코 듣기만 하던 오근희가 말했다.

언니, 나는 타고난 관종인가봐. 사람들이 나를 봐주는 게 너무 짜릿해. 이제 인스타에도 진출하려고.

오근희, 정신 좀 차려. 너 연애도 하고 결혼도 하고 그래야지. 도대체 방송에서 이상한 옷 입고 뭘 하고 있는 건데?

내가 벗방을 한 것도 아니고 왜 그래 언니는?

벗방 하기만 해봐. 내 손에 죽을 줄 알아.

벗방 해서 1억 벌면?

나는 오근희의 순진함을 비웃었다. 벗방씩이나 해놓고 고작 1억? 나는 그걸로 너의 인생은 조금도 바뀌지 않는다고 말하려다가 참았다. 그걸론 연남동 반지층 집도 못 사. 그걸론 네가 좋아하는 신축 풀옵션 빌라 전세금도 못 내. 나는 그런 말들을 떠올리다가 결국 이렇게 말하고 말았다. 계속 그런 식으로 살 거면 나, 너랑 절연할 거야.

오근희는 충격을 받은 듯 말이 없더니 한참 뒤에 대꾸했다.

그럼 어쩔 수 없지, 뭐. 절연해.

그게 우리의 세 달 전 마지막 통화였다.

＊

혹시 구독자가 다 떨어져나가서 자살이라도 한 건 아니겠지…… 나는 오만 가지 비관적인 생각을 물리치며 1층 공용 현관의 비번을 빠르게 눌렀다.

오근희가 집을 구하자마자 나는 핸드폰 메모장에 비번을 저장해놓았다. 이런 나의 태도 때문에 오근희가 대놓고 나에게 의지하는 게 분명했다. 언니는 우리집 비번도 자기 집 비번처럼 생각하니까 나는 비번 같은 건 잊어도 되겠구나, 그렇게 생각하며 아메바처럼 사는 건지도 모른다. 4층까지 걸어 올라가며, 앞으로 오근희가 어떤 집을 구하든지 간에 자력으로 구하게 하겠다고 결심했다.

친구들과 어울려 술을 마실 때, 어쩌다가 동생들에 대한 이야기가 나오면 우리는 너나없이 이렇게 말하며 눈물을 내비쳤다. 내가 걔를 너무 챙겨줬어. 걔가 그렇게 된 건 다 내 탓이야. 다들 첫째였기에 대놓고 동생들을 아메바로 취급했다. 그날 그 자리에 모인 첫째들의 동생 중 가장 상태가 심각한 것은 오근희였다. 어머머, 근희 가슴이 왜 이렇게 커? 친구들은 오근희의 방송을 보고 나서 나의 상반신을 보더니 다들 고개를 갸웃거렸다. 나는 벌컥 소리를 내질렀다. 저급한 것들아, 내 동생 가슴 그만 봐! 나는 친구들을 향해 외쳤지만, 사실 세상을 향해 외친 것이나 다름없었다. 내 동생 가슴 그만 봐!

그것은 내가 그토록 싫어하는 유교걸의 현현일 것이다. 뒤늦게 나의 모순을 간파했지만 어쩔 수 없었다. 오근희를 천으로 꽁꽁 싸서 음험한 것들의 시선이 닿지 않는 곳에 놓아두고 싶었으니까. 엄마는 오근희를 통제하지 못하니 나라도 그렇게 해야 할 것 같았으니까.

오근희는 나를 좋아하지도 않으면서 현관문 비번을 내 생일로 설정해놓았다. 나는 오근희의 그런 행동에서 나를 애틋하게 생각하는 마음 같은 건 전혀 읽을 수 없었다. 오근희가 내 생일을 기억하고 챙겨준 적은 딱 한 번밖에 없었다. 내가 수능 시험을 망치고 방황하던 시기에 오근희는 갑자기 코엑스몰에 가자고 하더니, 나를 이리저리 한참 동안 끌고 다니다가 밋밋하고 멋없는 태도로 귀걸이를 사주었다. 자기가 곰곰이 생각해보니 내 생일을 챙겨준 적이 한 번도 없더란다. 나는 쥐똥만 한 큐빅 귀걸이를 내려다보며 이걸 고맙다고 해야 하나 고민하다가, 수능을 망쳐서 기분도 너무 안 좋고 바다에 빠져 죽고 싶은 마음뿐이어서 결국 고맙다는 말은 하지 않았다.

거실로 들어서니 냉기가 발바닥을 찔렀다. 늘 보일러를 빵빵하게 틀어놓고 사는 애가 이런 냉기를 견디고 있을 리 없었다. 나는 오근희가 없다는 것을 방과 욕실을 확인해보기도 전에 알았다. 새벽 4시 50분, 집에 없는 오근희라……

낙관적인 사람이라면 친구 집에서 자고 오나 생각했겠지만 나는 오근희에게 친구가 없다는 걸 잘 알고 있었다. 그 애의 교우관계는 깊지 않았다. 그 때문에 나는 내가 오근희의 유일한 친구일지도 모른다는 압박감을 항상 느껴야만 했다. 문득 오근희와의 마지막 통화가 떠올라 몹시 불안해졌다. 혹시 또 서점 데이트를 걸고 후원금을 받았나? 오근희의 방송에 들어가보니 최근 방송 날짜가 3주 전이었다. 대이변이었다.

곧바로 집 안을 살펴보았다. 노트북과 촬영 장비 위엔 먼지가 쌓여 있었고, 욕실 비누와 싱크대 배수구는 바싹 말라 있었다. 집을 비운 지 한참 된 것 같았지만 캐리어는 옷장 속에 얌전히 놓여 있었다. 나는 오근희에게 다시 전화를 걸었다. 어디선가 진동음이 울렸다. 잠시 후, 화장대 서랍 안에서 오근희의 핸드폰을 찾아냈다.

화면 잠금 암호는 쉽게 풀렸다. 오근희는 언제나 'ㄱ' 아니면 'ㄴ' 모양으로 패턴을 설정해두곤 했으니까. 잠금화면을 해제한 뒤 통화 내역부터 쭉 훑었다. 낯선 번호가 연속으로 보이길래 전화를 걸어보았더니 뜻밖에도 지역구 경찰서로 연결되었다. 나는 심장이 철렁 내려앉아 전화를 끊어버렸다. 왜 경찰서로 연결되지? 마음을 굳게 먹고 다시 전화를 걸었다. 오근희의 신상에 무슨 일이 생긴 것 같다는 불안감은 신호음이 가는 동안 내 안에서 기정사실로 변해갔다. 나는 엄마에게 비극적인 소식을 전하는 광경을 상상했다. 엄마, 근희가 관종으로 살다가 살해당했어.

경찰은 나의 신원을 자세히 묻고, 오근희를 왜 그렇게 찾아다니는지도 묻고 하더니, 오근희가 인스타 사기 피해자라고 짧게 말해주었다. 자세한 것을 알고 싶으면 경찰서에 방문하라고 했지만, 나는 오근희가 자신의 채널을 구독하던 범죄자에게 살해당하지 않은 것만으로도 안심하며 전화를 끊었다. 그러고 나서야 뒤늦게 화가 뻗쳤다.

도대체 왜 사기를 당하나. 내가 그렇게 신신당부를 했건만 왜 사기를 당하고 다니느냔 말이야. 어쩌면 오근희는 나에게 맞아 죽을까봐 도망친 건지도 몰랐다.

짧은 고민 끝에 자동 로그인으로 설정되어 있는 오근희의 인스타그램에 접속했다. 여러 통의 디엠 가운데 수상한 장문의 디엠이 눈에 띄었다.

—저는 분당에 살면서 아이를 키우는 엄마예요. 부업으로 이걸 시작했다가 나만 너무 잘되는 거 같아서 괜히 사람들한테 미안해지더라고요. 이렇게 쉽게 돈을 벌 수 있는데 다들 너무 고생하고 있잖아요. 제 인스타를 보면 아시겠지만, 저는 교회도 열심히 다니거든요. 언제나 봉사하고 싶다, 기부해야 한다, 그런 마음을 갖고 살았어요. 그런데 이렇게 사람들을 돕는 게 봉사이고, 기부인 것 같다는 생각이 들어요. 수수료는 15프로예요. 수익금 세 배는 최소 금액이고요. 저는 허황된 말은 못해요. 원래부터 그런 성격이 아니어서요. 네 배 이상 수익이 나기도 하는데, 그랬다가 세 배밖에 안 나면 실망하실까봐 냉정하게 말씀드리는 거예요. 1천만 원을 투자하시

면 3천만 원은 보장해드려요. 과장 없이 드리는 말씀이에요.
작업 시간은 길어야 30분이에요. 머리 감고 말리시면 작업 다
끝나 있어요. 디엠 주시면 자세히 알려드릴게요.

오근희는 곧바로 답장을 보냈다.

—언니, 정말이에요?

이 기집애야, 정말일 리가 없잖아!
이런 사기에 속는 사람은 아메바 오근희뿐일 것이다.

*

집으로 돌아오니 강하가 소파에 앉아 누군가와 통화하고
있었다. 표정이 좋지 않았다. 나는 혹시 오근희가 나에게 맞
아 죽지 않게 도와달라는 연락을 한 건가 싶어서 강하의 옆에
앉았다. 그러나 강하의 통화 상대는 오근희가 아니었다. 강하
는 상대에게 쩔쩔매는 태도로 말했다.

어머님, 제가 시우랑 유나를 잘 아는데, 원래 둘이 장난도
잘 치고 친한 사이예요. 절대로 그런 짓 할 애가 아니에요.

원생 부모가 아침부터 항의 전화를 한 모양이었다. 강하는

한참을 듣고만 있더니 자기가 시우를 잘 타일러보겠다며 전화를 끊었다.

무슨 일이야?

어제 학원에서 애들끼리 다툼이 있었거든. 근데 시우가 유나를 협박했대. 저격 영상을 올리겠다고.

저격 영상? 그게 뭔데?

말 그대로, 사람 매장시키려고 올리는 영상.

……시우가 몇 살인데?

열한 살.

우리는 동시에 한숨을 내쉬었다. 강하는 시우라는 아이에 대해 자세히 말해주었다. 평소엔 친구들과 잘 어울리고 활달한 아이인데, 한번 화가 나면 참지를 못한다고. 자기 의견이 무시당하면 늘 그런 반응을 보인다고. 작년부터 시작한 유튜브 방송으로 구독자를 꽤 모은 것 같고, 그걸 자랑하고 다니더니 이젠 친구와 싸울 때마다 저격 영상을 올리겠다는 협박을 한다고. 그런 협박을 들은 아이는 심각한 패닉 상태에 빠지고 만다고 했다. 유나도 자신을 저격하는 영상이 유튜브에 올라올까봐 밤새 울었고, 아침이 되자 이미 영상이 올라갔으며 반 친구들이 모두 그 영상을 보았을 게 틀림없다고 생각해 등교를 재촉하는 부모에게 퉁퉁 부은 눈으로 이렇게 말했다고 했다. 엄마, 이제 내 인생은 끝났어.

말을 마친 강하의 시선이 거실 테이블 위에 있는 알록달록한 편지지에 닿았다.

손편지를 써주면 뭐 하나. 아이들은 이미 이 시대의 충실한 구독자가 되어버렸는데. 어른들을 훨씬 앞질러 가버렸는데. 구독자 수가 권력이 된다는 걸 알고 있고, 그 권력을 어떻게 이용해야 하는지도 어른보다 잘 아는데.

강하는 편지지를 집어들더니 종이배를 접기 시작했다. 손편지 따윈 아무런 도움이 되지 못한다는 걸 깨달은 얼굴이었다. 이런 상황에서 오근희 이야기를 하려니 좀 미안했지만 그래도 강하의 조언이 필요했다. 강하는 종이접기를 멈추지 않고 내 말을 듣더니 이윽고 말했다.

핸드폰을 두고 간 걸 보니 자길 찾지 말라는 의미 같은데.

혹시 납치된 건 아니겠지? 오근희가 아메바라는 걸 알고서 유인한 걸 수도 있잖아.

강하는 나를 빤히 쳐다보더니 말했다.

너는 동생한테 아메바가 뭐니?

나는 머쓱해져서 화제를 돌렸다.

어떤 방식으로 투자금을 불려준다는 건지 알아봤거든. 불법 도박 사이트를 운영하는 거 같아. 피해자가 수익금을 출금하려고 하면 사이트 오류로 출금이 안 된다고 돈을 더 넣으라고 권하는 수법이래.

곰곰이 생각하던 강하는 갑자기 크게 웃더니 말했다.

문희야, 근희가 누굴 닮아 그렇게 순진한지 알겠다.

누굴 닮았는데?

너.

그게 무슨 소리야?

처음부터 도박 사이트를 만들 필요가 없지. 뭐 하러 그런 노동을 하겠어. 나라면, 짜장면 한 그릇 시켜먹고 놀다가 연락할걸. 작업 끝났고, 투자금 세 배로 불었다고. 그렇게 말만 해도 상대가 믿을 거 아니야.

……맞네.

*

일이 손에 잡힐 리가 없었다. 회사에서도 나는 오근희 생각만 했다.

도대체 어쩌다가 그런 사기를 당했을까 싶어서 속에서 천불이 났다. 얼마나 날린 걸까. 그게 가장 궁금했지만 경찰은 내가 오근희의 친언니여도 자세한 것은 알려줄 수 없다고 잘라 말했다. 오근희 같은 피해자가 많다는 말만 했다. 주로 아이를 키우며 부업거리를 찾는 엄마들이 타깃이 된다고 했다. 오근희는 방송 만드느라 부업할 겨를도 없을 텐데 왜 그런 사기에 걸려들었나 싶었다. 인스타로 진출하겠다더니, 진출하자마자 사기만 당했다.

점심을 먹는 둥 마는 둥 하다가 회사로 돌아와 처음으로 오근희의 방송에 달린 댓글을 읽었다. 예상대로 악플이 있었다. 그중 하나가 눈에 들어왔다.

—노출 관종이네. 가족들이 모르나? 알면 좀 말리지.

나는 곧바로 핸드폰을 내려놓았다. 이럴 줄 알았다. 가족까지 욕먹게 할 줄 알았어!

오후 업무를 어떻게 해냈는지도 모르겠다. 퇴근 시각이 되자마자 자리에서 벌떡 일어나 사무실을 빠져나왔다. 처음엔 악플에 휘둘려 오근희를 끝까지 말리지 않은 나를 탓했다. 그러나 시간이 흐를수록 지가 뭔데 남의 가정에 참견인가 싶은 마음이 절로 들었다. 속이 터질 듯 갑갑해서 회사에서 멀리 떨어져 있는 편의점으로 뛰어들어가 캔맥주를 사서 원샷했다. 식도를 훑고 내려가는 거칠고 시원한 느낌이 나를 다시 살게 했다.

지들이 뭔데 내 동생을 욕해?

아무리 생각해도 그럴 수 있는 권한은 나한테밖에 없었다.

＊

중국집에서 볶음밥 세 개를 시켰다. 엄마는 아무거나 상관
없다고 말하더니 볶음밥을 보자마자 소화 안 되게 기름진 걸
왜 시켰느냐고, 역류성식도염이 재발할 것 같다고 상세하게
불평했다. 나는 이런 상황에선 쌀죽을 먹어도 소화가 안 될
거라고 차갑게 말하며 묵묵히 볶음밥을 떠먹었다.

그릇을 비닐에 싸서 밖에 내놓고 돌아오니 강하가 거실 테
이블에 앉아 편지를 쓰고 있었다. 아직도 손편지의 힘을 굳게
믿는 걸까. 나는 곁에 앉아 강하가 쓰고 있는 편지를 들여다
보았다. 한 문장이 눈에 들어왔다.

─시우야, 우리가 살아가고 있는 이 세상은 사실 잘못된
세상이야. 참 이상한 세상이야.

나는 강하의 얼굴을 쳐다보았다. 드디어 아이들에게 진실
을 알려줄 생각인 걸까. 강하는 늘 편지에 밝고 희망찬 이야
기만 담았는데 이제부턴 그러지 않기로 결심한 모양이었다.
그다음 문장을 읽으려는데, 강하가 나를 올려다보더니 대뜸
오근희에게 편지를 쓰라고 말했다.

내가 왜 걔한테 편지를 써?

편지 쓰면 화가 좀 가라앉아.

뜻밖에도 엄마가 테이블에 다가와 앉았다. 엄마는 허리 보호대를 꽉 조이더니 강하가 건넨 편지지를 받아들었다. 그리고 고심 끝에 첫 문장을 쓰기 시작했다. 나는 엄마가 쓰는 편지를 대놓고 들여다보았다.

작은 딸에게

근희야, 날도 추운데 옷은 따듯하게 입고 나간 거니? 밥은 잘 먹고 다니는 거야? 엄마는 우리 막내를 믿어. 엄마가 이제까지 살아 있는 것도 너랑 언니 덕분이야. 너희 아니었으면 엄마는 살아갈 이유가 없었을 거야. 진작에 죽었을 거야.

근희야, 엄마는 너무 속상해. 돈은 아무것도 아니야. 벌기도 하고 잃기도 하는 게 돈이야. 그렇지만 가족 간의 신뢰는 달라. 신뢰는 얻기 힘들지만, 잃는 건 너무 쉬워. 지금 너는 문희한테 신뢰를 잃었어. 절대로 용서해주지 않을 기세야. 하지만 근희야, 너도 알겠지만 문희는 우리 중 가장 착하잖아. ("엄마, 나 안 착해.") 다행이지 않니? 문희가 착한 게. 착하지 않으면 너랑 나는 어떻게 됐겠니. 개차반이 되지 않았겠니? 아주 똥같이 살지 않았겠니? 그러니까 근희야, 언니한테 연락해. 연락해서 용서를 빌어. 문희가 좋은 점이 뒤끝이 없다는 거잖아. 문희한테 용서를 빌면 문희가 다 해결해줄 거야. ("엄마, 이 문장 지워.")

문희는 니 방송도 얼마나 열심히 보는지 몰라. 사실 나도 자주 봐. 근희야, 사람들이 뭐라고 하든 너는 너대로 살아. 떳떳하게 하고 싶은 거 다 하면서 살아. 인생은 짧지 않아. 인생은 길어. 엄마는 평생 일만 하며 살았는데 아직 환갑밖에 안 됐어. 얼마나 긴지 몰라. 그러니까 하고 싶은 거 다 해보고 살 수 있어.

사기당한 일은 지나고 보면 아주 작은 일이야. 웃으면서 말할 수 있는 일이야. 엄마도 사기당한 적 있어. 그래도 툭툭 털고 다시 돈 벌러 나갔어. ("엄마, 사기당한 적 있어? 언제?") 그러니까 너도 그렇게 해. 범인 잡겠다고 설치면 화병 걸려 죽어. 그냥 기도해. 대대손손 삼대를 멸하게 해달라고 기도해. 엄마는 자기 전에 아직도 기도하고 자. 명성식당 집안 삼대를 멸하게 해달라고. 너도 알다시피 그 여편네가 곗돈 들고 날랐잖니. ("계도 했었어?") 우리 나이에 그런 일은 너무 흔해. 같이 계 들었던 다른 언니는 그 일 때문에 위암, 자궁암 세트로 걸려서 일찍 죽었어. 그러니까 근희야, 너도 엄마처럼 기도하며 평온하게 잊어. 그게 어떻게 되나 싶을 거야. 근데 해보면 돼.

추우니까 따뜻하게 입고, 밥 굶지 말고, 적당히 바람 쐬다

가 언니한테 연락해. 문희가 니 연락 기다리느라 눈이 벌
겋게 충혈됐어. 불쌍해서 못 보겠다.

엄마, 내 눈 멀쩡하거든?
엄마는 펜을 내려놓고 편지지를 두 번 접더니 그대로 테이
블 위에 올려놓고 방으로 들어갔다.
편지 한 장으로 두 딸한테 하고 싶은 말을 다 한 엄마. 나는
그런 엄마가 못내 얄미웠다.

*

오근희는 낡은 빗자루를 타고 나타났다. 검은색 원피스를
입고 커다란 빨간색 리본을 머리에 매단 오근희를 보며, 나는
이게 꿈이라는 것을 깨달았다.
이상하게도 꿈이라는 걸 알고 나서도 깨어나지 않고 꿈속
에 머무는 때가 있는데, 바로 그날 밤이 그랬다. 나는 오근희
에게 도대체 어디서 무얼 하고 있는 거냐고 물었다. 오근희가
〈마녀 배달부 키키〉 속 키키의 복장을 하고 내 앞에 서 있음
에도 그렇게 물었다. 오근희는 아무런 대답 없이 내 얼굴을
빗자루 끄트머리로 살살 쓸어내렸다. 나는 잠에서 깼고, 오근
희를 걱정하느라 뒤척이다가 〈마녀 배달부 키키〉를 함께 보

았던 날을 떠올렸다.

언니, 키키가 비 맞고 배달하다가 감기 걸려서 앓아눕는 장면 있잖아. 그때 키키가 빵집 아주머니한테 '나는 죽는 걸까요?'라고 말하는데, 나 그 장면에서 울 뻔했잖아. 타지에서 혼자 얼마나 외롭겠어. 그 마음이 뭔지 너무 잘 알지.

야, 너도 외롭니?

나는 왜 그딴 식으로 말했을까. 외롭냐니. 인간은 다 외로운 법인데, 오근희가 마치 인간이 아닌 것처럼 너도 외롭냐니. 나는 그날의 대화를 회상하며 타지에서 혼자 외롭게 있을지도 모를 오근희를 떠올렸다.

언제쯤 돌아오려나. 언제쯤 이 사건을 수습해달라고 연락하려나⋯⋯. 핸드폰을 손에 쥐고 까무룩 잠이 들 무렵, 오근희가 했던 말들이 두서없게, 아무런 맥락 없이 떠올랐다.

언니, 있는 집 자식들이 잘되는 건 왜 그렇게 뻔해 보일까.

언니, 언니는 무너지다를 무'노'지다로 발음하는 거 알아?

언니, 이 술집 선불이야.

언니, 어묵탕에 청양고추를 넣어야지 오이고추를 넣는 사람이 어디 있어?

언니, 나 오늘 돈이 없어서 고깃집 앞을 지나다가 울 뻔했어.

언니, 오늘 목사님의 설교 주제는, 우리는 왜 일하고 있는 가야.

언니, 맛동산을 물에 불리면 개똥처럼 보이는 거 알아?

…….

그 밖에 그 아이가 했던 많은 말들이 밤새 내 머릿속을 맴돌았다.

*

식탁 앞에 앉아 산더미처럼 쌓여 있는 노지귤의 껍질을 하나씩 벗겼다. 엄마가 트럭에서 떨이로 사온 귤은 지나치게 신맛이 강해서 잼으로 만드는 게 나을 것 같았다. 강하가 곁으로 다가와 귤을 집어들더니 위로 던졌다 받기를 반복하며 내 눈치를 살폈다.

나한테 할 말 있어?

바빠? 우편함에 뭐 온 거 같던데…….

강하는 귤을 까서 통째로 입에 넣더니 갑자기 운동을 하고 오겠다며 밖으로 나갔다. 나는 강하가 나를 위해 깜짝 선물이라도 준비했나 싶어서 손을 대충 닦은 뒤 우편함을 확인하러 1층 공용현관으로 내려갔다.

깜짝 선물일 거라는 생각은 절반쯤 맞았다. 우편함엔 오근희에게서 온 편지가 버젓이 들어 있었다. 손편지라니. 빼도

박도 못한다. 강하 짓이 분명했다. 나 몰래 서로 연락하고 있었던 것이다. 나는 절대로 마음 약해지지 않겠다고 다짐하며 방으로 들어와 편지 봉투를 뜯었다. 아메바가 편지를 쓰다니, 놀랍긴 했지만.

언니에게

언니, 지금쯤 나를 찾아 난리가 났을 우리 언니.

나는 잘 지내고 있어. 밥도 잘 먹고, 잠도 잘 자. 나도 내가 이럴 줄 몰랐어. 어쩌면 낙산사의 정기가 좋아서 그런 건지도 몰라. 나 지금 템플스테이 왔는데, 여기 공기 참 좋다. 언니는 나에 대해 잘 모르는 것 같아. 나 북튜버 하면서 약간 똑똑해졌어. 책을 소개하려면 읽어야 하잖아. 그러니까 지식이 늘지 않을 수가 없어. 하루는 책을 읽다가 매력자본이란 단어를 알게 됐어. 나에게 매력자본이 있다는 걸 그때 처음 깨달았어. 화폐자본은 없지만, 매력자본은 있는 거지. 하지만 언니, 나는 가끔 두려워. 언제까지 나의 매력자본이 유지될까? 나 이제 더 이상 이십대가 아니잖아. 내년부터 언니 말대로 진짜 어른이잖아.

원래 언니한테 빌린 돈부터 갚으려고 했어. 그런데 그 돈을 투자하면 언니한테 이자를 넉넉히 주고, 김호균한테 빌린 돈도 갚을 수 있을 것 같았어. 나 유튜브 시작할 때

장비 산 돈, 다 김호균이 빌려준 거야. 김호균은 요즘 방
송 접었어. 내가 김호균을 협박했거든. 방송에서 진실을
폭로하겠다고 했어.

내가 관종이라고 말했던 직장 동료가 내 방송에 댓글을
남겼어. 내가 카메라발을 너무 잘 받고, 방송도 재미있고,
내가 추천한 책을 많이 읽었대. 그걸 보니 내가 잘못 생각
한 거 같았어. 사실 그날 나는 질투심에 눈이 멀어서 김호
균이 그 동료를 힘으로 끌어당기는 걸 봐놓고도 그 동료
도 좋아서 응한 걸 거라고 생각했어. 내가 김호균에게 호
감이 있으니 다들 김호균을 좋아할 거라고 착각했나봐.
언니, 사랑은 정신병이야.

김호균이 왜 김오리를 만날 수 없다고 했는지도 알았어.
언니, 김오리는 진짜 사람이 아니야. 김오리의 미소, 눈
빛, 땀, 눈물은 모두 현실에 존재하지 않아. 그렇지만 김
오리의 팔로워는 나보다 오백 배나 더 많아. 그새 더 유명
해져서 이젠 온갖 광고를 찍고 다녀. 김오리가 버추얼 인
플루언서라는 게 알려진 뒤에도 팔로워는 줄지 않고 오
히려 늘었어. 이게 무슨 의미일까?

언니, 김오리는 늙지 않잖아. 20년 뒤에도 그 얼굴이고,
30년 뒤에도 그 얼굴이잖아. 내가 환갑이 되어도 김오리
는 지금 그 얼굴이야. 김오리의 매력자본은 사라지지 않

는 거야. 김오리는 나와 다르게 늙지 않고 썩지 않는 거야. 하지만 그런 김오리도 언젠가 결국 잊히겠지. 그렇더라도 진짜가 아닌데 잊힌다는 게 무슨 의미가 있을까. 김오리는 상처받지도 않을 거야. 상처받을 줄 모르는 존재니까. 그건 너무 부러워.

언니, 어쩌면 이 세계에선 진짜와 가짜의 구별이 의미 없는지도 몰라. 순간만 존재하고, 모두가 비트(bit) 위를 가볍게 흘러다니는 건지도 몰라. 그게 좋은 걸까? 나도 종이 신문을 보던 시절에는 내가 신문 한 면을 차지하는 유명인이 될 거란 상상은 안 했어. 나는 누구나 유명해질 수 있는 시대에 나도 같이 유명해지고 싶었던 것뿐이야. 특별한 사람만 유명해질 수 있다고 하면 나는 진즉에 포기했을 거야. 그러니까 언니, 내 인생이 이렇게 된 것은 내 탓이 아니야. 누구나 유명해질 수 있는 시대 탓이야. 사소한 나를 구독해주는 구독자 탓이야.

언니, 관종이 되려면 관종으로 불리는 걸 참고 견뎌야 해. 그게 얼마나 힘든 일인지 언니는 모르지? 한 가지 더 언니가 모르는 게 있어. 관종도 직업이 될 수 있다는 거야. 그걸 왜 모를까. 왜겠어. 언니가 꼰대라서 그런 거지.

나는 언니가 그리 많지 않은 나이에 꼰대가 되어버린 게 슬퍼. 혹시 우리 가족이 언니를 그렇게 만든 걸까. 나는 맨날 부동산 얘기, 연금 얘기만 하는 언니가 차라리 대놓고 자긴 꼰대라고 말했으면 좋겠어. 정색하면서 안 그런 척해서 얼마나 꼴 보기 싫은지 몰라. 언니는 자기가 지성인이라고 생각하지? 다른 사람을 깎아내릴 때 쾌감을 느끼는 언니를 볼 때마다 참 속물적이라는 생각이 들어. 그런 걸 스노비즘이라고 한대. 책에서 봤어. 나 북튜버 하면서 많이 똑똑해지고 있어. 사기를 당한 이유도 똑똑해져서인 것 같아. 옛날 같았으면 사기꾼이 설명하는 수익 구조가 알아듣기 힘들고 귀찮아서 하지 않았을 거야. 그런데 지금은 진지하게 수익을 따져본다니까. 그래서 내가 사기를 당한 것 같아.

언니는 내가 참 모순되는 말만 한다고 생각할 거야. 하지만 나는 언니가 가장 모순적인 사람 같아. 특히 내게 결혼을 권할 때마다 뭐 이렇게 모순적인 사람이 다 있나 싶어. 언니도 결혼할 생각 없잖아. 커밍아웃을 하고도 가족들에게 변함없이 신뢰받는 언니를 보면 이게 첫째의 대단함인가 싶어. 혹시 그냥 언니가 대단한 사람인 걸까? 우리는 사람들이 말하는 정상 가족이 아니었지만 그걸로 싸우거나 누굴 원망한 적은 없잖아. 그래서인지 언니의 사랑도 우리에겐 싸우거나 뜯어말리고 할 만한 게 아니었어. 하지만 언니, 언니가 모르는 게 한 가지 있어. 우리

는 언니가 결혼해서 우리 곁을 떠나는 일이 없을 거라는
게 좋은 것뿐이야. 우리는 언니가 필요하고, 언제나 언니
를 우리 곁에 두고 싶으니까. 아마도 우리는 언니의 사랑
을 제대로 이해하지 못하고 있는 건지도 몰라. 그 점은 미
안하게 생각해.

언니, 언니는 어떤 존재일까. 나와 비슷한 유전자를 갖고
나보다 먼저 살아본 사람일까. 언니가 성공한 일을 나도
성공할 수 있을까. 내가 성공한 일을 언니는 아무리 해도
실패하지 않을까.

언니, 나를 좀 믿어주면 안 될까. 약속할게. 절대로 벗방
안 할게. 내 몸을 상업적으로 이용하지 않을게. 하지만 언
니가 말했듯 '걸레들이나 입는 옷'을 입고 방송은 계속할
거야. 나는 내 몸이 아름답다고 생각하니까.

책도 아름답지만 내 몸도 아름다워. 문장도 아름답지만
내 가슴도 아름다워. 적절하게 찍힌 마침표도 아름답지
만 함몰유두인 내 젖꼭지도 아름다워. 이렇게 생각하는
게 잘못은 아니잖아. 오히려 감추라는 언니가 이상한 거
야. 언니는 왜 우리의 몸을 핍박하는 거야? 언니의 몸은
언니의 식민지야? 언니는 왜 우리 몸을 강탈의 대상으로
만 봐?

나는 언니가 좋고, 언니도 속으론 나를 좋아할 텐데 우리

를 갈라놓는 것이 편견이라는 게 너무 슬퍼. 언니, 사람한
테 걸레라고 하는 거 아니야. 나는 언니가 그런 말 할 때
마다 누가 들을까봐 무서워. 언니가 사람들한테 미움받
는 게 싫거든. 내 언니니까 나만 미워할 수 있어.

템플스테이 끝나면 돌아갈게. 사기당한 건 정말 미안해.

나는 오근희의 편지를 끝까지 다 읽었다. 그리고…… 이건
절대로 아메바가 쓸 수 없는 글이라는 결론을 내렸다.

어쩌면 가장 진화한 형태의 생물은 아메바인지도 모른다.
모든 거추장스러운 것들을 벗어던진 존재, 핍박과 식민지가
무언지 모르는 존재, 생을 가장 단순하고 솔직하게 설계한 존
재, 그게 아메바인지도 모른다. 하지만 그런 상태로 이 세계
에서 균형 감각을 유지하며 살아가기는 쉽지 않을 것이다.

나는 침대에 모로 누워 근희의 방송에 달린 악플을 모조리
읽기 시작했다. 읽는 내내 손이 떨리고 심장이 내려앉았다.
근희는 이걸 다 봤겠지. 다 보고도 아무런 내색도 하지 않았
겠지……. 악플을 하나도 빠짐없이 다 읽고 나니 심신이 너덜
너덜해져 있었다. 근희의 얼굴이 계속 떠올랐고, 오래전 함께
코엑스몰에 갔던 날도 떠올랐다. 나에게 생일 선물로 귀걸이
를 사준 뒤 근희는 나를 따라 말없이 걷기만 했다. 내가 집에
가지 않겠다고 우겨서 우리는 여덟 시간 동안 지하상가를 계

속 걸었다. 그때 근희는 무슨 생각을 했을까. 언니의 실패가 자신의 실패는 아닐 거라는 생각? 언니의 실패는 자신의 실패이기도 하다는 생각? 한 가지는 알 것 같다. 근희의 행진은 나의 행진과 명백히 다를 것이란 걸.

나는 손가락을 움직여 댓글을 달았다. 처음엔 악플러 못지않게 지저분한 욕을 쓰다가, 너는 도대체 뭐 하는 놈이냐고 묻다가, 너를 낳고 너희 엄마도 미역국을 드셨냐고 모욕하다가 결국 다 지우고 한참을 고심했다. 이걸 근희가 볼 수도 있다. 나는 뺨으로 흘러내리는 눈물을 닦고, 콧물을 훌쩍이며 천천히 손가락을 움직였다. 어쩐지 졌다는 심정으로. 나의 동생 근희와 관종 오근희를 바라보는 이 세상을 향해.

—나의 동생 많관부

나의 동생, 많은 관심 부탁드립니다.

162

연희동의

밤

언니가 쓴 각본을 요약하면 이러했다. 하룻밤에 세 군데의 술집에 들러 술을 마시고 집으로 돌아가는 이야기. 주인공은 내면의 무언가가 조금 변한 채로 귀가하는데, 정작 자신은 그걸 깨닫지 못한다. 다음날 아침, 그는 회사로 향하는 버스를 기다리며 굿네이버스 홍보 영상을 떠올린다. 영상 속 아이들은 잠비아에 살고, 그가 일하는 시간보다 정확히 두 시간 덜 일한다. 그렇게 일하고 하루에 250원을 받는다. 그는 250원으로 무얼 살 수 있는지 생각하다가 그 돈으론 살 수 있는 게 도무지 없다는 걸 깨달으며 버스에 오른다. 250원으로 가족과 함께 하루를 영위해야 하는 아이들에게도 꿈이 있을까. 물론 그들에게도 꿈이 있다. 배불리 먹고 싶다는 꿈. 그는 시인이 되고 싶은 자신의 꿈과 잠비아 아이들의 꿈을 비교하다 '꿈'이라는 단어에서 심각한 허점을 발견한다.

나는 언니가 쓴 각본을 다 읽은 뒤 내처 잤다.

＊

버스를 타고 연희동으로 갔다. 우리는 연희동에서 종종 만났고, 술을 마신 뒤 하릴없이 그 동네를 걸었는데, 언니는 오늘도 그렇게 할 생각인 것 같았다. 주말에 만나자고 해도 언니는 오늘 당장 만나야 한다고 말했다. 그래야 자기가 조금 덜 울 것 같다고 했다. 나는 언니의 말이 신경 쓰여서 팀장의 눈치를 살피다 입사 후 처음으로 정시에 퇴근했다.

언니는 연희예술극장 맞은편에 서서 핸드폰 카메라로 거리를 찍고 있었다. 동영상 모드였다. 오가는 차량과 행인 들의 모습을 담고 있는 것 같았다. 왜 그런 걸 찍는지 궁금했지만, 감상적인 대답이 돌아올 것 같아 묻지 않았다.

언제 왔어? 뒤늦게 나를 발견한 언니가 물었고, 나는 내일 팀장에게 불려가 잔소리를 들을 것 같다고 볼멘소리부터 했다.

그래도 오늘은 좀 봐줘.

나는 그러겠다는 의미로 고개를 끄덕였다. 오늘은 언니가 꿈을 포기하기로 한 날이니까.

언니와 달리 나는 오래전에 꿈을 포기했다. 꿈은 없고, 목표만 남았다. 내일채움공제라 불리는 내일채움족쇄를 차고 2년 동안 꿋꿋하게 버티는 것. 이제 1년 4개월 남았다. 팀장은 나처럼 일 못하는 직원은 본 적이 없다고 대놓고 말했다. 나는 그 말을 못 들은 척했다. 이렇게 사는 나도 나지만, 언니는 이제부터 시작이다. 뒤늦게 꿈을 포기하고 회사에 들어가, 나처럼 족쇄를 차고 2년 동안 버티기로 했다. 그러면 천만 원이 넘는 목돈이 생기니까. 우리는 지난밤 그렇게 하기로 합의를 보았고, 나는 통화를 마치며 조금 울었다. 언니를 개미지옥으로 초대하는 기분이었다. 하지만 다들 그렇게 살고 있으니 언니도 그래야 할 것 같았다.

어디로 갈까? 언니는 핸드폰을 주머니에 넣으며 물었고 나는 술이나 마시자고 했다. 우리가 자주 가는 단골 포차가 인근에 있었다. 저렴하고 맛없는 안주와 정신 사나운 분위기. 그럼에도 술이 잘 들어가는 묘한 곳이었다. 언니는 단박에 싫다고 하더니 하염없이 걷기만 했다.

그럼 뭐 할 건데?

그냥 좀 걷자.

나 배고파.

너 그거 알아? 전직 대통령이 죽은 거.

세 달 전 이야기를 갑자기 왜 하나 싶었다. 나는 유튜브 구독 채널로 새로운 소식을 접했고, 관심 분야 밖의 일은 잘 몰랐지만, 전직 대통령이 죽었다는 것 정도는 알고 있었다. 그게 우리와 무슨 상관이냐고 묻자 언니는 연희동에 오니 갑자기 생각이 나더라고 했다. 나는 언니 생각이나 하라고 쏘아붙였다. 앞으로 뭘 해서 먹고살지 그 생각이나 하라고. 언니는 서운하다는 눈빛으로 나를 보았다.

그걸 꼭 오늘 생각해야 돼? 언니는 그렇게 말하며 핸드폰을 꺼내 들더니 다시 거리를 찍기 시작했다. 결국 뭐 하는 거냐고 물었다.

내가 꿈을 포기한 날, 이 세상이 어떤 풍경이었는지 남겨두려고.

나는 코웃음을 쳤다. 언니가 썼던 각본에도 저 따위 대사가 많았다. 그러니 한 번도 공모전에 당선된 적이 없지. 언니의 각본이 드라마로 만들어졌더라면 비웃음을 사는 것으로도 모자라 짤방 이미지로 숱하게 소비되었을 것이다. 나는 언니의 감성이 촌스럽다고 생각했다.

근데 너 치마 입었네?

……입어줬지.

치마 입는 걸 한 번도 못 봤다며 툭하면 시비를 거는 차장 때문에 나는 이번 주 내내 치마만 입고 있었다. 차장은 여직

원이 하이힐을 신고 치마를 입어야 회사가 번듯해 보인다는 이상한 말을 자주 했다. 처음부터 그런 말을 했더라면 진즉에 회사를 때려치웠을 텐데, 내일채움공제를 의식했는지 반년이 지나고 나서야 했다. 그만두기엔 반년이 너무 아까웠다. 결국 치마를 입어주는 것으로 타협을 보았지만, 차장과 타협한 것인지 나 자신과 타협한 것인지는 알 수 없었다.

오늘 은단 씨를 만나러 가려고.

은단 씨는 언니가 드라마를 배우러 다녔던 교육원의 담임이었다. 늘 은단 껌을 씹으며 수업을 진행했던 사람이라서 우리끼리는 은단 씨라고 불렀다.

갑자기 은단 씨를 왜?

내 인생을 8년이나 낭비하게 했잖아. 복수하려고.

복수라니?

나한테 재능 있다고 했어.

그럼 제자한테 재능이 없다고 해?

수강생들 중에서 오로지 나한테만 재능 있다고 했어.

이상하네. 왜 그랬지?

나도 모르게 본심이 튀어나왔다. 언니는 나를 흘겨보았지만 화를 내진 않았다.

이 동네에서 일하더라. 인스타에서 봤어.

나도 안 하는 인스타를 하다니. 어쩌면 은단 씨가 나보다 젊을지도 모르겠다는 생각이 들었다. 물리적 나이는 나보다 그가 많지만 내 마음속엔 이미 노인이 들어앉았다. 노후 준비 없이 노년을 맞이한 미래의 내가. 그리고 언니에게도 미래의 언니가 깃드는 중이었다.

어떻게 복수하려고?

언니는 대꾸 없이 고뇌에 찬 표정을 지으며 걸었다. 그러다 어느 술집 앞에 멈추어 서더니 나를 돌아보며 말했다. 여기야. 들어가자.

사각 테이블이 놓여 있는 홀의 구석 자리에 은단 씨가 앉아 있었다. 둥근 뿔테 안경과 짧게 커트한 헤어스타일. 늘 너바나 티셔츠만 입는다고 들었는데 오늘도 그랬다. 그녀는 '아그리파, 술의 집' 한구석에 앉아 노트북 화면을 들여다보고 있었다. 머뭇거리는 나와 달리 언니는 은단 씨에게로 곧장 걸어갔다. 은단 씨가 뒤늦게 고개를 들어 언니를 보았다.

경희야, 여긴 어떻게 왔어?

은단 씨는 언니의 손을 덥석 잡더니 환하게 웃었다. 언니는 미리 만날 약속을 한 것처럼 말했는데, 은단 씨의 반응을 보니 그게 아닌 것 같았다. 우리는 은단 씨의 맞은편 자리에 앉았다.

그동안 잘 지내셨죠, 선생님. 언니는 착 가라앉은 목소리로 입을 열었다. 그동안 잘 지냈으니 이제부터 잘 지내지 않아도 괜찮지 않겠느냐고 묻는 것 같았다. 그러나 은단 씨는 언니의 의중을 짐작하지 못했는지 주방을 향해 밝은 목소리로 외쳤다. 해루 씨, 여기 메뉴판 좀 가져다줘. 내 제자 경희가 왔어.

'내 제자 경희'라는 말이 내 귀엔 '애제자 경희'로 들렸다. 언니는 아무런 표정의 변화가 없었다. 내 제자 경희. 나는 그 표현이 꽤 고풍스럽다고 생각하다가 오래전 나에게 너는 내 제자 아니야, 밖에서 그런 말 하고 다니지 마,라고 일갈했던 스승을 떠올렸다. 그는 내가 이미 노래를 충분히 잘 부르기 때문에 연습은 필요하지 않다고 했다. 그러면 뭐가 필요하냐는 물음에 그는 인맥이라고 답했다. 그때부터 나는 그를 경멸했고, 내게 인맥을 만들어주려는 그의 노력을 무시했다. 그가 오라고 하는 술자리에 가지 않았고, 그가 소개해주는 사람들에게 무뚝뚝하게 굴었다. 그들은 내게 트로트 가수로 전향할 생각이 있는지 묻더니 노출 의상에 대한 이야기를 넌지시 꺼냈다. 행사를 뛰면 얼마를 벌게 해주겠다는 식으로 말했을 때, 나는 주저 없이 자리를 박차고 나왔다.

주방에서 나온 해루 씨는 머리에 남색 두건을 쓰고 있었다. 해루 씨는 언니와 나 사이에 메뉴판을 내려놓더니 먹고 싶은 걸 마음껏 고르라고 했다. 언니는 침착하게 메뉴판을 들여다보았다. 은단 씨가 언니에게 인스타를 보고 찾아온 거냐고 물었고, 언니는 그렇다고 짧게 답하더니 내 쪽으로 메뉴판을 살짝 밀어주었다. 나는 언니에게 아무거나 고르라고 말한 뒤 은단 씨의 얼굴을 힐끔거렸다. 그러다가 눈이 마주쳤고, 나는 머쓱함을 감추기 위해 물었다.

가게 이름이 '아그리파, 술의 집'이던데, 아그리파가 무슨 뜻이에요?

아…… 빛이 닿으면 사라지는 책이 있는데, 그 책 제목이 '아그리파'예요. 여기도 빛이 닿으면 사라지는 술집이라서. 낮엔 문을 닫으니까.

은단 씨의 설명이 너무 상세해서 더 이상 물을 게 없었다. 나는 조용히 고개를 끄덕였다. 언니는 심혈을 기울여 안주를 골랐다. 가리비 구이와 얼큰한 토마토 해물 뚝배기. 그리고 소주도 달라고 덧붙였다. 해루 씨가 메뉴판을 가져가자마자 언니는 툭 던지듯 말했다. 선생님, 저 이제 글 안 써요.

은단 씨는 진위를 가늠해보는 것처럼 언니의 얼굴을 가만히 바라보더니 말했다. 경희 네가 제출했던 단막극 제목이 아직도 기억나. '행복의 전진, 도돌이표, 무엇이든', 맞지?

제목이 이상하다고 까였잖아요.

드라마 제목으론 좀 이상했지.

선생님, 저 선생님이 너무 미워요.

내가? 내가 왜 밉니?

172

저는 지금까지 진짜 인생은 여기가 아니라 다른 데 있다고 생각했어요. 근데 아니었어요. 여기가 진짜고, 거기가 가짜였어요.

언니는 술 한 방울 마시지 않고 낯간지러운 말을 잘도 했다. 은단 씨는 쓸쓸하게 웃었다.

경희 너는 여전하구나. 네가 쓴 각본엔 그런 말들이 많았잖아. 기억나니?

물론 언니는 기억하고 있을 것이다. 언니가 쓴 각본의 가장 큰 문제점은 등장인물이 죄다 언니를 닮았다는 것이다. 그들은 처음부터 고뇌에 빠져 있었고 세상을 멸시했다. 그러면서도 사회를 변화시키려는 노력은 하지 않았고, 술을 마시거나 친구 집에 찾아가 돈을 빌리기만 했다. 지루한 건 둘째 치고서라도 주인공에 대한 공감이 어려워 각본을 끝까지 읽으려면 상당한 인내심이 필요했다. 그런 각본을 쓰는 언니의 문제점을 은단 씨가 일찌감치 일깨워줬어야 했다. 그런데 재능이 있다고 말하다니.

언니는 툭하면 내게 찌라시를 믿지 말라고 했다. 사상 없는 글은 솜씨 없는 저격수의 총알 같다고 했다. 무엇을 겨냥할지 생각하지 않고 쓴 글은 종이 낭비라고 했다. 언니는 지루한 각본을 쓰고, 온종일 걷고, 알바를 잘리고, 술을 마시고, 주사를 부리고, 숙취에 시달리고, 은단 씨의 인스타를 엿보고, 은단 씨의 드라마 작가로서의 일상과 자신의 일상을 비교하고, 은단 씨를 연모하고, 짝사랑은 인풋만 있고 아웃풋은 없으니 미치고 팔짝 뛰겠다고 나를 만나 하소연했다. 나는 언니의 사랑이 언니가 쓰는 각본 속 인물들의 사랑보다 가볍고 내향적이며 때로는 망상적이기까지 하다는 걸 알았기에 잠자코 내버려두었다. 그리고 지금 소주를 연거푸 세 잔이나 마시고 은단 씨를 빤히 쳐다보는 언니의 두 눈엔 또다시 깊은 연심이 깃들어 있었다. 나는 그런 언니를 보며 인간의 오만 가지 감정을 두 가지로 정리했다. 사랑받고 싶은 마음과 사랑하고 싶은 마음.

나는 언니의 잔에 소주를 따라주고, 은단 씨의 잔에도 소주를 부어주었다. 은단 씨는 술을 곧잘 마셨다. 꺾어 마시지 않고 한 번에 잔을 비웠다. 그럼에도 낯빛 하나 변하지 않았다. 흐트러짐 없는 자세로 꼿꼿하게 앉아 언니를 바라보며, 경희야, 어쩌니, 어째, 그런 말만 반복했다. 그러나 글을 계속 쓰라는 말은 절대로 하지 않았다.

한동안 술잔만 비워내던 언니가 말했다. 선생님, 청춘이 아름다운 건 아무것도 하고 있지 않아도 세상을 시시하게 볼 수 있기 때문이에요. 그 시기가 지나면 아무것도 하고 있지 않다는 사실만으로도 세상이 공포로 다가와요. 제가 지금 그래요. 모든 게 공포예요.

그래, 그럴 수 있어. 근데 경희야, 너는 지금도 청춘이야. 세상을 계속 시시하게 봐도 돼.

선생님은 늙었어요.

맞아. 난 늙었어.

근데 안 늙었어요.

그래. 아직 안 늙었어.

선생님, 앞으론 그런 말 하지 마세요. 제자한테 절대로 재능 있다는 말은 하지 마시라고요.

은단 씨는 언니의 얼굴을 가만히 보다가 손등으로 눈가를 훔쳤다. 나는 언니를 돌아보며 이제 그만 가자고 말했다. 언니는 내 손을 뿌리치더니 은단 씨에게 따지듯 물었다.

선생님이 수업 시간에 그랬잖아요. 드라마는 사기라고. 사기를 잘 쳐야 성공할 수 있다고.

그랬지.

선생님은 그게 문제예요. 전쟁이 뭔지도 모르면서 똑똑한 척을 하고 세상을 다 아는 척을 한다구요.

전쟁? 갑자기 전쟁 얘기를 왜 하니?

나 역시 묻고 싶었다. 갑자기 왜 전쟁 얘기를 하는 거냐고. 주사 좀 그만 부려. 그러나 그렇게 말하는 대신 숟가락으로 뚝배기 바닥을 긁었다. 안주를 나 혼자 다 먹은 것 같았다.

전쟁 얘기를 왜 하는지 몰라서 물으시는 거예요? 선생님은 정말로 드라마밖에 모르세요? 진짜가 뭔지 아직도 모르세요?

은단 씨는 말문이 막힌 듯 언니를 가만히 쳐다보았다.

경희야, 내가 너한테 재능 있다고 말했던 건 네가 바라는 세상이 있어서 글을 쓴다는 걸 알았기 때문이야. 정말로 잘 써서 그렇게 말한 게 아니었어. 너의 의도가 좋아서 그렇게 말했던 거야. 멋있으려고 글을 쓰는 게 아니라, 화나고 슬퍼서 글을 쓴다는 걸 알았으니까. 작가가 되기 위해서 작가가 되려는 게 아니라는 걸 알았으니까.

언니는 아무런 대꾸 없이 은단 씨를 노려보더니 벌떡 일어나 밖으로 나가버렸다. 나는 정답! 하고 외치고 싶은 마음을 억누르고, 냅킨을 한 움큼 집어든 뒤 언니를 뒤따라갔다.

언니는 손등으로 뺨을 닦아냈다. 울면서 걷고 있는 언니를 보니, 과연 주사가 심해졌구나 싶었다. 나는 언니에게 다가가 냅킨을 건네주었다. 언니는 냅킨으로 눈가를 닦으며 이 세상에서 가장 불행한 사람은 나야, 하고 외치듯 말했다. 나는 웃기만 했다. 투정 부리는 아이를 보는 것 같았다. 언니는 흘러내리는 콧물을 냅킨으로 연신 닦으며 앞서 걸어갔다. 나는 언니 뒤를 따라 걷다가 머릿속에 불쑥 떠오르는 생각을 곱씹었다. 청년형 소득공제 장기펀드는 연봉 5천만 원 이하, 청년희망적금은 연봉 3천 6백만 원 이하, 청년내일저축계좌는 연봉 2천 4백만 원 이하. 이런 걸 외우고 다니는 사람이 가장 불행한 사람인데, 언니는 아마도 모를 것이다.

언니, 어디 가?

연희고지.

그게 뭔데?

전쟁기념비가 있는 곳.

그게 보고 싶어?

보고 싶어. 언니는 눈가가 붉어진 채로 내게 다가와 말했다. 우리는 팔짱을 끼고 맵을 찬찬히 살펴보며 연희고지를 향해 걸어갔다. 언니는 젖은 냅킨을 동그랗게 뭉쳐서 길가에 슬쩍 버렸다.

높다란 담장이 이어진 한적한 주택가를 걸었다. 언덕 끄트머리에 연희고지로 진입하는 돌계단이 있었다. 계단을 오르려다가 개 짖는 소리를 듣고 둘 다 소스라치게 놀랐다. 대문 너머에 있는 개는 덩치가 상당히 큰 것 같았는데, 컹 하고 짖을 때마다 밤의 어둠이 쑤욱 깊어지는 듯했다. 앞장서 계단을 오르고 있는 언니를 따라잡기 위해 나는 걸음을 빨리했고 도중에 길쭉한 표지석을 보았다. 나는 그게 연희고지를 기리는 비라고 착각했고, 너무 작다는 생각을 했다. 언니에게 그렇게 말하자 언니는 깔깔거리며 웃더니 빨리 계단 위로 올라오라고 말했다.

계단을 다 오르자 밤하늘을 향해 우뚝 솟아오른 거대한 비가 보였다. 해병대104고지전적비. 수도 탈환작전에 기여한 한미 해병대. 이곳에서 적을 무찔렀고, 소중한 걸 되찾았다는 이야기. 나는 판석에 새겨진 약사를 읽다가 띄어쓰기와 맞춤법이 이상한 곳을 꼼꼼하게 찾아냈다.

나 취했나봐. 여기 적힌 말이 무슨 뜻인지 하나도 모르겠어. 언니는 그렇게 말하며 전적비 앞에 주저앉았다. 지대가 높아서 풍경을 바라보기에 좋았다. 언니의 시선은 어둠 위에 산발적으로 떠오른 시내 불빛으로 향했다. 아무런 말도 없이 조용히 숨만 내쉬던 언니가 나를 돌아보았다.

우리 다음 생엔 재벌 딸로 태어나자.

대기자가 너무 많아. 나라라도 구하고 그렇게 얘기해.

언니는 맥없이 웃었다. 나는 언니 옆에 앉아 언니를 계속 놀리다 재벌이라고 다 행복하진 않을 것이며 그들 나름의 고충이 있을 거라고 뻔한 말을 늘어놓았다. 그러는 동안 나 자신이 우습게 느껴졌다. 뭘 안다고. 실제로 재벌은 하고 싶은 일만 할 수 있고, 자신의 꿈이 너무 귀엽고 사랑스럽게 느껴질 수 있다. 배금주의에 빠지지 않은 자신이 몹시 대견할 수 있다. 언니는 서서히 웃음을 멈추더니 길게 한숨을 내쉬었다.

나는 은단 씨가 미운데, 자주 생각나고 보고 싶기도 해. 도대체 이게 무슨 감정일까.

불황의 중심에서 사랑을 외치다, 그런 드라마 써봐.

그런 드라마를 쓰면 사람들이 볼까? 언니는 진지한 표정으로 주인공과 플롯에 대해 말하기 시작했다. 잠자코 듣기만 하던 나는 그런 드라마를 도대체 누가 보겠냐고 말했다. 왜 농담을 못 알아듣냐고. 〈세상의 중심에서 사랑을 외치다〉의 로맨스 감성도 먹히기 어려운 젠더 갈등 시대에 불황의 중심에서 사랑을 외치는 구질구질한 이야기를 누가 보겠냐고. 언니는 결국 내 말에 수긍했다. 그러더니 인스타를 볼 때마다 자기 빼고 다 부자라는 생각이 든다고, 자기만 거지라고 말했다.

그러니까 인스타 좀 그만 봐.

그게 잘 안 돼. 중독됐나봐. 남의 인생이 프레임 안에 전시되는 걸 보는 것도 피곤한데, 그보다 더 피곤한 건 열등감을 자극하는 데 재미를 들인 나야.

나는 언니의 말이 너무 식상해서 하품이 나왔다. 그런 감정에 시달리며 쓰는 각본은 얼마나 가여울까. 언니가 드라마 작가라는 꿈을 포기해서 다행이라는 생각이 들었다. 그런 건 낙관을 잃지 않는 사람이 하는 일 같았다. 등장인물들을 이끌고 앞으로 나아가야 하니까. 구렁텅이에 빠뜨려놓지 않아야 하니까. 내 말에 언니는 고개를 저었다.

나는 내 인생에 대해선 늘 낙관적인 기대가 있었어. 적을 무찌르고 소중한 걸 지켜냈다는 자부심이 가득한 각본을 쓸 줄 알았어. 하지만 내가 한 일은 모호한 짝사랑뿐이야.

나는 아무런 대꾸도 하지 않았다. 이 모든 게 꿈 때문이라는 생각만 들었다. 꿈은 언니의 모든 것을 파괴하고, 언니는 초인적인 능력으로 자신을 재건시킨다. 하지만 꿈은 다시 언니를 상대로 승리하고, 연이어 다시 패배한다. 그러는 동안 소모되는 건 언니의 인생. 정확히는 시간이다. 그러므로 확실히 배상받아야 한다. 두 번 다시 전쟁을 일으킬 수 없게.

언니의 잃어버린 8년에 대해 언니 자신한테 배상해야 돼. 그러려면 이제부터 정말 열심히 살아야 되는 거 알지?

나 이제까지 열심히 살았거든?

나는 아니라고 했다. 열심히 산 게 아니라 재미있게 산 거라고. 언니는 재미 하나도 없었다고 답하더니 조금 울었다.

우리는 계단을 내려와 인적 없는 주택가를 걸었다. 도중에 언니가 걸음을 멈추며 힘없이 말했다. 나 좀 안아줘.

나는 언니를 꼭 끌어안았다. 언니의 보풀 인 코트에서 희미한 향수 냄새가 났다. 내 코트에선 라벤더향 페브리즈 냄새가 날 것이다. 우리는 두 개의 낡은 곰 인형처럼 초라한 몰골로 서로를 꼭 끌어안았다.

등 뒤로 개 짖는 소리가 날카롭게 들려왔다. 높은 담장에

설치된 방범 카메라의 빨간 불빛이 우리를 적대적으로 노려
보았다.

*

　미닫이문을 열고 들어서자마자 소파에 드러누워 있는 할
머니와 맞닥뜨렸다. 푸대접 포차의 주인이었다. 할머니는 입
구 쪽에 있는 3인용 소파에 팔다리를 쭉 뻗고 누워 잠들어 있
었다. 할머니의 딸인 아주머니가 주방에서 분주히 요리를 하
다가 우리를 맞아주었다. 푸대접 포차의 진짜 이름은 '목마와
미나리아재비'이고, 우리는 미나리아재비의 꽃말이 '천진난
만'이라는 것을 이곳에 온 첫날 알았다. 할머니는 가끔 손님
들에게 시를 낭독해주었고, 자기가 쓴 시라는 말은 죽어도 안
했지만 손님들은 알고 있었다. 할머니가 쓴 시라는 걸.
　우리는 머리를 맞대고 메뉴판을 들여다보며 안주를 골랐다.
잠시 후 두부김치와 어묵탕이 나왔다. 우리가 이곳을 푸대접
포차라고 부르는 이유는 바로 안주 때문이었다. 어느 것이든
항상 맛이 없었다. 두부는 차갑게 식어 있었고, 어묵은 내 얼굴
의 절반만 했다. 칼질하기 귀찮아서 딱 한 번만 자른 것 같았
다. 그래도 안주가 무척 쌌고, 애주가들의 사랑을 받는 곳이었
다. 나는 싱거운 어묵탕 국물을 떠먹다가 실소를 흘렸다. 강렬

한 후추맛. 그 외엔 아무 맛도 느껴지지 않았다. 싸니까 먹는다. 싸니까. 나는 소주를 잔에 따라서 한 번에 들이켰다.

언니, 나는 홍상수 영화가 좋아.

술 마시는 장면이 많이 나와서?

응. 어떻게 알았어?

모를 리가 있니. 언니는 그렇게 말하더니 내 잔에 술을 가득 따라주었다. 이미 취한 상태로 포차에 들어온 우리는 점점 더 취해갔지만, 날은 춥고, 언니의 마음도 춥고, 언니의 짝사랑은 서글프고, 우리는 버려진 곰 인형들 같으니까 오늘은 많이 취해도 괜찮을 것 같았다. 그리고 이렇게 마음이 쓸쓸해지는 날마다 나는 어김없이 큰이모를 떠올렸다.

내가 말했나? 우리 이모가 예전에 서대문 산꼭대기 동네에 살았는데…….

말했어.

그래도 들어봐. 쪽방촌처럼 방이 다닥다닥 붙어 있는 집이었대. 마당에 수도가 딱 하나 있고, 화장실도 하나였대. 부엌이 없어서 밥은 방에서 해먹었고.

큰이모는 안양, 김포, 인천을 떠돌아다니며 살았다. 어느 날 주인집 아주머니가 큰이모를 불러 앉혀놓고 도대체 왜 그렇게 사느냐고 물었다. 고향집으로 돌아가든지, 결혼해서 정착하든지 결정을 내리라고. 그때부터 큰이모는 수색에 정착했다. 그리고 막냇동생이 혼자 낳은 아이를 데려다가 키웠다. 그게 나였다.

수색은 장마 때마다 물이 차올라 물 일색으로 변한다는 의미로 '수색'이라는 이름이 붙었다는 설이 있는 곳이다. 외곽으로 내몰린 철거민들이 산자락에 판잣집을 짓고 위험한 우물물을 마셨고, 연탄 공장이 많아서 탄가루를 씻어내리는 인부들을 위한 목욕탕이 많았다. 그리고 거대한 두 개의 쓰레기 산……. 나는 이런 이야기들을 큰이모에게서 들었다. 미용기술을 배운 큰이모는 가겟방 딸린 점포를 싼값에 얻어 동네 아주머니들의 머리를 꼼꼼하게 말아주었다. 손이 어찌나 빠른지 다들 경탄했다. 큰이모는 아침과 점심은 믹스 커피로 때우고 저녁에만 밥을 먹었다. 그래서인지 깡마르고 성격이 급했다. 술을 마실 때마다 유랑하며 살았던 젊은 시절에 대해 말해주었는데, 나는 매번 귀 기울여 듣곤 했다. 안양에 살았을 땐 노조가 데모를 어찌나 많이 했던지 정신이 하나도 없었고, 콘돔 공장, 고무장갑 공장에 다니던 이웃들의 얼굴이 아직도 떠오른다고. 당시 큰이모는 위장 취업한 대학생들의 이야기를 전해 듣고 자신과 나이가 비슷한 청년들이 사회를 바꾸려고 노력하는 걸 이해하지 못했다. 먹고살 걱정을 하지 않는 게 신기했고, 떠돌이로 살면서 사회와 멀어지지 않는 것도 이상했다. 자신은 그렇게 했으니까. 사회가 싫어서 평생 떠돌이로 살려고 했으니까. 하지만 엿장수로 팔도를 여행하려는 계획은 한 달 만에 실패로 돌아갔다. 남자처럼 분장하고 엿을 팔았지만 성별을 금세 들켰고, 엿만 팔지 말고 다른 것도 팔라는 농담을 던진 사내들의 혀를 엿가위로 잘라버리고 싶은 걸 꾹 참았다. 참고 돌아와 다시 공장에 다녔고, 벌집에 살았고, 방에 곤로를 들여놓고 혼자 밥을 지어먹었고, 요정에 다니는 옆방 여자의 방에 들어가 화장품 냄새를 맡았다. 옆방 여자는 유부남을 사랑하고 있었는데, 큰이모는 옆방 여자를 사랑했다. 대단한 짝사랑이었다. 큰이모는 그녀를 마음에서 지우지 못해 평생 혼자 살았지만, 큰이모의 미용실은 여자들로 항상 북적였다. 농담을 잘했던 여자들. 큰이모가 다정하게 대해주었던 여자들. 서로에게 의지했던 그들은 파마를 하고 분홍색 수건을 머리에 둘러쓰고 나란히 앉아 튀긴 미역과 호박전을 나눠 먹었다. 나는 소파 끄트머리에 앉아 염색모 샘플을 손가락에 둘둘 말면서 공상에 빠졌다. 마지막 주 일요일마다 어김없이 나타나는 남자를 떠올리며. 그는 반듯한 옷차림을 하고 미용실 문을 열고 들어와 쑥스러운 얼굴로 거울 앞에 앉았다. 나는 그가 나를 몰래 보러 오는 나의 아버지라고 생각했다. 그런 상상은 백 번을 해도 질리지 않았다.

두부를 숟가락으로 으깨며 내 말을 묵묵히 듣던 언니가 갑자기 우리들의 이모를 만나게 해주면 어떻겠느냐고 물었다.

나는 고개를 저었다.

성격이 반대라서 안 돼. 언니네 이모는 할 말은 하는 성격이잖아. 우리 이모는 할 말을 못해서 끙끙 앓다가 평생 혼자 산 사람이라고.

언니는 가만히 고개를 끄덕이더니 내게서 다짐을 받아냈다. 우리, 할 말은 꼭 하고 살자.

그러나 언니는 절대로 은단 씨에게 고백하지 않을 것이다. 자신이 품고 있는 사랑은 은단 씨와 그녀의 동거인이 나누는 사랑과 다르다고 언니는 내게 말했다. 나는 복잡한 얘기를 들을 때마다 늘 그랬듯 멍한 표정으로 안주만 쳐다보았다. 언니가 으깨어놓은 두부가 우리의 으깨어진 꿈 같았다. 언니의 으깨어진 사랑 같았다. 언니의 으깨어진 각본 같았다. 어떻게 그렇게 재미없는 각본을 쓸 수가 있지. 나는 지금도 그게 가장 큰 의문이지만, 언니에게 그런 말을 하진 않았다. 나는 언니를 나만의 방식으로 사랑했으니까.

큰이모가 나한테 거짓말하는 건지도 몰라. 어떻게 평생 동안 짝사랑을 할 수가 있어? 짝사랑은 길어야 4년이래.

언니는 내 말에 고개를 갸웃거렸다.

4년이면 끝난다고? 짝사랑이 그렇게 시시한 거야?

우리 나이에 4년을 버리면, 인생의 절반을 버리는 것이나 다름없어.

언니는 잔소리를 예상했는지 인상을 찌푸렸다. 이제 겨우 언니를 개미지옥으로 초대했으니 도망가지 못하게 주변에 꿀을 발라놔야 했다. 언니에게 내일채움공제에 대해 다시 설명한 뒤 2년만 버티라고 했다. 마치 언니를 속여서 독약을 팔려는 약장수가 된 기분이었다. 이 독약은 우리 인생에 꼭 필요한 거야. 마시면 노후가 준비되거든. 그러니 자, 마셔. 나는 언니의 잔에 소주를 연거푸 따라주었다. 언니는 알딸딸해진 표정으로 내가 따라주는 술을 잘도 받아마셨다. 두 손으로 잔을 받아들고 고맙습니다,라고 말하며. 언니는 점점 더 취해갔다. 테이블 위에 맥주병과 소주병이 볼링핀처럼 역삼각형 대형을 이루고 서 있었다. 전투적인 자세로, 한 번에 쓰러질 준비를 하면서.

술값이 너무 아깝다는 생각이 들 때마다 술이 없었으면 나는 살지 못했을 거라는 결론을 내렸다. 정말이야. 술이 없었으면 나는⋯⋯. 언니는 혼잣말하는 나를 물끄러미 바라보다가 혀를 차더니 주변을 둘러보았다. 그제야 사방이 무척 조용하다는 걸 깨달았다. 시끄럽게 떠들던 옆 테이블 손님들은 어느샌가 가버렸고, 가게 안엔 우리와 혼자 온 손님뿐이었다. 언니가 그만 가자고 말했다. 우리는 동시에 의자에서 일어났다.

나는 언니가 계산을 마칠 동안 얼마를 송금해주어야 하는지 생각하며 가게 밖에 서 있었다. 주인 할머니가 문 앞에 내어놓은 의자에 앉아 담뱃불을 붙이려다 말고 나를 돌아보더니 물었다. 왜 벌써 가? 안주가 맛이 없어? 나는 아니라고, 맛있게 잘 먹었다고 답했다. 그러나 마스크에 가려져 웃는 얼굴을 보지 못해서인지 할머니는 재차 안주가 맛이 없냐고 물었다. 아니요. 정말 맛있게 먹었어요. 할머니는 내 말을 믿지 않는 듯한 표정이었다. 눈치가 빠른 사람이었다. 어색한 분위기를 무마시키려고 가게에 왜 커다란 소파를 들여놓았는지 물어보았다. 할머니는 담배 연기를 길게 내뿜었다.

그게 있으면 여기가…… 집 같거든.

나는 그러시냐고 대꾸한 뒤 여기가 꼭 집 같아야 할 이유가 뭘까, 생각했다. 나는 자영업자의 마음을 모르고, 할머니는 내일채움족쇄를 찬 청년의 마음을 모르고, 은단 씨는 언니의 마음을 모르고, 큰이모가 사랑했던 사람은 큰이모의 마음을 모르고, 언니의 꿈은 언니를 모르고, 언니는 청년 회사원의 우울을 모르고, 죄다 모르는 것투성이였다. 나는 할머니에게 다음에 다시 오겠다고 인사한 뒤 언니와 함께 골목을 빠져나왔다. 할머니가 우리의 뒷모습을 바라보고 있을 것 같았다. 이제껏 한 번도 돌아본 적 없고, 돌아보고 싶다는 생각을 한 적도 없는데, 할머니가 우리를 보고 있을 게 분명하다는 생각이 들자 돌아보고 싶어서 미칠 것 같았다. 아무래도 술을 더 마셔야 할 것 같다. 나는 집에 가겠다는 언니를 데리고 단골 LP바로 갔다. 상호명이 낯설어 한 번 듣고선 쉽게 기억할 수 없는 곳이었다.

*

'촛불 끄는 사람들'의 넓은 홀엔 손님이 달랑 두 테이블뿐이었다. 우리는 홀 한가운데 자리를 잡고 앉았다. 언니는 화장실에 다녀오더니 술이 좀 깬다고 말했다. 나는 블랙 러시안 두 잔을 주문한 뒤 장식장 안에 가득 차 있는 골동품을 바라보았다. 언제 오더라도 똑같은 분위기였다. 사장은 바 테이블 너머에서 신청곡을 틀어주고, 손님들은 한 테이블당 세 곡이라는 원칙을 지키며 정중히 음악을 신청한다. 나는 언니에게 종이와 펜을 내밀며 신청곡을 적으라고 했다. 언니는 물끄러미 종이를 내려다보더니 그냥 다른 사람이 신청한 음악을 듣자고 말했다.

벽면에 설치된 스크린에 영화 〈로마의 휴일〉이 상영되고 있었다. 볼륨이 소거된 상태여서 배우들은 입만 벙긋했다. 그래도 꽤 볼만했다. 한참 영화를 보고 있는데 누군가의 신청곡이 흘러나왔다. 아름다운 오드리 헵번의 얼굴 위로 흐르는 음악은 에미넴의 〈Lose Yourself〉. 그 부조화에 웃음이 났다. 언니도 같은 생각을 했는지 웃고 있었다.

거의 20년 전 노래인 거 알아? 이젠 레트로야.

우리는 영화 〈8마일〉을 함께 봤고, 나는 에미넴이 쓰레기 봉투에 옷을 담는 장면에서 큰 동질감을 느꼈다. 나 역시 이사할 때마다 쓰레기봉투에 짐을 담아 옮겼다. 조립식 가구와 간소한 짐뿐이라서 커다란 이삿짐 트럭을 부를 일이 없었다. 궁핍한 내 집의 풍경을 떠올리다가 블랙 러시안을 홀짝였다. 독해서 조금씩 마시게 되는 칵테일이었는데, 돈을 아끼려면 독주를 고르는 편이 나았다. 토닉워터와 섞은 술을 마셨다간 돈만 날리는 거였다. 언니는 생각이 바뀌었는지 메모지를 꺼내더니 신청곡을 적었다. 그리고 사장님에게 메모지를 건네주고 돌아와 골똘히 생각에 잠긴 얼굴이 되었다.

매일 신청곡을 받는 사장님의 마음은 어떨까. 차라리 저런 직업을 꿈으로 가졌더라면 행복했을지도 몰라.

언니의 말에 나는 고개를 작게 끄덕였다. 사람들이 듣고 싶어 하는 음악을 들려주는 일만큼 낭만적인 일이 있을까. 하지만 팬데믹 시대에 그늘진 자영업자의 마음이 떠올라, 우리가 몰라서 그렇지 사장님도 많이 힘들 거라고 말했다. 언니는 딴생각을 하는 눈치였다.

드라마는 편당 50분이나 되는데, 음악은 기승전결과 희로애락이 5분 안에 끝나니 얼마나 좋아. 이 시대엔 뭐든 빨라야 좋은 건데.

언니가 혼잣말을 계속 중얼거리게 내버려두는 동안 두어 곡의 노래가 흘러갔고, 영화 〈바그다드 카페〉의 OST 〈Calling You〉가 나왔다. 나는 언니가 신청한 노래라는 걸 단박에 알았다. 오래전 우리가 함께 본 영화였고, 엔딩 크레딧이 올라갈 때 둘 다 눈물을 흘렸다. 영화 속 주인공처럼, 꼭 나의 허락을 받고 결혼하겠다는 언니의 말에 나는 그럴 필요 없다고 답했다. 우리 사이가 그 정도는 아니잖아. 웃으며 농담처럼 말했지만 그땐 정말로 그 정도는 아니었다. 하지만 지금은 그 정도 같았다. 결혼하려면 서로의 허락을 받고 해야 할 것 같았다.

언니는 기본 안주로 나온 밭두렁과 김 과자를 뚫어지게 쳐다보며 음악을 듣다가 곡이 거의 끝날 때쯤 서글퍼진 표정으로 밭두렁을 한 움큼 집어먹었다.

왜 다른 사람이 신청한 노래는 그럴듯하게 들리고 내가 신청한 노래는 덜 멋지게 들리는 걸까.

나는 나도 같은 생각을 한 적이 있다고 대꾸했다. 아마도 내 마음속에선 그보단 아름다운 노래이기 때문이겠지. 뭐든 그렇잖아. 마음속에서 꺼내어 사람들 앞에 내보이는 순간 갑자기 초라해 보이잖아. 분명히 그보단 아름다웠는데. 그래서 나는 사람들 앞에 소중한 걸 꺼내놓지 않아. 그러자 언니는 그게 좋은 건 아니라고 하더니, 내게 마음을 좀 열고 살라고 했다. 나는 언니가 그렇게 말할 자격이 있나 싶었지만 잠자코 있었다. 우리는 종종 서로가 자기보다 못하다고 생각하는데, 그런 마음이 서로를 무시하는 결과로 이어지는 게 아니라 서로를 보살피는 상황으로 이어지는 게 신기했다. 언니는 알코올램프를 살짝살짝 흔들며 심지에 붙은 불꽃을 바라보았다.

가끔 드라마 속 인물이 부러워. 모두가 기억해주는 삶을 살잖아. 가짜인데 그런 삶을 살아. 나는 진짜인데도 그런 삶을 살지 못하는데.

나는 아무런 대답도 하지 않았다. 언니가 원하는 건 기념비처럼 우뚝 일어선 삶이었을까. 모두가 돌아보며 감탄하고 기리는 삶이었을까. 언니도 알겠지만 그런 삶은 누군가의 희생이 가려지는 삶이잖아. 전쟁이 무서운 게 그런 거잖아. 누군가의 희생을 당연한 것처럼 생각하는 몰지각. 누군가의 피해를 부수적인 것처럼 생각하는 반지성. 그렇게 지킨 영토와 신념은 후대에 전해져 이젠 아무도 찾아가지 않는 곳의 기념비로 남잖아. 그러니까 언니도 다시 생각해봐. 언니의 삶에 기념비를 우뚝 세우고 싶은지. 언니의 청춘과 슬픔과 기쁨을 그 아래에 묻어두고, 단 하나의 비를 세우고 싶은지. 그러는 동안 언니가 잃어버릴 것들을 생각해봐. 언니는 내 말을 묵묵히 듣더니, 사람마다 세우고 싶은 단 하나의 비가 있어,라고 단정짓듯 말했다. 나는 그런 게 없는 사람도 많다고 답했다. 이젠 그런 시대야. 기념비를 세우는 게 촌스러워진 시대. 단 하나의 기념비가 아니라 요리조리 상황을 살피면서 끼니를 이어가는, 자기 몸 하나 누일 곳을 확장해가는 그런 삶이라고. 우리는 순간을 살고 미래는 여기 없지만, 미래를 우리가 만들어갈 수 있다고 굳게 믿고 있어. 그래서 다들 회사에 다니고, 돈을 벌고, 직업을 갖는 거야. 자기 만족 본위의 직업이 아니라 월급 만족 본위의 직업을. 언니 인생의 우선순위는 거꾸로 세운 기념비처럼 괴상해.

나는 그렇게 길게 말하고 나서 얼음만 남은 잔을 들여다보았다. 내 말을 귀담아듣지 않던 언니는 꾸벅꾸벅 졸기 시작했다. 나는 언니를 일으켜 세웠다. 집에 가자. 언니는 눈을 반쯤 감은 채로 출입문 앞에 기대어 서 있다가 계산을 마치고 온 내게 물었다. 이 노래 제목이 뭐지? 나는 그제야 대형 스피커에서 흘러나오는 노래에 귀를 기울였다.

'92년 장마, 종로에서'.

내가 노래 제목을 말해주자 언니는 눈을 동그랗게 떴다.

이 노래만 듣고 가자.

우리는 가까운 테이블에 다시 앉아서 노래를 끝까지 들었다. 아무런 말도 하지 않고 집중해서 들었다. 나는 이 노래를 좋아한다고 말했던 남자를 떠올렸다. 한 달에 한 번 큰이모의 미용실에 나타났던 남자. 그는 큰이모에게 이 노래를 알려주며 언제 한번 같이 듣자고 말했다. 남자의 얼굴이 붉어지는 것을 목격하고 나는 얼마나 크게 실망했나. 아빠가 아니라 이모부가 생길지도 모른다는 추측으로 상심에 빠졌던 어린 시절의 내가 떠올랐다. 노래가 끝나자 언니가 말했다.

이 노래를 들으니까 내가 시대의 등불이라는 생각이 들어.

나는 언니의 말에 웃지 않았다. 시대의 등불이라니⋯⋯. 나는 언니의 두 눈을 보며 천천히 말했다.

이제 그 등불은 꺼졌고, 집으로 돌아가야 할 시간이야.

⋯⋯알았어. 나도 족쇄를 찰게.

나는 고개를 끄덕였다.

어딘가에서 20세기의 전쟁이 반복되고 있는 동안 우리는 21세기에 져서 꿈을 버린다. 둘 중 무엇이 진짜이고, 무엇이 가짜일까. 너무 멀리 떨어져 있어서 믿기 힘든 두 가지 일이 우리의 발밑에서 충돌했다.

밖으로 나오자마자 언니는 물가 쪽으로 걷자고 말했다. 우리는 홍제천을 지나는 코스를 골라서 걸었다. 걷는 동안 우리가 오늘 다녀온 곳들이 전부 신기루인지도 모르겠단 생각이 들었다. 아그리파, 술의 집. 목마와 미나리아재비. 촛불 끄는 사람들. 모두 실제로 존재하지 않는 장소들 같았다.

말없이 걷던 우리는 교각 아래 끊어진 배수관 속에서 잠든 비둘기들을 목격했다. 지름이 15센티미터 남짓 되는 관 끄트머리에 비둘기 두 마리의 꼬리가 비죽 튀어나와 있었다. 관속에 십수 마리의 비둘기가 잠들어 있는 것 같았다. 나는 언니를 돌아보았다. 언니는 교각에서 그라피티를 발견하고 그 아래에 쓰인 문장을 읊조리더니 고개를 갸웃거렸다.

새로울 것 없는 말이네. 혁명은 끝났고 착취는 계속된다니. 젊은 혁명가일까, 늙은 혁명가일까.

내가 아무런 대답도 하지 않자 언니가 다시 물었다. 저 그림,《양철북》의 오스카가 떠오르지 않니?

나는 비둘기 똥을 밟으며 기둥 앞으로 걸어가 그라피티 기법으로 그려진 소년의 얼굴을 보았다. 구겨진 표정으로 나를 바라보고 있는 소년은 더 이상 자라지 못하고 성장을 영원히 멈춘 것처럼 보였다. 그 얼굴을 바라보고 있는 동안 내가 바라는 세상이 어떤 것이었는지 희미해졌다. 오직 한 가지만 또렷하게 떠올랐다. 나는 나를 착취해서 부자가 될 것이다.

언니는 발끝으로 기둥을 툭툭 찼다.

기억나? 우리 방송국 구경하러 상암에 같이 간 적 있잖아. 언젠가 저곳으로 일하러 갈 날이 오겠지, 그런 마음에 들떴는데.

나는 잘 기억나지 않는 척했다. 사실 내가 기억하는 그날의 일화는 조금 달랐다. 상암에 갔던 것은 맞지만 어쩌다 보니 굴다리를 지나 수색으로 향하게 되었다. 나는 언니를 변

전소 앞으로 데리고 갔다. 어릴 때 이따금 찾던 곳이었다. 송
전탑이 보이는 펜스 앞에 서서 언니에게 귀를 기울여보라고
했다. 언니는 그렇게 했고, 나는 언니의 표정을 살피다가 물
었다.

들려?

응, 들린다. 전기가 흐르는 소린가?

부레가 떨리는 소리, 허파가 헐떡이는 소리 같지 않아?

언니는 가만히 귀를 기울이더니 무슨 뜻인지 알 것 같다고
말했다.

여기가 세상의 중심 같다는 의미지?

아니, 그 반대야. 중심에서 벗어났지만, 열심히 살아가고
있다는 걸 알 수 있는 소리. 나는 이렇게 살 거야. 중심에서 벗
어났지만, 열심히 떨리면서. 열심히 헐떡이면서.

참 이상한 말이네.

언니는 그렇게 말하며 웃었다.

나는 바라는 세상이 있어 노래를 불렀고, 언니 역시 그런 세
상이 있어 각본을 썼는데 우리는 둘 다 실패했다. 우리가 바라
는 세상은커녕 바라는 집에서조차 살지 못하고, 더러운 배수
관 속에서 잠든 비둘기처럼 그렇게 살아간다. 하지만 함께 걸
을 수 있는 밤이니까 그걸로 됐다고 생각하며, 조금 쓸쓸해진
마음이 많이 쓸쓸해지지 않게 조심하며 다시 걸었다. 어디에

선가 개 짖는 소리가 들려오길 내심 바라며. 깊은 밤의 허공을 찢고 나타난 우리의 꿈에게 젊은 혁명가는 죽었습니다,라고 말할 날을 기다리며. 혹은 결코 기다리지 않으며.

나의 방광

나의 지구

이대로라면 그들에겐 영원히 기회가 오지 않을 것 같았다. 집을 살 수 있는 기회가.

그들은 밤새 궁리했다. 어떻게 해야 집을 살 수 있을까. 그들이 모아놓은 돈과 은행 대출금을 합쳐도 직장과 가까운 지역에선 아파트를 살 수 없었다. 그들이 결혼하고 나서 5년 동안 아파트 시세가 두 배 가까이 올랐기 때문이다. 그들은 부동산 관련 기사를 보며 소화불량에 시달렸다. 이 모든 게 그들 탓인 것만 같았다.

그때 그 집을 살걸 그랬어.

그들은 신혼집을 매수하지 않은 걸 뒤늦게 후회했다. 당시 집주인은 그들에게 급매 가격으로 집을 팔아치우고 싶어 했다. 그러나 그들은 위층 이웃이 밤새 쿵쾅거리며 돌아다니는 통에 도무지 잠을 잘 수 없었고, 극심한 수면 부족으로 회사 업무에 지장이 생기자 계약을 중도 해지하고 이사를 해버렸던 것이다.

아내는 술만 마시면 그 집에 대해 말했고, 그런 날이면 그들은 짧게 말다툼을 했다. 그 집은 그들이 살고 있는 빌라에서 그리 멀지 않았다. 그들은 동네를 산책할 때마다 신혼집을 먼발치에서 보았고, 자연스레 두 배나 뛰어버린 가격을 떠올렸지만 어쨌든 그들에게 그런 행운은 오지 않았다.

아파트 시세가 하루가 다르게 치솟는 상황에서 그들처럼 불안을 느끼는 무주택자들이 많았다. 때마침 관련 기사가 쏟아져나왔다. 그는 다리를 달달 떨며 아내가 톡으로 공유해준 기사를 읽었다. 이미 늦었다는 생각뿐이었다. 서울에선 아파트를 장만할 수 없었다. 수도권 외곽 지역으로 눈을 돌려야 할 때였다. 그것마저 놓치면 영원히 집을 살 수 없을 것 같았다. 등줄기가 오싹했다.

내년 봄엔 무조건 사자. 고점이고 나발이고 간에 무조건 사자고.

전날 밤, 아내는 맥주 캔을 우그러뜨리며 비장한 어투로 말했다. 그 역시 때가 되었다는 것을 직감했다. 더 이상 물러설

데가 없었다. 결혼한 친구들을 떠올려보니 그만 집이 없었다. 다들 신혼 시절에 무리하게 대출을 받아 아파트를 샀다. 당시에 그는 친구들이 어리석다고 생각했다. 사치가 심하다고 아내와 흉도 봤다. 그러나 어리석었던 사람은 친구들이 아니라 그들이었다.

불운하게도 아내 역시 그처럼 저축을 맹신하고 빚을 경계하는 부류였다. 그들의 부모는 부동산 투기와 거리가 먼 사람들이었고, 은행 이자율이 20퍼센트를 넘나들던 시절에 착실하게 은행을 드나들며 적금 통장을 하나씩 늘려가던 사람들이었다. 그들 역시 돈을 아껴 쓰고 부지런히 저축하면 부자가 될 수 있다는 말을 듣고 자랐다. 학교에서도 그런 교육을 받았다. 21세기엔 맞지 않는 경제 교육이라는 것을 지금에서야 깨달았지만 이미 한참 늦었다. 그는 십대 자녀에게 주식 투자를 가르치는 부모에 관한 기사를 볼 때마다 억울한 마음이 치솟았다. 만일 그가 그런 교육을 받았더라면 지금쯤 부자가 되어 있을 게 분명했다. 그러나 그의 아내는 이렇게 말했다.

금융 자산을 불리는 방법이 시대에 맞게 변한 것뿐이야. 우린 80년대생이잖아. 후진 경제 교육을 받았지.

그는 아내의 말에 조금도 동의할 수 없었는데, 신혼 시절에 무리한 대출로 신혼집을 장만해 자산을 크게 불린 그의 친구들도 모두 80년대생이었기 때문이다. 그러므로 그들이 멍청했다는 결론밖에 나오지 않았다.

이제부터 우리도 남들처럼 과감하게 살아보자.

그들은 수도권 외곽의 아파트를 목표로 삼았다. 청약은 가점이 낮고 경쟁이 워낙 치열해 기대하기가 힘들었다. 포기해야겠다는 결심이 쉽게 섰다. 가점을 보지 않는 추첨제를 넣더라도 불안하긴 마찬가지였다. 언제 될지 모르는 추첨을 기다리다 지금도 조금씩 오르고 있는 아파트 시세가 더더욱 많이 올라 어디로도 갈 수 없는 상황이 되어버린다면 누가 책임질 것인가. 아무도 책임지지 않는다.

마음을 굳게 먹은 그는 무언가를 새로 시작할 때마다 늘 그랬듯 관련 유튜브 채널을 검색한 뒤 십수 개의 방송을 구독해놓았다. 점심을 먹고 나선 은행으로 달려가 좀 더 이자가 높은 금융 상품을 알아보았고, 그 자리에서 단기 신탁 상품을 추천받았다. 은행원은 원금을 손실할 가능성은 조금도 없으며 만일 그런 사태가 발생하더라도 보증사가 대기업인 만큼 걱정하지 않아도 된다고 누차 말했다. 그는 그 상품에 가입하기로 결정했고, 상품 판매가 개시되는 날 연락을 주겠노라는 은행원의 말에 고개를 끄덕이며 의자에서 일어났다. 은행원은 떠나려는 그의 옷자락을 얼른 붙잡더니, 아파트 담보 대출을 대비해 신용 등급을 높이기 위한 방책으로 신용카드 발급을 권했다. 그는 선뜻 그 말을 따랐고 주거래 은행을 그 은행으로 바꾸었다. 내 집 마련이라는 꿈에 한 걸음 다가간 기분이 들어 뿌듯함을 느낀 하루였다.

아내와 저녁 식사를 하며 은행에 다녀온 얘기를 했더니 아내의 얼굴에 갑자기 그늘이 졌다.

내가 정규직 회사원이었으면 대출을 받을 수 있었을 텐데.

아내는 숟가락을 힘없이 내려놓더니 연이어 말했다. 하고 싶은 일을 하면 행복할 줄 알았는데, 이제 와서 보니 집도 장만하지 못하는 처지네.

아내는 눈물까지 살짝 내비쳤다.

그녀는 책을 좋아했고, 이십대 시절엔 열심히 습작도 하고 출판사에 투고도 했으나 결국 책을 내는 대신 도서관에서 계약직 직원으로 근무하게 되었다. 독서 인구가 줄어들고 있는 실정이었으므로 그녀에겐 독서 인구를 확보하라는 특명이 떨어졌고, 그녀는 잠까지 줄여가며 도서관 블로그 운영과 각종 모임 기획에 매달렸다. 그러나 도서관 이용자 수와 대출 권수는 여전히 제자리를 유지하고 있었다. 아내는 계약서에 명시된 기간이 끝날 경우 어디에서 무엇을 하게 될지 알 수 없어 매일 밤 혼란스러워했고, 그런 와중에도 도서관 블로그에 달린 댓글에 답글을 달았다. '와, 정말 다독가시네요. 훌륭하십니다.' '모임에서 그런 불미스러운 일을 겪으셨다니 죄송합니다. 추후 그런 일이 재발하지 않도록 노력하겠습니다'라고 쓰다가 '죄송합니다'를 지우길 반복하며. 아내는 요즘 들어 죄송하다는 말을 하는 것에 부쩍 예민해졌다. 그 말을 하는 순간 그녀가 책임져야 할 범위를 벗어난 일들에 대한 힐난까지 자기에게로 돌아온다고 했다.

도대체 내가 뭘 그렇게 잘못했는데? 일을 마치고 돌아온 아내는 분하다는 듯이 숄더백을 내던지며 외쳤다. 그의 귀에는 그 말이 이렇게 들렸다. 도대체 우리가 뭘 잘못해서 집이 없는데?

마흔을 앞둔 그들은 변하고 있었다. 아내처럼 그에게도 한 때 꿈이 있었고, 그 꿈은 가끔 그의 마음을 저릿하게 만들었지만 그는 매일 회사에 출근해 세무사와 통화하고 엑셀에 매달려야 할 의무가 있었다. 그러나 어찌된 일인지 성실히 살아온 그들에겐 집이 없었다. 그건 아마도 그들이 이제껏 집을 사려는 노력을 하지 않았기 때문일 것이다. 오로지 그 때문일 것이다.

돈을 모은다고 집을 살 수 있는 건 아니다. 집을 사겠다는 마음을 단단히 먹고, 투자 정보를 모으고, 대출 상품을 알아보고, 은행원과 마치 알몸으로 앉아 있는 것 같은 불편한 마음을 억누르며 상담하고, 집을 자세히 살펴보기 위해 임장을 나가고, 매도인과 가격을 협상하고, 마침내 매수하여 그때부터 빚을 갚는 일에 전력을 다하는 것. 이러한 과정을 거쳐야 집을 가질 수 있다. 만일 마흔을 코앞에 두고 있지 않았더라면 이 모든 복잡한 과정을 견뎌내지 못했을 것이다. 집을 사겠다는 마음을 먹다가도, 평생 전세로 사는 것도 나쁘지 않고 오히려 홀가분한 일인지도 모르지. 투자 정보를 모으다가도, 이건 광고일 뿐이니 선동당하지 않는 게 낫지. 대출 상품을 알아보다가도, 평생 따라다닐 족쇄를 스스로 차려는 것이나 다름없으니 정신이 나간 게 아닐까. 가격 협상을 하는 일련의 과정을 밟다가도, 내가 지금 속지 않고 있는 걸까 완전히 속고 있는 걸까, 하는 생각들이 연달아 들었을 것이다. 그리고 마침내 집을 매수했다면 어쨌든 그때부턴 그 집을 사랑해야만 한다. 그 집에 머무르는 매 순간마다 그 집이 그의 집이라는 것을 느껴야 하고 그 사실에서 마음의 평화를 얻어야 하는데 벌써부터 왜 이렇게 피곤할까.

집을 사더라도 문제는 남아 있다. 지역 신문을 들춰보다 아파트 시세가 꼼짝도 않는 것을 발견하면 그의 심장은 쿵 내려앉을 것이고, 은근하던 부동산 붕괴 소식이 뚜렷한 기세로 들려오면 원자 폭탄이 그의 집에 투하된 것처럼 절망할 것이다. 그렇게 새가슴으로 살다가 결국 노년에 다다라 그는 여전히 그 집에서 살고 있을까. 만일 그렇다면 그 집의 재건축은 어떻게 되었을까. 통과가 되었을까. 안전진단등급에서 더 이상 사람이 살 수 없다고 판정되었을까. 초과이익환수제는 그때쯤 어떻게, 공사 비용 대출은 얼마의 이자로……. 그렇게 그가 받은 새 아파트에서 그는 과연 몇 살까지 살 수 있을까.

다행인 것은 이 지난한 과정을 마흔을 앞둔 그가 예상하고 있고, 마찬가지로 마흔을 앞두고 있는 그의 아내도 예상하고 있으며, 그들은 함께 감내하고 인내하고 나아가고 쟁취하겠다고 결심했다는 것이다. 그들은 철이 들어버렸다. 영원히 집을 살 수 없을지도 모른다는 것을 갑자기 깨달아버려서. 어쩌면 나이 때문인지도 모른다. 마흔 살이 될 만큼 늙어버려서.

*

증상이 처음 나타난 때는 신도시 아파트값이 무서울 정도로 상승하고 있다는 유튜브 방송을 보던 날이었다. 처음엔 그저 커피를 많이 마신 탓이려니 생각했으나 그는 그날 카페라테 한 잔만 마셨을 뿐이고 오히려 평소보다 한두 잔 덜 마신 정도였다. 하지만 그는 끊임없이 화장실을 들락거렸고, 앉자마자 다시 요의를 느끼는 자신의 방광 상태를 알아채고 당황했다.

왜 이러지?

그는 불편한 자세로 의자 끝에 걸터앉아 아랫배에 힘을 주다가 다시 풀면서 생각했다. 정말로 왜 이러지, 내가?

이상할 정도로 오줌이 심하게 마려웠다. 문제는 그가 직전에 방광을 비우고 돌아왔다는 것이다. 그는 몹시 당황했고 얼굴이 창백해질 정도로 고민했다. 도무지 의자에 앉아 있을 수가 없을 정도로 오줌이 마려웠다. 달려가서 소변기 앞에 서면 지퍼를 내리기도 전에 알았다. 이건 10밀리미터도 안 되는 소량이라는 걸. 그래도 희망을 품고 지퍼를 내린 뒤 아랫배에 힘을 주면 예상에 정확히 부합하는 양이 나왔다. 찔끔. 찔끔. 그렇게 서너 번을 들락거린 뒤 그는 힘없이 의자에 쓰러지듯 앉았고, 비뇨기과를 예약해야 하는 시기가 도래했음을 깨달았다.

과민성 방광. 그의 병명은 정확히 과민성 방광이었다. 문제는 방광'염'이 아니라 방'광'에서 끝난다는 것에 있었다. 그의 방광은 염증이 생긴 것이 아니라 단지 지나치게 과민했고, 스트레스를 받거나 컨디션이 좋지 않으면 더욱 요란하게 요의를 표명했다. 주먹으로 쾅쾅 두드리며 항의하다 그가 모른 척하고 있으면 방광을 힘껏 비틀어 꼬집는 것 같았다. 그러면 그는 갑작스런 통증에 복부를 구부러뜨렸고, 그렇게 접힌 자세로 앉아서 자신의 방광을 탓했다.

도대체 이 방광은 누구의 것일까. 그의 것이라면 집을 사야 하는 중요한 시기에 그를 괴롭힐 리가 없는데…….

그는 절망적인 마음으로 이태 전에 다녀왔던 비뇨기과를

다시 찾았다. 의사는 차트를 확인한 뒤 그가 만성 과민성 방광 환자임을 금세 알아챘고 기계적으로 같은 말만 반복했다. 술, 커피, 맵거나 자극적인 음식, 수분 함량이 높은 수박이나 참외는 금지였다. 자기 전엔 더욱 철저하게 지켜야 했고 되도록 소변을 참았다가 누기를 권했다. 그는 도무지 못 참겠을 땐 어떻게 해야 하느냐고 물었고, 의사는 잠깐 동안 침묵하다 답했다.

그럴 땐 누시고요.

그럼 잘 안 낫게 되지 않나요?

의사는 한숨을 내쉬며 말했다. 환자분 마음가짐에 달린 일이에요. 심각하게 생각하시면 심각한 문제가 되고, 그렇게 생각하지 않으시면 그렇지가 않고요.

그는 이게 말이야 오줌이야 생각했지만 아무런 반박도 하지 않았다.

약을 처방받았으나 먹지 않을 생각이었다. 염증이 있는 것도 아니니 약은 필요하지 않았다. 차라리 신경안정제를 처방받는 편이 더 효과적일 것이다. 그러나 그가 처방받은 약은 그런 약이 아니었다. 항생제와 소화제뿐이었다. 의사는 증상이 심할 때만 먹으라고 덧붙였다. 그는 집으로 돌아와 약 봉투를 신경질적으로 꺼내서 식탁 위에 던져두었다. 아내가 그의 안색을 살피며 물었다.

많이 안 좋아?

어, 안 좋아. 그는 서 있는 것조차 피로해 식탁 의자에 무너지듯 앉으며 말했다.

결혼 생활을 하는 동안 아내는 그의 방광을 자신의 방광처럼 염려했다. 그는 스트레스에 매우 취약했고 희생양은 언제나 방광이었다. 그녀는 방광이라는 장기를 그와 결혼한 이후에나 인식했을 정도로 방광에 아무런 문제가 없는 삶을 살았기에 처음엔 그를 이해하지 못했다. 그가 자다가 이불에 소변을 보는 실수를 하기 전까진. 그날 그녀는 충격에서 벗어나지 못하고 멍하니 서 있는 그에게 분주히 지시를 내렸다. 그들은 침대 커버를 벗겨서 세탁기에 넣고, 매트리스를 끌어내려서 가루 세제를 흩뿌린 뒤 스펀지에 물을 적셔 반복적으로 꾹꾹 눌렀다. 물기가 다 마르고 나자 다행히 얼룩도 냄새도 남지 않아서 매트리스를 교체하는 사태에 이르지는 않았지만, 그 일을 계기로 그녀는 그의 방광을 세심하게 살펴야 하는 의무를 아로새긴 사람으로 변했다. 매트리스 교체 비용이 상당했기 때문이다.

혹시 집 때문에 그런 거야?

그는 단호하게 고개를 저었지만 그의 표정이 답변을 대신해주고 있었다.

그렇게 스트레스가 심했던 거야?

알아봐야 할 게 워낙 많아. 그리고 내가 알아보고 있는 순간에도 집값이 오르고 있으니까 자꾸 화가 나.

그는 분노한 어투로 말했고 그녀는 흠칫 놀랐다.

왜 그렇게 예민해진 건데? 이제까지 집이 없어도 잘만 살았잖아.

이젠 마흔이잖아. 이러다가 영원히 집이 없으면 어떡해.

집이 없으면 어때서 그래? 아내는 그렇게 물었지만 정작 자기 얼굴에 떠오른 난감한 기색은 숨기지 못했다. 아내 역시 알고 있는 것이다. 집이 없으면 그들의 미래가 어떻게 될지.

그는 아내가 그날 오후에 톡으로 공유해준 기사를 떠올렸다. 오후 1시 10분에 아내는 노인에게 집을 빌려주지 않으려는 집주인들에 관한 기사를 공유해주었다.

─우리 집에서 고독사라도 하면 어떡해요? 그거 냄새가 아주 지독하대요

기사를 읽고 나서 그는 큰 충격을 받았다. 노인이 되는 일은 머나먼 일이라고 생각했는데 기사를 읽는 순간 순식간에 80세가 되어버렸다. 아내 역시 똑같은 기분을 느꼈다고 말하며 오후 1시 45분에 그에게 전화를 걸어왔다.

내가 집 없는 80세 할머니가 되면, 나는 길바닥에서 죽어야 할지도 몰라. 아무도 나에게 집을 빌려주려고 하지 않을 테니까. 그 생각을 하니까 눈물이 날 것 같아.

아내는 점심에 먹은 도시락이 체한 것 같다며 약국에 다녀와야 할 것 같다고 말했다. 그는 아내를 위로하고 전화를 끊었다. 사무실로 돌아가며 그는 혼자가 된 늙은 아내에게 집을 빌려주지 않으려는 미래의 집주인을 벌써부터 미워했다.

오후 3시 40분에 아내는 다른 종류의 기사를 톡으로 공유해주었다.

—풍선 효과로 비규제지역 집값 빠르게 상승

아내가 캡처해서 보내준 매수 현황 지도를 보니 도심 곳곳에 붉은색 동그라미가 그려져 있었다. 비교적 집값이 낮은 지역에서 성급한 매수 현상이 관찰되고 있었다. 지도를 보는 동안 그는 폭동이 일어난 과거 어느 도시의 지도를 떠올렸다.

오후 4시 20분에 아내는 또 다른 종류의 기사를 톡으로 공유해주었다. 아내는 그날 업무에 거의 집중하지 못한 눈치였다. 정말이지 쉴 새 없이 기사를 보냈다.

—비혼 여성들이 모여 사는 유럽의 공동체

그는 흥미로운 표정으로 링크를 열어보았다. 선진국으로 명명되는 그곳에선 나이 든 여성들이 빌라 형태의 집에 모여 사는데, 공동 거실에선 소통하는 삶을 영위하다가도 자기 집으로 들어가면 프라이버시를 보호받는다고 했다. 그렇게 만남과 고독의 경계를 명확하게 지키며 살아가는 여성 공동체에 관한 기사였다. 그러나 그들 모두 비혼 여성이었고, 결혼한 여성은 그곳에 없었다. 아내는 아무래도 그와 사별한 이후의 삶을 생각하는 듯했다.

벌써부터 내가 죽고 난 다음을 생각하다니…….

그는 하루 종일 우울했다. 아내는 아마도 동병상련의 마음으로 그에게 그런 기사들을 보내주었겠지만, 그는 마음이 몹시 좋지 않았고 급기야 그의 방광이 그에게 거칠게 항의하기 시작했다. 거 좀 쉽시다!

그는 편안하게 쉬고 싶은 방광을 무시할 수밖에 없었다. 그의 방광이 쉴 수 있을 만큼 현 부동산 상황이 좋지는 않았다. 힘없이 식탁 앞에 앉아 있는 그에게 아내는 방광이 괜찮아질 때까지만 집 문제를 보류하자고 말했다. 그는 고개를 저었다.

고작 방광 때문에 집 사는 걸 포기할 수는 없어.

그는 20년 동안 카페인 중독자로 살았지만 단박에 커피를 끊기로 결심했다. 화가 나서였다. 집을 사려는 중요한 순간에 그의 방광이 고장나버린 게 화가 났다. 집을 사고 싶은 절박한 마음이 절박뇨로 나타나는 현실에 화가 났다. 이런 일도 제대로 못하면 이 세상에서 살아가는 걸 포기해야 할 것 같았다.

아내와의 채팅창이 잠잠했던 다음날 오후, 그는 근무 시간에 다급한 전화를 받았다.

지금 빨리 오세요. 신탁 상품 판매 개시했습니다. 선착순입니다.

선착순이라는 은행원의 말에 그는 순간적으로 과민한 방광도 잊고 전속력으로 은행을 향해 달려갔다.

종로 한복판에 짓는 빌딩의 건설비를 모집하기 위한 신탁 상품이었다. 건설사와 상품 판매사, 보증사가 모두 달랐다. 그는 4퍼센트에 가까운 수익률을 보장받고 오랫동안 모아온 목돈을 넣기로 했다. 은행원은 위험도가 높지 않은 상품이라며 그를 안심시켰다. 그 말을 고스란히 믿은 그는 신탁 상품의 안전성에 대해 조금도 걱정하지 않았다. 퇴근 시각 전까진.

어쩌면 그가 품는 모든 불안과 화의 근원은 유튜브인지도 모른다.

그는 퇴근길에 참지 못하고 신탁 상품을 검색했다. 그러자 그가 미처 모르고 있었던 문제점들이 주르륵 쏟아져나왔다. 그는 떨리는 손가락으로 영상 하나하나를 클릭해보다가 결국 두 눈을 질끈 감고 말았다. 안 좋은 말들이 많았다. 좋은 말도 있었지만 어찌된 일인지 유튜브 알고리즘이 점차 그를 부정적인 의견으로 이끌고 갔다. 정신을 차려보니, 그는 전 세계 금융 자산이 붕괴하고 대공황이 찾아올 거라는 영상을 시청하며 패닉 상태에 빠져들고 있었다.

그는 황급히 영상을 껐다.

만약 신탁 상품에서 손해를 본다면 아파트를 장만하겠다는 목표는 산산이 부서질 것이다. 생각만으로도 두통이 몰려왔고 덩달아 요의가 찾아왔다. 신탁 상품에 정신이 팔려 깜빡 잊고 있던 방광 상태가 다시금 부각되었다. 지하철 손잡이를 붙잡고 서서 그는 두 다리를 번갈아 꼬아보며 참으려 노력했다. 분노와 요의를 동시에 참으려 노력했다. 그러나 그 두 가지는 상당히 참기 힘든 것이었다.

그는 집에 도착해 현관문을 열자마자 화장실로 돌진했다. 변기 커버를 서둘러 올리고 소변을 보는 동안 하마터면 눈물이 날 뻔했다. 정말이지 양이 너무 적었다. 형편없었다. 이런 양을 저장하지 못하고 그를 괴롭힌 방광을 때려주고 싶을 정도로. 그러나 미움도 지나치면 지치는 법. 그는 지쳤다. 그런 상태로 화장실에서 터덜터덜 걸어나오니 식탁 의자에 앉아 무언가를 열심히 쓰고 있는 아내의 둥근 등이 보였다.

아내는 좋아하는 소설책을 펴두고 종종 필사를 했다. 그는 소설을 읽지 않았지만 아내가 필사하는 모습을 보는 건 좋아했다. 꿈을 간직하고 있는 누군가를 볼 때 저절로 미소 짓게 되는 것과 비슷했다. 그는 마음이 차분하게 가라앉는 걸 느꼈다. 어디선가 풍경 소리 같은 고요하고 청아한 기운이 몰아쳤다.

그래, 신탁 상품이란 게 원래 리스크가 있는 법이지.

그는 이제부터 리스크를 껴안는 법을 배워야 할 것 같았다. 무얼 배워야 하는지 안다면 희망은 보이는 법이다.

당신 뭐 해? 그는 아내에게 다가가며 살갑게 물었다. 아내는 노트에 고개를 처박은 채로 문장을 적고 있다가 그를 올려다보았다. 그는 아내가 펼쳐놓은 책을 보았다.

이게 뭐야?

부동산 투자 비법 책.

설마 이걸 필사하는 거야?

필사는 무슨. 그냥 잊으면 안 되는 거 적어놓고 있어.

그는 실망했지만 내색하지 않았다.

도서관 계약 곧 끝나는데 연장해줄 생각을 안 하네.

아내는 직장 상사에 대해 짧게 욕하더니 다시 필기를 시작하며 말했다.

우리가 부동산 투자에 대해 아는 게 얼마나 없었는지 알면 놀랄 거야. 이 책에서 뭐라고 하는 줄 알아? 집을 보면 안 되고 땅을 봐야 한대. 지역의 인구 구성 비율도 찾아봐야 하고, 기반 시설도 봐야 하고.

그건 기본이지.

맞아. 기본이야. 그런데 우리가 어디 그런 생각으로 집을 본 적이 있어?

그는 입을 다물었다. 그들은 내부가 깨끗한 집을 좋아하는 경향이 있었다. 창호가 새것이고, 욕실 타일과 신발장이 깨끗한 집을 선호했다. 말하자면 허울에 쉽게 속는 타입이었다. 아내가 말했다.

이제부터 집 살 때 이렇게 하자. 우리가 사려는 집을 다 부수고 텅 빈 땅을 상상하는 거야. 그러면 그 땅이 가치 있는 땅인지 아닌지 금방 알 수 있대. 정말 좋은 방법이야. 결국 부동산은 땅이잖아. 안 그래?

아내는 그렇게 묻더니 다시 펜을 움직이기 시작했다. 동시에 그의 아랫배가 묵직해졌다.

그는 의자에서 슬그머니 일어나 쓰레기통을 뒤적거렸다. 그리고 버렸던 약 봉투를 찾아낸 뒤 알약을 꺼내 물과 함께 삼켰다. 아내는 그가 약 봉투를 부스럭거려도 돌아보지 않았다. 부동산 투자 비법 책에서 뿜어져나오는 광채 혹은 광기에 단단히 사로잡혀 있었다.

침대에 눕자마자 그는 다시 유튜브에 접속했다. 이번엔 다른 걸 검색해보고 싶었다. 과민한 방광을 가진 사람들의 이야기가 궁금했다. 〈그것이 알고 싶다〉에선 절대로 다루어주지 않을 테니 그가 직접 이 미스터리를 파고들어야 했다.

예상했던 대로 그와 비슷한 고통을 겪고 있는 사람들의 이야기가 많았다. 그는 그들의 이야기를 찬찬히 살펴보았다. 참혹한 마음이 들 정도로 슬픈 이야기였다. 그는 그들의 고통을 매우 잘 알았다. 그들도 그의 고통을 잘 알 것이다. 때와 장소를 가리지 않고 요의를 표명하는 야박한 방광이 직장생활은 물론이거니와 가정생활까지 엉망으로 만들고 있다는 것을.

그들은 이대로 질 수 없다며, 과민한 방광을 가진 사람들이 어떻게 이 난관을 헤쳐나가야 할지 머리를 맞대고 지혜를 모았다. 그리하여 나온 해결책은 굉장히 현실적이지만 동시에 비현실적이기도 했다. 그는 고심했다. 이렇게까지 해야 할까? 그러나 상황이 더 심각해진다면 방법이 없을 것 같았다.

성인용 기저귀.

그것은 방광이 극도로 과민한 사람들을 구원해줄 유일한 해법이었다.

*

그녀의 남편은 업무 회의 시간에 실금을 했다. 우려했던 일이 벌어지고 만 것이다.

그는 바닥 친 자존감을 어쩌지 못하고 침대에 누워 이불을 뒤집어썼다. 소중한 연차가 하루 사라졌다. 그녀는 남편에게 다가가 말했다. 이제부터 당신은 좀 쉬어. 내가 해볼게.

내 집 장만 전투에서 패배한 뒤 성인용 기저귀를 차고 출근하기 시작한 남편의 얼굴에 실존주의를 고민하는 철학자처럼 짙은 그늘이 드리워졌다. 그로부터 얼마 지나지 않아 그들이 투자한 신탁 상품에서 큰 손실이 났다. 은행원의 보증은 허황된 말뿐이었고 아무도 책임지지 않았다. 손해 본 금액을 떠올리며 시간을 흘려보내는 사이, 신도시 아파트의 시세가 갑자기 큰 폭으로 상승해버렸다. 수십 개의 기사가 쏟아졌고 그들은 경악했다. 이젠 정말 살 수 있는 아파트가 없었다. 모든 아파트가 최고점에 진입한 것처럼 보였다.

그녀는 아파트를 포기하기로 결정했다. 아파트가 아니더라도 노인이 된 미래의 그들이 의탁할 집이 필요했다. 고독사가 두려운 게 아니었다. 고독사를 하더라도 자신의 집에서 한다면 미안해해야 할 사람은 없다. 남의 집에서 고독사할 때 집주인에게 욕을 얻어먹는 것이다. 죽어서도 욕을 얻어먹고, 사회의 값싼 동정을 사는 것이다. 그녀는 그렇게 되고 싶지 않았다.

그녀는 부동산 투자 비법이 담긴 책을 종일 들여다보았다. 그러나 동시성이 약간 부족했다. 부동산 투자는 다른 사람보다 한 발 빨라야 하고, 이미 지나가버린 유행에 빠져드는 실수를 범해선 안 된다. 부동산도 패션만큼이나 변화가 빠른 것이다. 그녀는 결국 책을 덮고 유튜브의 세계로 빠져들었다. 그곳에 그녀가 찾던 동시성이 있었다. 동시대, 같은 시각을 맞이하고 있는 이들이 부동산 관련 정보를 실시간으로 알려주었다. 그녀는 총알 배송으로 성인용 기저귀 두 세트를 구매하는 동시에 투자 방송에 귀를 기울였다. 이제껏 오직 아파트만 바라보고 있었는데, 영상 속 유튜버는 땅에 집중했다. 서울 안이라면 어디든 언젠가는 오르게 되어 있다며 손바닥만한 땅이라도 사두어야 한다고 구독자를 열렬히 설득했다. 그 순간 그녀의 귀는 밀대로 수차례 밀어낸 밀가루 반죽처럼 얇아졌다.

그래, 다시 원점으로 돌아가서 땅을 보자.

그녀는 그날부터 매물로 나와 있는 빌라와 다가구 주택을 적극적으로 찾아보았다. 그들만 거주할 수 있는 단독 주택은 넘볼 수 없을 정도로 비쌌다. 다가구 주택은 세입자와 함께 살아야 하지만 그만큼 투자금이 줄어들었다. 만일 다가구 주택을 사서 지상층은 세입자에게 전세로 내어주고 그들은 반지하방에 입주한다면 갭 투자 효과로 투자금은 더욱 줄어든다. 빌라를 매수하는 것에 대해선 부정적 의견이 많았다. 특히 그녀의 어머니가 적극적으로 뜯어말렸다. 옛날 사람들이 그래. 빌라는 결국 애물단지 된다고.

그러나 이젠 아파트가 오르면 빌라도 뒤따라 오르는 시대였다. 그녀는 그런 믿음으로 빌라 몇 군데를 후보 리스트에 올려놓았다. 그리고 부동산에 전화를 돌렸다. 대다수 물건이 그대로 남아 있었다. 그녀는 아파트를 포기한 순간부터 어깨가 조금 가벼워진 기분이 들었다. 욕심을 줄이면 대출을 조금만 받고 살 수 있는 빌라가 있었다. 그러나 그녀의 남편이 완강하게 반대했다.

당신은 투자 공부를 다시 해야 해. 첫 집 투자가 실패하면 그다음은 없다는 거 몰라? 그러니까 무조건 아파트여야 해. 우리나라 사람들이 왜 아파트를 사랑하는지 생각해봐.

그는 좀 더 기다리면 집값이 하락할 것이라며 그때 아파트를 사자고 말했다. 그러나 그녀는 반대했다.

기다렸다가 집값이 더 올라서 빌라도 못 사면 그땐 어쩔 건데?

그는 아무런 대답도 하지 못했다. 그녀는 지분이 높은 빌라를 보여주며 그의 마음을 돌리려고 노력했다. 그러나 그들은 결국 그런 문제로 다툴 필요가 없다는 걸 깨달았다. 집이 괜찮다 싶으면 집주인이 매도 의사를 철회했기 때문이다. 모두가 집값 상승을 전망하고 있었다. 몇 번 그런 일을 겪은 뒤 그녀는 이런 방식으로 부동산 가격에 거품이 낀다는 걸 깨달았다. 그녀는 분개했고, 그즈음 어찌된 일인지 점점 해탈한 얼굴로 변해가는 남편 옆에 앉아 한탄했다.

결국 집값을 올리려는 수작에 내가 동원된 거였어. 집을 사겠다고 하니까 주인이 냉큼 물건을 거뒀어. 그러고는 한 달 뒤에 더 오른 가격으로 부동산에 내놓는 거야. 그런 짓을 계속 반복하고 있어.

그들한텐 그게 현명한 자산 관리 방법이니까.

어떻게 같은 나라 국민끼리 이럴 수가 있어?

같은 나라 국민끼리?

그녀의 남편은 그 말을 고스란히 반복하더니 허리를 꺾고 한참 동안 웃었다.

그즈음 그는 그녀가 무슨 말을 하더라도 화를 내지 않았다. 다들 각자 나름의 사정과 정연한 논리가 있는 거라고 말하며 허공만 쳐다보았다. 퇴근하고 돌아오면 방에 틀어박혀 유튜브를 보거나 이불을 뒤집어쓰고 잠만 잤다. 그녀는 그가 내 집 마련이라는 꿈에서 점점 멀어져가고 있는 광경을 목도했다. 그러나 손을 내밀어 그를 잡아당기고 싶지는 않았다. 그녀가 서 있는 곳 역시 불안하긴 마찬가지였다.

이것 좀 봐. 정말 웃기다.

남편이 그녀의 옷소매를 끌어당기더니 유튜브 방송을 보여주었다. 그녀는 의자에 엉거주춤 앉았다. 일본의 어느 협소 주택을 소개한 영상이었는데 뭐가 웃긴 것인지 좀처럼 감이 잡히지 않았다. 그즈음 그녀는 남편의 정신 건강을 상당히 염려하고 있었기에 남편의 얼굴을 곁눈질하며 물었다. 집이 작아도 깨끗하고 좋은데, 왜?

끝까지 봐.

그녀는 잠자코 영상을 계속 보았다. 그러다 그 작은 집에 살고 있는 가족 구성원을 소개하는 부분에 이르렀을 때 깜짝 놀라고 말았다. 층당 4평 남짓, 3층까지 올린 그 집엔 도합 다섯 명의 가족이 살고 있었다. 한 쌍의 젊은 부부, 그들의 부모와 남동생이었다. 그러나 그 집의 1층엔 거실 겸 주방, 2층엔 침실과 화장실, 3층엔 세탁실 겸 다용도실과 욕실이 있었고 아무리 봐도 침실은 하나뿐이었다.

이 사람들이 다 어디서 잔다는 거지?

남편은 대답 없이 섬뜩한 미소를 지었다. 이어지는 영상을 보던 그녀는 또다시 놀라고 말았다. 부부는 땅을 사고 건축비를 낸 사람이므로 당당히 침실을 차지했고, 노부부는 3층으로 올라가는 계단 아래 빈 공간에 이부자리를 폈다. 그리고 남동생은 2층으로 올라가는 계단 아래 이부자리를 폈다. 영상에선 그 공간이 그들의 방으로 소개되었다.

이 부부가 다른 가족에게 집에서 나가달라고 말하는 대신 다른 방식으로 의사 표현을 한 것 같지 않아?

남편은 이죽거리며 말했지만 그녀는 그게 아니라는 걸 알았다. 노부부의 입가와 남동생의 눈빛에 행복과 만족감이 흘러넘쳤다. 계단 아래에서 잠을 자더라도 그곳을 진정 침실로 여기고 있는 게 분명했다. 작은 집일지라도 더 이상 집 걱정을 하지 않아도 된다면 그곳이 바로 천국이라는 표정이었다.

그녀는 자신에겐 없는 그들의 소박함에 감탄했다. 그러나 그는 그녀의 해석을 듣고도 고개를 젓기만 했다. 그즈음 그녀의 남편은 모든 것에 회의적으로 변하기 시작했다. 그녀는 그가 잠들어 있을 때 그의 유튜브 구독 영상을 살펴보았다. 그가 보고 있는 영상들은 하나같이 비슷비슷한 내용이었다. 전세계에 대공황이 올 것이고, 가진 자들은 크게 망할 것이고, 못 가진 자들은 거의 죽은 것이나 다름없이 살아가야 할 것이라는 비관적인 영상들이 가득했다. 그녀는 실사판 요한계시록이라도 본 것처럼 마음이 어두워졌다.

이 세상에 종말이 온다면, 그건 부동산과 비트코인 때문일 거야.

어느 날 그녀의 남편은 뜬금없이 그런 말을 했다.

그게 무슨 소리야?

종말이 코앞이야. 비트코인 때문에 엄청나게 앞당겨졌어.

비트코인이 왜?

채굴하는 데 사용되는 전력 때문에 탄소가 엄청나게 배출되고 있어. 이제부터 온난화의 재앙이 시작될 거야. 벌써부터 물속에서 물고기들이 익어가고 있다니까.

남편은 자신의 살이 익어가고 있는 것처럼 두려운 표정을 지으며 중얼거렸다. 그녀는 그런 남편이 더 두려웠다.

그녀는 동요하지 않으려 노력하면서 차분히 주택을 물색했다. 어딘가에 그들이 살 수 있는 집이 반드시 있을 거라는 믿음을 절대로 버리고 싶지 않았다. 낡은 빌라를 사서 손바닥만한 지분을 갖든, 다 쓰러져가는 다가구 주택을 사서 넉넉한 지분을 확보하는 대신 세입자를 머리에 이고 반지하방에서 살든지 간에 노력하면 집을 가질 수 있을 것 같았다.

빌라가 싫으면 다가구 주택은 어때?

남편은 말없이 고개를 젓더니 시도조차 하지 말라고 했다. 어차피 소용없는 일이라고 했다. 그녀는 남편이 심각한 염세주의에 빠진 게 분명하다고 생각했고, 이 난국을 헤쳐나갈 사람은 자신밖에 없다고 믿었다. 그녀는 며칠 동안 밤새워 검색한 끝에 적합한 다가구 주택을 발견했다. 기존 세입자의 전세금이 상당히 높아서 은행 대출을 약간만 받아도 매수가 가능했다. 그녀는 신이 나서 남편에게 그 사실을 알렸고, 남편은 태연한 얼굴로 이렇게 물었다. 방 빼기는 생각해본 거야?

무슨 소리야? 방을 왜 빼?

다가구를 사면 대출받을 때 그 집의 방이 몇 개인지 세어보고 방 하나당 5천만 원씩 빼는 게 있어. 결국 대출이 거의 안 나온다는 뜻이야.

이럴 수가. 은행이 방 하나에 5천만 원을 삭감할 때마다 그녀는 자신의 장기가 하나씩 사라지는 기분이 들 것 같았다. 신장 5천만 원, 간 5천만 원, 췌장 5천만 원……. 끝내 텅 비어버리는 그녀의 몸. 신기루처럼 사라지는 그녀의 집.

대출금은 그토록 소중했다. 그게 없다면 어떤 집도 살 수 없으니까. 그녀는 벌컥 화가 났다. 이렇게 중요한 정보는 학교에서 가르쳐야 하는 거 아닌가? 집을 사는 일은 수학 공식을 외우는 것보다 하찮아서 학교에서 가르칠 필요가 없다는 건가?

이렇게 복잡하고 힘든 일을 교과목으로 지정하지 않았다니…… 의문투성이였다. 이 세상과 이 세상의 모든 학문 체제에 대한 신뢰에 금이 갔다. 부동산 매수학이라는 교과목이 있어야 한다. 적어도 중등 교육 과정부터 가르쳐야 한다. 고등 교육 과정에선 대출금을 이용한 지렛대 원리를 가르치고, 대학 교육 과정에선 임장을 다닐 때의 팁을 가르쳐야 한다. 대놓고 부동산 공화국이 되는 게 낫다. 대놓고 속물이 되는 편이 낫다. 그러면 적어도 그녀처럼 부동산 투기를 부도덕한 시선으로 바라보다 하루아침에 하층민으로 전락하는 희생자는 나오지 않을 테니까. 차라리 다 같이 속물이 되잔 말이야! 그게 공평하다고 그녀는 생각했다.

남편은 그녀를 가만히 바라보다가 다가와 어깨를 토닥이더니 말했다.

내가 회의 시간에 바지에 오줌 싼 날 있잖아. 그날 은행에 가서 듣고 온 소리가 그거였어.

그녀는 뒤늦게 모든 걸 이해했다. 그녀의 남편이 회의 시간에 고양이 눈물만큼 오줌을 배출해버린 것은 방 빼기라는 걸 처음 알고 큰 충격을 받아 자율신경계에 이상이 생긴 탓이었다. 그녀 역시 방 빼기를 안 순간 갑자기 몸 여기저기가 아팠다.

우리는 영원히 다가구 주택을 못 사네?

어.

이젠 아파트도 너무 올라서 못 사는데?

그럴 거야.

빌라를 사야 하나? 근데 괜찮은 빌라는 주인들이 간만 보고 안 팔던데?

당연히 그렇겠지.

그럼 우린 뭘 사?

남편은 대답이 없었다.

뭘 사야 하나. 아무도 사지 않으려는 빌라를 찾아서 그걸 사야 하나. 그런데 그런 집에서 그들의 미래는 어떻게 전개되는 것일까. 재건축도 불가능하고, 재개발 가능성도 낮은 지역이라면 그들의 미래는 어떻게 되는 것일까. 그녀는 안전 진단 E등급을 받고도 다른 곳으로 이사하지 못하는 사람들을 보도했던 기사를 떠올렸다. 집주인들은 집과 함께 쓰러지는 것 외엔 방법이 없다고 생각했다. 그 집이 그들의 전 재산이었기 때문이다. 그 모습이 그녀의 미래가 될 수도 있었다. 거기엔 아무런 안전장치도 보이지 않았다.

그냥 맨땅을 살까? 그녀는 웃는 건지 우는 건지 자신도 알 수 없는 얼굴로 남편을 쳐다보며 물었다. 아무것도 없는 땅을 살까? 거기에 천막을 지어놓고 그 안에서 살까?

남편은 그렇게 사는 모습을 상상해봤는지 한참 뒤에 말했다.

그런 땅이 서울에 있을까?

그날 밤 그녀는 자다가 극심한 통증에 눈을 떴다. 아랫배가 너무 아팠다. 생리통과 비슷하지만 생리통이 아니라는 걸 직감적으로 알았다. 그녀는 타이레놀을 삼키며 아침까지 뜬눈으로 밤을 새운 뒤 곧장 산부인과로 달려갔다. 의사가 강력하게 권하는 10만 원짜리 검사를 받으며 그녀는 불편한 자세로 진료용 의자에 누워 한 가지 생각만 했다.

보험이 될까?

보험은 적용되지 않았고 그녀는 병원을 나오며 생각 없이 비싼 검사를 받은 걸 후회했다. 며칠 뒤 검사 결과가 나왔고, 아무런 이상이 없다는 말을 들었을 때에도 그녀는 기뻐하거나 안도하지 않았다. 그럴 줄 알았다. 그녀의 남편이 과민한 방광으로 고통받은 것처럼 그녀 역시 이유 없이 과민해진 생식기로 고통받고 있었다.

혹시 배란통일 수도 있느냐는 그녀의 질문에 의사는 고개를 저었고 특별한 원인이 없으니 휴식을 취해보라는 말만 반복했다. 그녀는 머뭇거리다가 물었다.

혹시 제가 스트레스에 취약한 몸일까요?

의사는 그럴 수도 있다고 작게 말했다. 그러나 그것은 아무런 도움도 되지 않는 답변이었다. 질문부터가 잘못됐다. 스트레스에 취약하지 않은 몸이 어디 있다고. 차트를 보던 의사가 그녀에게 물었다.

기혼이시네요?

네.

임신 계획은 없으세요?

그녀는 얼굴을 일그러뜨리며 말했다.

전혀 없습니다.

*

영상 속 남자는 꽤 자신만만해 보였다. 편안한 티셔츠에 청바지를 입은 남자는 알고 보니 제법 번듯한 직장에 다니고 있었다. 그는 학자금 대출을 모두 갚고 나니 다시 빚을 지기 싫었고, 빚을 내야만 집을 가질 수 있다면 차라리 차에서 사는 게 낫겠다고 판단했다. 그리고 승합차를 장만해 개조한 뒤 그곳에 보금자리를 만들었다. 친구들은 남자 앞에선 그의 용기를 치하하면서도, 속마음을 드러내는 인터뷰에선 친구의 미래가 너무 걱정된다고 입 모아 말했다. 그들 중 한 명은 이렇게 말했다. 차에서 산다는 건 생존만 생각하는 태도 같아요.

그러면 안 되는 시대잖아요. 이젠 투자할 줄 알아야 하잖아요. 친구는 사이를 두었다가 말했다. 하지만 집값이 많이 올라도 자기 집뿐 아니라 모든 집이 오르는 건데, 그럼 집을 팔아도 갈 수 있는 곳은 정해져 있다는 의미잖아요. 그게 부자가 된 건가요? 좀 이상하지 않아요?

그녀 역시 이상하다고 생각했다. 이런 식으로 전체적인 자산의 규모만 부풀고, 인간은 초라한 홑껍데기를 둘러쓰고 겁먹은 얼굴로 주위를 두리번거리고 있는 것이다. 분명히 뭔가 잘못되었지만 어디서부터 손을 대야 할지 아무도 모르는 것 같았다.

그렇더라도 집이 있는 사람이라면 상황이 좀 다르지.

그녀는 탐탁지 않은 표정으로 다른 구독 영상을 보았다. 부동산 폭락론을 주장하는 유튜버의 방송이었다. 구독자 수는 60만 명 남짓이었고, 그녀는 그 숫자를 볼 때마다 안도감과 쓸쓸함을 동시에 느꼈다. 채팅창엔 정치인을 비난하는 글이 올라왔지만 그녀는 정치인들의 표 싸움에 그녀의 상처를 내어주고 싶지 않았다. 포퓰리즘 정책을 원하는 게 아니었다. 단지 공정한 기회를 얻고 싶었다.

그녀의 남편은 이제 기저귀 없이 외출이 가능한 상태였다. 포기했기 때문이다. 내 집 장만을 포기한 그는 홈 웨이트 트레이닝에 몰두하고 있었다. 집 안 곳곳엔 당근 거래로 사온

운동기구가 놓여 있었다. 진정한 내 집은 내 몸이라는 걸 깨
달은 사람처럼 그는 건강에 집착했다. 그러자 그의 방광은 비
로소 편안해졌다.

그녀는 틈틈이 그의 유튜브 구독 채널을 확인했다. 그가 사
랑해 마지않던 전 세계 대공황 위기와 지구 종말에 관한 영상
이 아직도 추천 알고리즘에 있었다. 그녀는 그가 권하는 영상
을 보며 온난화의 위험을 결국 실감했지만, 그의 태도에 대한
약간의 의문은 여전히 남아 있었다.

내 집을 갖지 못할 바엔 차라리 이 세상이 망하는 게 낫다
고 생각하는 걸까?

그러나 그녀는 그에게 묻지 않았다. 운동 중독 상태로 치닫
고 있는 그를 격려했고, 동시에 자신에게도 변화가 필요하다
는 생각에 빠져들었을 뿐.

그녀의 유튜브 추천 알고리즘엔 비건 관련 영상이 넘쳐났
다. 그녀는 식단에서 고기를 조금씩 몰아내기 시작했다. 그건
그녀가 욕심을 버릴 수 있는 것들 중 가장 쉬운 것에 속했다.
남편 역시 온난화의 재앙을 막으려면 탄소 배출의 주범인 고
기를 먹지 말아야 한다는 것에 동의했다.

그녀는 집을 사랑하는 대신 지구를 사랑하기로 마음먹었
다. 그러면 지구가 그녀의 집이 될 것 같았다. 환경 사랑이 지

구에 대한 소유욕으로 이어지는 기이한 체험을 하며 그녀는 이런 결론을 내렸다.

지구를 소유할 수 있는데 왜 24평짜리 아파트를 소유하지 못해 안달해야 할까?

지구는 정말이지 끝내주게 넓고, 인간이 지은 그 어떤 건축물보다 아름답다. 소유하려고 마음먹으면 충분히 소유가 가능하다. 내 것이라고 생각하는 순간 내 것이 되니까.

그렇더라도 그녀는 가끔 80세가 된 자신이 젊은 그녀를 노려보며 등 뒤에 서 있는 광경을 떠올렸다. 등허리에 불시에 칼이 내리꽂히는 순간을 상상했다. 저 아이는 왜 저렇게 철이 없을까, 집 살 생각을 하지 않을까, 그런 눈으로 자신을 쏘아보다 분노가 폭발한 나머지 칼자루를 움켜쥐는 80세의 그녀가.

그런 생각이 들 때마다 그녀는 식단에서 죽은 동물의 살을 빼고, 초록색 채소로 빈자리를 채워넣었다. 그러면 다른 생명을 짓밟지 않고 다른 생명의 권리를 빼앗지도 않고 그녀의 보금자리를 가질 수 있을 것 같은 착각이 잠시 들었다. 그건 그녀가 이 세상에 원했던 거의 유일한 것이었고, 포기한 전부였다.

재활하고

사랑하는

열대야와 함께 어지럼증이 시작되었다. 심할 땐 몸이 오른쪽으로 기우는 느낌이 들었다. 나는 결국 회사 근처에 있는 이비인후과를 방문했다. 어지럼증은 귀에 문제가 생겼을 때 발생할 확률이 높다고 도기정이 알려주었기 때문이다. 우리는 평양냉면을 먹으며 그런 말을 했다. 기정이 냉면을 좋아했고 나는 좋아하는 음식이 없었다. 입사 3년 차까진 먹고 싶은 게 있었는데, 이젠 뭘 먹든 아무런 감흥을 느끼지 못했다. 기정은 나에게 번아웃이 온 게 분명하다고 말했지만 나는 네 걱정이나 하라고 대꾸했다. 일을 지나치게 많이 하는 건 기정도 마찬가지였으니까.

병원 안으로 들어서자마자 접수 직원은 증상부터 물었다. 나는 어지럼증으로 방문했기에 체온 측정은 제외되었다. 초진 접수표를 작성하고 북적북적한 대기실 의자에 앉아 있는 동안 병원 안으로 환자들이 줄줄이 들어왔다. 그들은 체온 측정을 마친 뒤 간호사가 건넨 비닐장갑을 착용했다. 코로나 의심 환자라는 의미 같았다. 나는 마스크를 끌어올려 콧등을 잘 덮었다.

김라미 씨, 1진료실로 들어오세요.

40분 동안 기다린 끝에 내 이름이 호명되었다. 진료실 문을 여니, 치과에서 볼 법한 거대한 리프트식 의자가 가장 먼저 눈에 들어왔다. 그 옆에 온갖 진료 기구와 모니터 장치가 있었다. 나는 긴장한 표정으로 의자에 앉았다. 의사가 나를 힐끗 보더니 물었다.

어떻게 오셨어요?

나는 나의 어지럼증에 대해 설명했고, 밤이 되면 더 심해진다고 말했다.

혹시 고속버스를 타면 더 어지러우신가요?

저는 지하철만 타는데요.

서울을 벗어난 적이 거의 없다는 말은 덧붙이지 않았다.

이명이 있으세요?

네. 자려고 누우면 귀에서 소리가 들려요. 예전부터 그랬어요.

의사는 고심하는 표정을 짓다가 내 얼굴에 커다란 고글을 씌웠다.

검사를 해보죠.

고글을 쓰니 앞이 보이지 않았다. 미미한 빛이 왼쪽 하단에 있었지만 전체적으로 너무 어두웠다.

아무 생각도 하지 마세요. 그래야 검사가 잘돼요.

나는 알겠다고 답했고, 아무 생각도 하지 않으려고 노력했다. 김라미, 아무 생각도 하지 말자. 그런데 이런 생각도 '생각'인가?

지금 생각을 하고 계신 거 같아요.

나는 죄송하다고 말한 뒤 아무것도 떠올리지 않으려고 노력했다. 의외로 어려운 일이었다. 멍하게 있으려 해도 오후에 해야 할 업무가 자꾸만 떠올랐다. 기업 공시는 중요한 일이었고, 오류가 발견되면 벌금을 물어야 했다. 팀장은 오전부터 신경이 잔뜩 곤두서 있었다. 병원에 다녀오겠다고 말하자 그는 왜 하필 지금 가냐고 물고 늘어졌다. 업무 과정상 크로스 체크가 필요했는데, 팀장은 내게 자료를 공유해주며 자신이 놓친 오류를 내가 꼭 발견해야 한다고 강조했다.

아무 생각도 하지 마세요. 멍하게 있으세요.

의사의 말에 고개를 끄덕이면서도 나는 공시에 관해 계속 생각했다. 틀린 숫자나 빠진 부분이 있을지도 모르니 잘 확인해야 한다고 속으로 되뇌었다. 하지만 크로스 체크를 해도 발견되지 않는 것은 어떻게 찾아야 할지 고민되었다. 점점 업무 생각에 깊이 빠져들고 있을 때, 의사의 목소리가 들려왔다.

아무 생각도 하지 않는 게 어려우세요?

나는 잠시 침묵하다가 어렵네요,라고 답했다. 의사는 한숨을 길게 내쉬었다.

그럼 이렇게 하죠. 좋아하는 걸 생각해보세요. 원래는 멍하게 있어야 결과가 잘 나오는데, 환자분은 그게 아예 안 되세요. 차라리 좋아하는 걸 떠올리게 하면 의식적으로 앞을 보는 행위를 하지 않으니까요.

나는 알겠다고 답했다. 그러나 이번엔 좋아하는 게 도통 떠오르지 않았다. 내가 길게 침묵하자 의사도 입을 다물었다. 잠시 후 그가 말했다.

환자분은 좋아하는 게 없으세요?

좋아하는 것이라…… 공시를 무사히 끝내는 것. 아슬아슬한 발언을 일삼는 인사팀 김 부장이 퇴사하는 것. 식대가 인상되는 것. 내일 출근할 때 비가 안 오는 것. 정시에 퇴근하는 것. 죄다 회사와 관련된 것뿐이었다. 왜 이렇게 좋아하는 게 안 떠오를까. 나는 마음이 조급해졌다. 검사에 실패하는 게 아닐까, 실패한 환자는 나뿐이지 않을까 걱정되었다.

의사는 흐음, 하는 소리를 냈다. 검사가 제대로 진행되고 있지 않다는 암시였다. 손바닥에 땀이 났다.

요즘 영화 뭐 보셨어요? 〈탑건〉 보셨어요? 〈토르〉는요?

그의 어조가 전투적으로 바뀌었다. 반드시 내가 좋아하는 것을 찾고야 말겠다는 의지가 느껴졌다. 그를 실망시키고 싶지 않았지만 거짓말을 할 수는 없었다. 나는 둘 다 보지 않았다고 정직하게 답했다. 그의 영화 취향이 느껴져 코멘트를 덧붙이고 싶었지만 그것까진 하지 않았다. 그가 〈헤어질 결심〉은 봤냐고 물었다. 나는 봤다고 말하다가 도기정의 우는 얼굴을 떠올렸다.

친구가 울어서 저도 눈물이 났어요.

됐어요. 잡혔어요.

의사가 고글을 벗겨주며 속이 시원하다는 듯이 말했다.

전정신경염이네요.

의사는 전정신경염의 원인과 증상에 대해 자세히 설명해주었다. 양손을 들어올리더니 캐스터네츠 모양으로 만들어 여러 번 구부렸다가 펴면서 내 오른쪽 귀가 어떤 상태인지 알려주었다. 전정 신경 기능에 이상이 생겨서 신호가 뇌까지 잘 전달되지 않는 상태라고 했다. 의사는 설명을 마치더니 갑자기 내게 핸드폰을 꺼내보라고 했다. 나는 그의 지시대로 유튜브에 접속해 재활 운동 영상을 찾아보았다.

영상에 나오는 대로 하루에 세 번씩 재활 운동을 하세요.

떨어진 기능은 회복되지 않지만, 환자분의 노력으로 불편을 느끼지 않고 생활할 수는 있어요. 처방 약은 심하게 어지러울 때만 드시고요.

나는 감사하다고 말한 뒤 진료실을 나왔다. 진료비가 2만 원 넘게 나왔지만 어지럼증의 원인을 명확히 알았으니 아깝지 않았다.

회사로 돌아와 자리에 앉자마자 도기정에게서 톡이 왔다. 병원에 잘 다녀왔느냐는 물음이었다. 나는 네가 우는 모습을 떠올려서 검사에 성공했다고 답장을 쓰다가 이내 지웠다.

도기정이 반지를 맞추자고 했을 때 나는 거절했다. 어떤 의미인지 몰라서 그랬다. 기정은 내 등짝을 한 대 내리치더니 아무 말도 하지 않았다. 나는 왜 때리느냐고 묻지 않았고, 그건 왜 때리는지 안다는 의미이기도 했다. 우리는 터놓고 말하는 대신 침묵을 택했다. 다시 아무렇지 않게 얼굴을 보고 후루룩 소리를 내며 평양냉면을 먹었다.

*

재활 운동을 하기 위해선 X 표시가 그려져 있는 명함 크기의 종이가 필요하다. 주요 운동은 X 표시에서 시선을 떼지 않고 고개를 좌우로, 연이어 상하로 천천히 움직이는 것이다.

이 운동을 매일 하면 어지럼증에 큰 효과가 있었다. 그러나 업무량이 많은 날은 재활 운동도 아무런 소용이 없었다.

쉬어야 하는 거 아니야?

도기정은 그렇게 말하며 나를 빤히 쳐다보았다.

쉬고 싶을 때 쉴 수 있는 회사원이 있어?

나는 접시 위의 함박스테이크를 물끄러미 바라보며 말했다. 귀퉁이가 한입 크기로 잘라져 있었다. 여전히 입맛이 없었다. 기정은 접시를 거의 다 비웠지만 나는 샐러드만 여물처럼 씹어 먹었다.

공시는 마쳤지만 뒤늦게 문제점이 발견되었다. 크로스 체크로도 발견하지 못한 오류가 있었다. 팀장과 나는 벌금이 얼마나 나올지 고심하느라 새치가 늘었다. 내년 연봉 협상은 물 건너간 일이 되었다고 말하며 팀장은 종일 한숨을 내쉬었다. 팀장이 입을 열 때마다 절망의 강물이 좁은 사무실에 흘러넘쳤다. 나는 크로스 체크를 해도 발견할 수 없는 오류를 어떻게 찾아야 하는지 도무지 알 수가 없어서 무력함을 느꼈다. 기정은 내 표정을 살피다가 말했다.

네가 벌금을 내는 것도 아니고, 회사가 내는 거잖아. 사람이 실수할 수도 있는 거지.

그 말은 내게 아무런 위로가 되지 않았다. 기정은 내 몫의 함박스테이크를 조금씩 먹기 시작했다. 나는 기정에게 물었다.

너는 일이 안 힘들어?

힘들지.

근데 안 힘들어 보여.

내색을 안 하니까.

왜?

몰랐어? 내색하면 더 힘들어지는 거.

나는 그 말을 곰곰이 생각했다. 내색하면 더 힘들어진 다…… 나는 병원에서 검사를 받으며 도무지 멍하게 있지 못 해서 힘들었고, 그런 와중에 너를 떠올리니 금세 결과가 나오 더라고 말했다. 기정은 아무런 표정의 변화 없이 그랬니,라고 만 말했고 더 이상 아무것도 묻지 않았다. 그래서 내가 물었다.

나는 왜 너를 떠올리면 멍해질까?

기정은 피클 접시만 바라보다가 천천히 입을 열었다.

어떤 건 마음속에만 두는 게 나아.

무슨 뜻이야?

마음속 깊이 묻어두라고. 썰물 때 구덩이를 파고 들어가 앉 는 거지.

기정은 그렇게 말하며 포크로 함박스테이크 소스를 찍어 서 접시에 작은 하트를 그렸다.

그리고 밀물이 차오르면 감쪽같이 사라지게 하는 거야.

기정은 그렇게 말하며 포크로 하트를 뭉갰다.

지금 영화 이야기 하는 거야?

기정은 고개를 천천히 젓더니 갑자기 재활 운동은 잘하고 있는지 물었다. 나는 화제를 바꾸려는 기정의 노력을 짐짓 모른 척하며 매일 두 번씩 한다고 답했다. 점심시간에 한 번, 자기 전 침대 앞에서 한 번 더 했다. 하루에 두 번, 세상이 기울어 보이는 것을 방지하기 위해 노력했다. 재활 운동을 마치면 하루를 통틀어 가장 순수한 40분을 보낸 기분이 들었다.

기정은 내 몫의 함박스테이크를 다 먹고 나서 냅킨으로 입가를 닦으며 말했다.

배부르네. 좀 걷자.

우리는 각자의 직장으로부터 중간 지점에 있는 충무로에서 자주 만났고 종종 명동이나 대학로까지 함께 걸었다. 걷다가 카페에 들어갈 때도 있었고, 말없이 걷기만 할 때도 많았다. 내가 길게 침묵해도 기정은 말 좀 하라며 다그치는 법이 없었다.

횡단보도에 서서 신호를 기다리는데 기정이 오줌이 마렵다고 말했다. 나는 등 뒤의 대한극장을 가리켰다. 우리는 그곳으로 빠르게 걸어갔다. 나는 극장 로비에서 기정을 기다리다가 종이를 꺼내 재활 운동을 시작했다. 잠시 후 화장실에서 나온 기정이 자기도 한번 해보자고 말했다. 어지럽지도 않으면서 왜 하려는 거냐고 물었더니, 기정은 술도 안 마셨는데 약간 어지럽다고 답했다. 나는 종이를 가방에 넣으며 날이 너무 더워서 그런가보다고 말했다. 그러나 그만 걷자는 말은 하지 않았고 기정도 카페에 들어가자고 말하지 않았다. 서로가 어떤 말을 해주길 기다리는 사람처럼 무겁게 침묵하며 걷고 서로를 돌아보다가 다시 침묵했다.

우리는 동대문 방향으로 향했다. 나는 걸으며 다른 재활 운동을 시작했다. 왼쪽으로 고개를 돌려서 3초, 정면을 보고 3초, 다시 오른쪽으로 고개를 돌려서 3초를 유지하는 운동이었다. 3초는 마음속으로 하나 둘 셋을 세는 정도의 시간이었다. 기정이 뭐 하는 거냐고 물었다. 나는 이것도 재활 운동이라고 말했고 기정은 곧바로 나를 따라 했다. 왼쪽으로 함께 고개를 돌리고 하나 둘 셋, 정면을 바라보고 하나 둘 셋, 다시 오른쪽으로 고개를 돌리고 하나 둘 셋. 다른 사람들이 보면 쟤들은 왜 저렇게 걸을까 의아해할 만한 광경이었다. 나는 웃음이 나와서 기정에게 그만하라고 말했지만 기정은 계속 나를 따라 했다. 같은 방향을 보며 걸으니 열 맞춰 행진하는 기분이 들었다.

동대문에 도착했을 땐 우리의 손에 아이스아메리카노가 들려 있었다. 기정도 나도 카페인에 취약한 체질이면서 커피를 좋아했다. 몸이 조금만 무겁게 느껴지면 커피를 마셨다. 우리는 또다시 찾아올 불면의 밤을 어떻게 보낼지 걸으며 의

논했다. 밤새 통화할 수도 있지만 그건 이미 해본 방법이고 부작용이 있었다. 수다를 떠느라 밤을 새웠고 출근하며 서로를 깊이 원망했고 회사에서도 정신을 못 차리다가 업무 실수를 하기도 했다. 그 뒤로 우리는 밤에 통화하는 것을 금지했다. 그러니 각자 보내야 하는 불면의 밤인데, 침대에 누워 드라마를 보는 편이 가장 낫다고 말하면서도 그건 하기 싫다는 생각도 들었다. 밤새 드라마를 보고 있으면 시간이 너무 아까웠다. 기정은 자기도 그렇다고, 잠이 오지 않아서 억지로 보는 거지 재미를 느낀 적은 없다고 말했다.

차라리 출근하고 싶다는 생각이 든 적도 있어.

워커홀릭인 기정의 말에 나도 그렇다고 답했다. 잠이 너무 오지 않을 땐 차라리 회사에 가서 밀린 업무를 하고 싶었다. 일을 하고, 또 하고, 계속 하면서도 나는 늘 일하는 시간이 부족했다. 기정은 자기도 그렇다고 했다.

우리가 능력이 없나?

무슨 뜻이야?

남들은 금방 끝내는 일을 우리는 오랫동안 붙잡고 있어야 겨우 해내는 건지도 몰라.

나도 그런 생각을 한 적이 있었지만 기정 앞에선 강하게 부인했다. 그런 생각을 하며 일하면 진짜 우울하지 않겠냐고 말했다. 기정은 우울하다고, 그렇지만 회사에서 밝은 생각을 한 적은 한 번도 없다고 대꾸했다. 회사에서 밝은 생각을 하다니, 그 말 자체가 이상했다. 회사에서 밝은 생각을 하는 인간은 대표이거나 과중한 업무 때문에 정신이 나간 직원일 것이다.

이번엔 내가 오줌이 마려웠다. DDP 건물 안으로 들어가서 화장실만 쓰고 나왔다. 기정은 로비에 서서 누군가와 통화하고 있었다. 가까이 다가가니 기정은 내게서 조금 떨어져 걸었다. 업무 전화는 아닌 것 같았다. 표정이 심각해서 그런 전화인 줄 알았는데 반말을 하는 걸 보니 아니었다. 기정은 그래, 그럴 수 있어, 맞아, 나도 그렇게 생각해, 그런 말들을 하다가 곧 보자, 하고 말한 뒤 통화를 마쳤다. 나는 누군지 물었고, 기정은 대답을 피했다.

누군데 그래?

기정은 그게 왜 궁금하냐고 묻더니 벤치에 잠깐 앉았다 가자고 말했다. 나는 대답을 피하는 기정이 수상해서 누군지 집요하게 물었고 기정은 아는 동생이라고 답했다.

어떻게 아는 동생인데?

기정은 딴소리를 했다.

난 좀 쉴 테니까 넌 재활 운동이나 해.

나는 끝까지 캐묻고 싶은 충동이 들었지만 어지럼증 때문에 참았다. 별로 중요한 대화도 아닌 것 같은데 나는 왜 궁금해하고, 기정은 왜 숨기려 하나. 날이 너무 더워서 그런지 별게 다 신경 쓰였다.

벤치 앞에 서서 가장 어려운 재활 운동을 시작했다. 한쪽 발을 다른 발 뒤에 일렬로 붙인 뒤 양손을 교차해서 어깨 위에 올리고 눈을 감았다. 그러자 내 몸은 곧바로 균형을 잃고 흔들렸다. 기정이 어어, 하는 소리를 냈다. 집중해, 하고 외치기도 했다. 넘어지려 할 때마다 눈을 번쩍 뜨면 기정이 애처로운 눈길로 나를 바라보고 있었다. 나는 기정의 얼굴을 보며 다시 중심을 잡았지만 눈을 감으면 어김없이 온몸이 흔들렸다.

신기하네. 눈을 감으면 왜 그렇게 흔들려?

나도 모르겠어.

그냥 나를 계속 봐. 그게 낫겠어.

연습하면 언젠가 되겠지. 나는 그렇게 말하며 눈을 감았다. 그리고 흔들리는 몸을 통제하기 위해 안간힘을 썼다. 내 몸이 오른쪽으로 크게 기울어졌을 때 기정이 내 손을 덥석 잡았다.

눈 뜨지 말고 가만히 있어봐.

나는 그렇게 했다. 눈을 뜨지 않고 기정의 손을 잡고 가만히 있었다. 몸이 흔들리지 않았다. 중심이 잡혔다. 기정은 내 손을 한참 동안 잡고 있더니 힘없이 놓았다. 나는 눈을 떴고 벤치에서 천천히 일어나는 기정을 보았다. 눈시울이 붉어져 있었다. 나는 왜 그러냐고 물었고 기정은 더워서 그런다고 답하며 내 눈길을 피해 앞서 걸었다. 나는 기정의 등을 가만히 바라보았다. 더워서 우는 사람도 있냐고 묻고 싶었지만 결국 묻지 않았다.

*

팀장이 잠적했다. 다시 기승을 부리기 시작한 코로나 때문에 외부 식사가 금지되었지만, 팀장은 혼자 점심을 먹겠다며 사무실을 나가 네 시간 동안 돌아오지 않았다. 나는 아무도 그 사실을 모르게 했다. 인사팀 김 부장이 그를 찾아 난리가 났지만 끝까지 둘러댔다. 사라진 팀장의 마음이 이해되었다. 그는 지난주에 이석증에 걸렸다. 아침에 눈을 뜨니 심한 어지럼증이 밀려와 침대에서 일어나지 못했고, 가족이 운전하는 차에 실려서 병원에 갔는데 이석증 판정을 받았다고 했다. 나는 전정신경염보다 이석증이 더욱 심한 어지럼증을 유발한다는 걸 알았기에 그를 동정했다. 밀린 업무 탓에 팀장은 연차를 하루만 썼고, 오늘은 한나절 동안 잠적했다가 나타났다. 어디서 뭘 했는지 묻지 않았다. 셔츠가 땀에 젖은 채로 나타난 걸 보니 자신의 처지를 비관하며 회사 근처 천변을 걷다가 온 것 같았다. 전에 한번 그곳에서 마주친 적이 있었다.

팀장의 업무나 나의 업무나 과중하긴 마찬가지였다. 팀장은 모회사에서 수시로 내려오는 업무 지시에 치여서 병원 갈

248

시간도 내지 못했다. 와중에 자꾸 재발하는 이석증 때문에 괴로워했다. 결국 팀장은 야근용 비품인 라꾸라꾸 침대를 가져와 사무실 구석에 펼쳐놓고 스스로 치환술을 했다. 떨어져나간 이석의 위치를 원래대로 복구하는 치료였다. 원래는 병원에서 받아야 했지만, 그럴 시간이 없는 팀장은 유튜브 영상을 보며 스스로 치료했다. 나도 내 자리에 서서 재활 운동을 했다. X 표시를 보며 초점 잡는 훈련을 했다. 눈을 감고 양어깨에 두 손을 올린 뒤 균형 잡는 훈련도 했다. 팀장과 나는 둘 다 귀에 이상이 생겼고, 병자나 다름없는 몰골이었다. 신입 직원만 멀쩡했다. 신입은 자신의 슬픈 미래를 떠올렸는지 양쪽 귀를 두 손으로 감쌌다.

팀장은 과중한 업무량과 공시 오류 때문에 이석증에 걸렸을 것이다. 나 역시 번아웃을 앓을 시간이 없어서 번아웃 증상을 무시했던 것 때문에 전정신경염에 걸렸을 것이다. 만병의 근원 스트레스. 이 한마디로 모든 걸 정리해버리고 싶지만 그렇게 하면 변하는 건 아무것도 없다. 일은 줄어들지 않고, 나의 업무 처리 속도는 절대로 빨라지지 않으며, 업무의 난도는 점점 높아지기만 하니까.

도기정에게서 톡이 왔다. 연차를 냈고 먼 곳으로 여행을 가는 중이라는 갑작스러운 말이었다. 뭐든 계획을 세워 행하는 J형 인간인 도기정의 충동적인 행동에 나는 놀랐다. 너도 오라고 말하려나 싶어서 기다렸지만 카톡 창은 내내 잠잠했다.

기정은 알고 있다. 내가 크로스 체크에 실패했다는 것을. 팀장이 찾아내라고 한 것을 찾지 못해서 우리 팀이 병실이 되었다는 것을. 하지만 내가 실패한 크로스 체크가 한 가지 더 있다는 건 모를 것이다. 어쩌면 알기에 여행을 떠났다고 나를 도발하는 건지도 모르지만. DDP 앞에서 누군가와 통화하던 기정의 모습이 떠올랐다. 누군지 끝까지 물어봐야 했을까.

나의 처리 과정을 방해하는 오류와 기정의 처리 과정을 방해하는 오류는 같지 않을 것이다. 나의 오류는 그 어느 것도 잃고 싶지 않은 마음에서 비롯되었다고 말하면 기정은 나를 용서해줄까. 너의 오류는 나의 오류를 지적하지 못하는 용기 부족에서 비롯된 거라고 말하면 기정은 나의 등짝을 또 때리겠지.

나는 기정의 얼굴을 떠올렸다. 초점을 잡자. 정확하게 보자. 나는 지금 무얼 보고 있나. 무얼 봐야 하나. 워커홀릭의 삶을 선택하며 서로의 진심을 들여다보려는 시간을 없앤 우리에겐 과연 무엇이 필요할까.

온종일 일이 손에 잡히지 않았다. 나는 결국 늦은 오후 무렵 기정에게 톡을 보냈다. 크로스 체크를 다시 해보자고. 이번엔 반지가 아니라 말로써 해보자고. 평양냉면 면발에 휘감겨 있던 너의 혀와 나의 혀는 이제 다른 걸 탐색해봐야 한다고. 부끄러움은 잠깐이고, 사랑은 영원하다 생각했지만 용기 내 보낸 나의 톡을 기정은 읽지 않았다. 숫자 1이 나의 눈에 날카롭게 꽂혔다.

열차에서 내려 지하철역 밖으로 나왔을 때 나는 한 걸음도 내딛지 못했다. 도기정 없는 서울이 오른쪽으로 서서히 기울고 있었다.

그는

매미를

먹었다

매미가 울고, 그는 그해 여름 처음으로 매미 소리를 들었다. 그의 가게 맞은편에 커다란 은행나무가 두 그루 있었는데 매미는 거기 어딘가 매달려 처연하게 울었다. 그는 가게 앞 의자에 앉아 그의 가게를 스쳐지나가는 사람들을 멍하니 바라보다 매미 소리에 문득 고개를 돌렸다.

　그는 작은 덮밥집을 운영하고 있다. 메뉴는 제육 덮밥과 불고기 덮밥뿐이고, 가격은 각각 6천 원과 7천 원이다. 제육 덮밥은 딱 그 가격이라는 평을 들었고, 불고기 덮밥은 양이 적다는 불평을 들었다. 개업한 지는 8개월. 매상은 늘 월세보다 낮았다.

그럼에도 그는 태연하다. 장사를 시작한 지 20년 가까이 되었지만 한 번도 돈을 벌어본 적이 없기 때문이다. 제법 많은 권리금을 지불하고 시작한 첫 장사는 당연한 수순이라는 듯 투자금을 회수하지도 못하고 망해버렸다. 두 번째 장사부터 그는 늘 권리금 없는 자리만 고집했다. 지금도 그렇다. 이 일대 가게들은 그가 문을 열기 시작한 시기를 기점으로 점점 권리금이 사라지고 있다. 그는 자신이 불경기의 신이 된 기분이 들었다.

한창 손님이 많아야 할 점심시간에도 그는 식당 앞 의자에 앉아 있다. 옆 건물에서 부동산을 하고 있는 김 사장이 그의 식당을 지나쳐 아래쪽으로 걸어내려갔다. 일부러 그를 쳐다보지 않으려 꼿꼿하게 앞만 보았다. 그는 알고 있다. 김 사장은 언제나 대로변에 있는 김밥집에서 점심을 먹는다. 그의 가게에 온 적은 한 번뿐이다. 오픈한 지 이틀째 되는 날이었다. 주방 카운터 너머로 홀을 살피고 있는 그에게 김 사장이 물었다.

한 사장님, 덮밥집은 왜 하게 되신 겁니까?

19년 전부터 덮밥집만 했습니다. 덮밥 외엔 할 줄 아는 게 없어요.

그런데 왜 이 동네에 가게를 열었어요? 여긴 회사원이 없고 주민만 많아요. 다들 집에서 먹지 않겠어요?

그는 아무런 대꾸도 하지 않았다. 벌써 스무 번 넘게 들었던 질문이다. 왜 하필 한적한 주택가 골목에 덮밥집을 차렸느냐고. 그는 몰라서 묻는가 싶었다. 이런 곳이 아니면 무권리를 찾을 수 없고, 평당 월세도 차이가 크다. 그는 화제를 바꾸고 싶어서 물었다.

맛이 어떠세요? 입맛에 맞으세요?

돼지고기는 냉동을 쓰시죠?

냉동을 씁니다. 그러지 않으면 이 가격에 맞추지 못해요.

저 아래쪽 국숫집도 제육 덮밥을 파는데 거긴 6천 원에 생고기를 씁니다.

그는 상체를 기울이며 말했다.

그거 생고기 아니에요. 해동한 고기일 겁니다.

김 사장은 대번에 그의 말을 잘랐다.

장모가 돼지를 쳐요. 그러니 당연히 생고기겠죠.

그는 반박하는 대신 개수대에 쌓여 있는 그릇을 거칠게 닦았다. 김 사장은 고추기름이 묻은 냅킨을 식탁에 내던지고 일어나더니, 벨트 버클을 만지작거리며 찜찜한 얼굴로 계산대 앞에 섰다. 그는 맛있게 드셨느냐고 묻는 절차를 생략했다. 가게를 나서던 김 사장이 뒤돌아 물었다.

박하사탕 같은 건 없어요?

없습니다. 그냥 이를 닦으세요.

김 사장은 어처구니없다는 표정으로 그를 흘겨보다 가게

밖으로 나갔다.

어쩌면 그의 무례한 언사가 동네 주민들의 귀에 들어갔는지도 모르겠다.

방금 전 김 사장이 그의 가게 앞을 다시 지나갔다. 이번에도 꼿꼿하게 앞만 보며 뒷짐을 지고 걸었다. 그는 이래도 돌아보지 않나 싶어 한번 매미 소리를 내봤다.

매앰매앰.

김 사장은 그의 목소리를 듣지 못한 건지 아니면 듣고서도 모른 척하고 싶었던 건지 고개를 돌리지 않았다. 그는 서운함 대신 치밀어오르는 분노를 느꼈다. 그를 투명 인간으로 취급하는 김 사장과 동네 주민들에게.

그달 그의 가게 매상은 반토막이 났다.

늦은 장마 탓에 어딜 가나 고온다습한 공기가 가득한 7월에 주민들은 여름휴가를 떠났다. 그는 가게 앞 의자에 앉아 캐리어를 끌고 어딘가로 향하는 사람들을 쳐다보았다. 그의 가게에 한 번 정도 왔던 얼굴이 보였고, 그의 가게 앞을 지나다니기만 할 뿐 한 번도 들어오지 않은 얼굴도 보였다. 아마도 주민들은 모를 것이라고 그는 생각했다. 가게 앞에 앉아 많은 시간을 흘려보내다 보니 그는 주민들의 얼굴을 거의 다외웠다. 모두가 친숙해 보였다. 그러나 그들 가운데 그의 가게에 들어와 덮밥을 주문하는 이들은 많지 않았다. 있더라도 재방문율은 극히 낮았다. 다들 계산대 앞에 서기만 하면 찜찜한 표정을 지었다. 그는 무엇이 잘못된 것인지 도무지 알 수 없었다.

그의 가게 옆에 있던 화실이 빠지고, 보름간의 공사 끝에 카페가 들어왔다. 카페 전면엔 커다란 관엽식물 네 개가 나란히 서 있었다. 그 때문에 안이 잘 보이지 않았다. 카페 주인은 사십대 중반의 여자였는데 장사는 처음이라고 했다. 개업식도 하지 않았고, 오픈한 뒤에도 가게에 틀어박혀 좀처럼 밖으로 나오지 않았다. 그러다 8일째 되는 날 정오에 비척비척 걸어나오더니 가게 앞 의자에 앉아 있는 그에게 말을 걸었다.

안녕하세요.

예, 안녕하세요.

여자는 머뭇거리다 그의 옆에 서더니 물었다.

장사는 잘 되세요?

이 거리가 지금은 비수기입니다.

여자의 얼굴에 화색이 돌았다.

그렇죠? 지금이 비수기죠?

예. 요 앞 학교도 방학에 들어갔고, 주민들은 거의 다 휴가를 떠났어요.

다들 돈이 많은가보네요.

그렇지도 않습니다. 그래도 휴가 정도는 가는 거죠.

여자는 멀뚱히 서서 맞은편 편의점을 바라보았다. 그 역시 편의점 출입문을 바라보던 중이었다. 문이 열리고 닫힐 때마다 종이 울렸다.

저 종 때문에 죽겠어요.

여자는 그를 돌아보더니 말을 이었다.

손님이 하도 안 들어와서 문을 열어두는데, 저 종소리를 자꾸만 우리 가게 종소리로 착각해요. 카운터에서 일어나보면 아무도 없는 걸 알고 허망해져요.

원래 장사라는 게 그렇습니다.

저 편의점이 얄밉지 않으세요? 덮밥 파시잖아요.

별수 없습니다. 요즘엔 편의점에서 안 파는 게 없으니까. 그런데 식사는 어떻게 해결하고 있습니까?

그는 여자가 한 번도 자신의 가게에 오지 않은 일을 상기하고 그렇게 물었다. 그러자 여자가 곧바로 되물었다.

커피는 안 드세요? 아니면 편의점에서 사서 드세요?

직접 타서 먹습니다. 그게 제일 싸니까요.

그들의 눈앞으로 아래쪽 카페에서 사온 커피를 들고 지나가는 아주머니가 보였다. 카페마다 컵 홀더의 색상이 달랐고 상호가 인쇄되어 있기도 해서 어느 가게 것인지 금세 알 수 있었다. 여자의 얼굴이 일그러졌다.

오픈한 뒤로 가게 앞을 지나가는 사람들 손만 쳐다봐요. 저렇게 다른 가게 음료를 들고 가는 사람이 있으면, 그 사람이 내 얼굴을 밟고 지나간 것 같아요.

덮밥을 표 나게 들고 다니는 사람은 없으므로 그는 내심 안도했다. 여자는 아무런 인사 없이 자신의 가게로 돌아갔다.

다시 혼자가 된 그는 매미 소리에 귀를 기울였다. 거리는 고요했고, 습도 높은 공기가 그의 어깨를 짓눌렀다. 오로지 매미 소리만 도드라졌다. 편의점 테라스에서 낮부터 막걸리를 마시고 있던 남자가 말했다.

거참, 시끄럽네.

그는 은행나무를 올려다봤다. 매미는 보이지 않았지만 나무 어딘가에 붙어서 매앰매앰 큰 소리로 울다가 찌르르르르 울음을 그치는 듯한 여음을 냈다. 그는 은행나무 아래로 터벅터벅 걸어가 손날로 나무의 몸통을 내리쩍었다. 몇 번을 반복해도 매미는 울음을 그치지 않았다. 막걸리를 마시고 있던 남자가 호기심 어린 눈길로 그를 쳐다보았다. 잠시간 나무를 노려보던 그는 두 팔과 두 다리로 몸통을 감아 나무에 매달렸다. 매미가 다시 울었다. 동시에 수피가 따뜻해졌다. 매미의 울음소리가 나무의 심장 박동 같았다. 그는 매앰매앰 소리를 냈다.

부동산 김 사장이 마침 가게를 나서다가 그를 발견했다.

한 사장, 뭐 하는 거예요, 지금?

그는 나무에서 내려와 옷매무시를 가다듬은 뒤 아무런 대꾸 없이 자신의 가게로 걸어갔다. 그리고 의자에 앉아 또다시 편의점 출입문만 바라보았다. 김 사장이 그에게로 다급히 걸어왔다.

좀 전에 도대체 뭘 하고 있었던 거예요?

아무것도 안 했습니다.

안 하긴. 내가 다 봤는데.

그냥 뭘 좀 했습니다. 아무것도 아닙니다.

여기 스쿨존인 거 알죠? 아이들 교육에 좋지 않은 행동은 하면 안 됩니다.

그는 들은 척도 안 했다. 편의점 테라스에서 낮술을 마시던 남자가 큰 소리로 웃으며 말했다.

재미있는 양반이구먼. 덮밥 어떤 걸 팝니까?

그는 정신이 퍼뜩 들었다.

제육 덮밥과 불고기 덮밥 두 가지 있습니다. 맛있습니다.

남자는 술병을 들고 그의 가게로 건너왔다.

막걸리 남은 거 가게에서 먹어도 되죠?

그는 지체 없이 답했다.

그럼요. 됩니다.

남자는 앞장서 그의 가게로 들어갔다. 그는 뒤늦게 홀 조명을 켠 뒤 주방으로 뛰어들어갔다.

그는 손님용 의자에 앉아 있다. 자그마치 일곱 시간 동안이나 꼼짝도 하지 않고. 그의 눈은 일정한 크기로 벌어져 있다. 감긴다거나 홉뜬다거나 휘둥그레지는 법 없이 늘 똑같은 크기로. 그러다 그는 갑작스레 손님을 맞닥뜨렸다. 중년의 여자가 가게 문을 열고 들어서려다가 멈칫거리더니 물었다.

장사 하는 거죠?

그는 의자에서 벌떡 일어나며 말했다.

예, 합니다. 들어오세요.

여자는 문가 옆 탁자에 앉더니 제육 덮밥을 주문했다. 그는 심혈을 기울여 돼지고기를 볶은 뒤 평소보다 많은 양을 담아 홀로 내갔다.

양이 많네요.

여자는 만족한 얼굴로 고개를 끄덕이더니 얼른 숟가락을 집어들었다. 그리고 말없이 덮밥을 먹기 시작했다. 그는 여자의 표정을 살폈다. 그리 나빠 보이지 않았다. 마침내 그릇을 모두 비운 여자가 그에게 말했다.

요 아래 국숫집에서도 제육 덮밥을 팔아요.

예, 압니다.

그런데 가격을 천 원 올렸어요.

그는 두 눈을 번쩍 떴다.

그래요? 몰랐습니다.

그래서 여길 한번 와본 거예요.

저는 가격을 올리지 않을 겁니다.

예, 그러세요.

여자는 자리에서 일어서더니 계산대 앞으로 걸어왔다. 그는 다시 여자의 얼굴을 살폈다. 찜찜한 표정은 아니었다. 그는 실로 오랜만에 물었다.

식사는 맛있게 하셨어요?

여자는 고개를 숙인 채로 머뭇거렸다.

······음식에서 냄새가······.

예?

음식에서······.

여자는 마침내 고개를 들더니 그의 얼굴을 똑바로 쳐다보며 말했다.

냄새가 좀 나네요.

무슨 냄새요?

돼지 냄새 같은데.

그는 붉게 달아오른 얼굴로 웃으며 말했다.

제육볶음은 원래 돼지고기로 합니다.

그게 아니라, 냉동을 쓰시나봐요.

그는 대답하지 않았다. 여자가 손에 움켜쥐고 있는 카드를 내려다봤을 뿐이다.

조금 더 노력을 하서야겠어요.

그는 결제를 마치고 카드를 돌려주며 말했다(울었다).

매앰매앰.

여자는 놀란 얼굴로 그를 쳐다보았다.

매앰매앰.

여자는 뒷걸음을 치면서 가게 밖으로 황급히 나갔다. 그는 당장 은행나무로 달려가 매달리고 싶은 것을 꾹 참았다. 사방에서 그를 추동했다. 매앰매앰 울라고. 참지 말고 매앰매앰 큰 소리로 울라고.

그는 주방 바닥에 쭈그려 앉아 두 손으로 양 발목을 붙잡고 온몸에 힘을 주었다. 무언가 항문을 턱 막았다. 서둘러 속옷을 벗자마자 시커먼 것이 바닥으로 툭 떨어졌다.

그는 매미를 손바닥 위에 올려놓았다. 그것은 구겨진 날개를 펴지도 못하고 고부라진 앞다리를 부르르 떨면서 헐떡이고 있었다.

그의 가게는 침몰하는 배와 같다. 그의 가게를 스쳐지나가는 저들은 그를 고의적으로 수장하려는 자들이다. 좋게 보더라도 미필적 고의일 것이다.

아니지. 그저 외식비가 넉넉지 못한 것일 뿐이야. 그러나 그렇다고 해서 누군가를 침몰시킬 자격이 있는 것은 아니지.

그는 그의 가게를 스쳐지나가는 자들을 온종일 노려보았다. 그들의 관자놀이와 목덜미와 가슴과 윗배를 쳐다보다가 저 배 속에 든 것이 제육 덮밥과 불고기 덮밥이 아니라면 과연 무얼까, 이 세상엔 먹을 수 있는 것이 많고도 많지만 결국엔 친숙한 음식으로 돌아오게 되어 있는 것을, 하고 생각하다 이 모든 생각이 부질없다는 걸 깨닫고 그저 멍해져버렸다.

김 사장이 그의 옆 가게로 들어갔다. 잠시 후 카페에서 나온 김 사장은 그에게 물었다.

여기 주인 어디 갔어요?

모릅니다. 안에 없습니까?

없어요. 여기 화장실이 내부에 있나?

그럴걸요. 무슨 일이신데요? 커피 드시려고요?

아니요. 가게를 내놓겠다고 연락을 해와서요.

벌써요?

그런데 종일 전화를 안 받아요.

김 사장은 다시 카페 안으로 들어갔다. 그는 의자에서 일어나 처음으로 카페 안에 발을 들였다. 에어컨이 뿜어낸 냉기가 홀 안에 가득 차 있었다. 텅 빈 의자들이 그의 눈을 찔렀다. 이곳 역시 사람이 없었다. 무서울 정도로 고요했다.

김 사장은 화장실로 짐작되는 문 앞에 서서 노크했다.

안에 계십니까?

잠시 후 발갛게 상기된 얼굴로 여주인이 화장실에서 나왔다. 그녀의 얼굴은 눈물로 얼룩져 있었다. 그는 얼른 고개를 돌렸다. 김 사장이 말했다.

우셨어요?

여자는 눈물을 닦아내며 고개를 저었다. 그는 김 사장에게 다급히 물었다.

저녁은 드셨습니까?

김 사장은 멍한 얼굴로 그를 쳐다보았다.

갑자기 그걸 왜 묻습니까? 당연히 먹었죠.

저희 가게 좀 오세요. 500원 깎아드릴게요. 고기도 생고기로 바꿀 생각입니다.

난 원래 제육을 안 좋아해요. 매워서.

불고기 덮밥도 있어요.

불고기도 안 좋아해요. 달아서.

그는 김 사장의 얼굴을 죽일 듯 노려보다가 입을 열었다.

매앰매앰.

지금 뭐라고 한 거예요?

그는 큰 소리로 울었다.

매앰매앰매앰.

카페 여주인이 키득거리며 웃었다. 그녀의 속눈썹에 매달려 있던 눈물방울이 흔들렸다.

그날 밤, 그는 가게 문을 닫기 전 텅 빈 홀을 휘둘러보았다. 이제껏 한 번도 두 테이블 이상 찬 적이 없었다. 그저 기다리기만 한다는 점에서 탁자와 의자는 그와 똑같은 상태였다.

그는 가구를 한가운데 모아 놓고 장작개비 쌓듯이 쌓아올렸다. 아슬아슬하게 무너지지 않은 상태로 만들어놓고는 주방으로 들어가 가스 밸브를 열었다. 감지기는 이미 망가뜨려놓은 후였다.

정적을 깨며 문에 매달아놓은 종이 울렸다. 그는 뒤를 돌아보았다. 어둠 속에서 희뿌연 얼굴이 떠올랐다.

사장님, 뭐 하세요?

카페 주인이었다. 그녀는 문을 반쯤 열어놓은 채 우두커니 서서 그를 쳐다보았다.

가세요.

예?

그냥 가시라고요.

그녀는 망설이다 가게 안으로 들어왔다. 그리고 손을 더듬어 스위치를 켰다. 그가 겹겹이 쌓아놓은 탁자와 의자가 고물상에 방치된 고물처럼 보였다. 그녀는 그것을 멀거니 쳐다보다가 물었다.

캠프파이어 하시려고요?

그는 아무런 대꾸도 하지 않았다.

이런다고 해결될 문제가 아니에요. 비수기는 우리도 어쩔 수가 없잖아요.

여긴 1년 열두 달 내내 비수기입니다.

우리만 그런 게 아니라 다들 그렇대요. 다 똑같은 상황이에요.

그는 한숨을 내쉬었다. 이미 추진력을 모두 상실해버렸다. 카페 주인이 말했다.

밖으로 나가세요. 이건 제가 정리해놓을게요. 열쇠 저한테 주시고 내일 찾으러 오세요.

그는 대답하지 않았다.

어서요. 이럴 땐 가게에서 최대한 멀리 떨어져 있는 게 좋아요. 가서 실컷 울고 오세요. 아까 보니 매미 소리 내면서 잘만 우시던데요.

그는 결국 열쇠를 건넸다. 그 순간 모든 것을 내려놓은 기분이 들었다.

제 말대로 하세요. 어서요.

그녀는 그의 등을 떠밀어 가게 밖으로 내몰더니 문을 잠갔다.

그는 비척거리며 은행나무 아래로 걸어갔다. 더 이상 매미 소리는 들리지 않았다. 휴가지에서 돌아온 주민들은 또다시 그의 가게를 그냥 지나쳐갔다. 들어오지 않기로 마음먹은 것을 악착같이 지키는 중인지도 모른다. 그는 몹시 궁금했다. 저들은 도대체 왜 그의 가게에 들어오지 않기로 마음먹은 것일까.

어쩌면 그의 가게에만 투명 망토가 씌워져 있는 건지도 모른다. 그러지 않고서야 저렇게 환히 빛나는 가게를 모른 척 지나칠 수가 없다. 층고를 높이고 사면에 타일을 붙이느라 심한 고생을 했다. 조명을 달고, 간판을 올리고, 카운터를 수없이 물걸레질했다. 금전함에 지폐를 차곡차곡 채워넣고 문을 연 뒤, 기다렸다. 다음날도 그다음 날도 그리고 지금까지도. 기다리는 그의 행위는 올곧이 지속되고 있다. 오로지 기다리기 위해 기다리는 날들이 계속되었다.

은행나무 둥치 아래 매미가 떨어져 있었다. 뒤집힌 채 배를 내보이며 다리를 파르르 떨었다. 그가 다가가자 매미가 갑자기 지면에서 허리까지 튀어올랐다. 이대로 죽을 수는 없다는 듯 힘껏. 그는 뒤로 주춤 물러섰다. 매미는 그의 허벅지, 무릎, 정강이에 이어 마침내 그의 발목까지 튀어올랐다. 그러다 제자리에서 빙글빙글 맴을 돌며 이때껏 그가 들어본 가장 큰 소리로 울었다.

매앰매앰매앰매앰매애애애애앰 찌르르르르르르르르르르르.

여음이 길었다. 매미는 마지막 순간까지 처절하게 울다가 이윽고 소리를 멈추었다. 동시에 움직임도 멎었다. 그는 매미를 집어들어 손바닥 위에 올려놓고 요란하기 짝이 없던 죽음을 노려보았다. 그리고 매미의 양 날개를 떼어낸 뒤 몸통을 입속에 넣었다.

으아아! 엄마, 저 아저씨 매미 먹었어!

아이를 안고 있던 여자가 그를 쏘아보더니 황급히 자리를 떴다. 그는 두 팔을 펼쳐서 날아보려는 듯이 흔들다가 곧바로 내려뜨렸다.

매미는 죽었다. 여름은 끝났고, 가을이 느긋하게 걸어오고 있다. 비수기는 1년 내내 이곳에 머물 예정이고, 매미는 내년 여름에 다시 울 것이다.

그는 자신의 가게로 걸어갔다. 탁자며 의자가 제자리에 반듯하게 놓여 있었다. 서로를 바라보며 다시 기다림을 시작하는 중이다. 그는 가게 앞 의자에 앉아 여전히 그의 가게를 스쳐지나가는 사람들을 바라보았다.

그의 배 속에서 매미가 울었다. 길고 긴 여음이 그의 고막을 울렸다.

현서의

그림자

숙모의 부탁을 거절하지 못했던 것은 내가 아무런 수입이 없었을 때 가끔 용돈을 주셨기 때문이다. 그런 기억은 절대로 흐릿해지지 않는다.

*

숙모의 딸 현서는 나보다 다섯 살 아래였는데 대학에 들어가면서부터 가족 모임에 참석하지 않았다. 숙모가 현서 때문에 심한 마음고생을 하고 있다는 것을 우리는 아무도 몰랐다. 숙모는 돌아가신 삼촌과 달리 입이 무거운 사람이었고 현서의 문제는 쉽사리 털어놓을 수 있는 종류의 것도 아니었다.

숙모는 심리학을 전공했다는 이유로 내가 현서와 대화해보길 원했다. 현서는 상담 치료를 거부하고 있었다. 나는 완곡히 표현하려 애쓰면서 지금이라도 강제로 병원에 데려가야 한다고 주장했지만 숙모는 현서가 원하지 않아 그럴 수 없다고 잘라 말했다. 현서의 상태가 심각한 것은 사실이지만 몇 달 전부터 아르바이트를 시작했고 그것은 좋은 징조임이 분명하다고 덧붙이며.

숙모는 현서가 귀가하기 전에 집을 나섰다. 나는 텅 빈 집에서 사촌동생을 기다렸다. 어떤 얼굴을 하고 있어야 할지 몰라 점차 긴장됐지만 만나면 억지로라도 웃는 얼굴로 대하겠다고 다짐했다. 하지만 내가 기억하는 현서는 앳된 고등학생의 모습이었고, 이십대 후반에 접어든 현서가 어떤 얼굴로 변했을지 상상하기는 쉽지 않았다. 더군다나 현서는 평범한 사람들과 다른 생각을 갖고 있었고, 그 생각대로라면 기괴한 모습으로 나타나더라도 놀랄 일은 아니었다.

현서의 도착 시간이 가까워오자 입안이 바싹 말랐다. 마침내 현서가 집으로 들어섰을 때, 나는 숨을 멈추고 그를 돌아보았다. 예상과 달리 현서는 꽤 평범한 모습이었다. 머리를 박박 밀지도 않았고 해괴한 옷을 입지도 않았으며 맨발도 아니었다. 그가 도착하기 전까진 온갖 괴상한 모습을 상상했지

만 현서는 길거리에서 흔히 볼 수 있는 이십대 후반의 여성이
었다.

현서는 주춤거리다 운동화를 벗고 집 안으로 들어왔다. 그
러곤 내게 살짝 알은체를 하더니 냉장고에서 물을 꺼내어 마
시고는 가방을 방에 두고 거실로 나왔다. 나는 오랜만이라며
말을 건넸으나 현서는 고개만 끄덕일 뿐 대답이 없었다. 어색
한 침묵이 흘렀다. 현서는 거실 카펫의 기하학적 무늬를 내려
다보며 가만히 서 있기만 했다.

겉으로 보기엔 멀쩡한데.

현서는 웃지 않았다. 분위기를 가볍게 만들고 싶었으나 현
서는 아무런 반응도 보이지 않았다. 나는 잠시간 우두커니 서
있다 소파에 걸터앉았다. 현서는 아직 대학생으로 보일 정도
로 동안이었으나 자세히 보면 입가의 팔자 주름과 어릴 적보
다 더 불거져나온 광대 밑의 그늘이 눈에 들어왔다. 짧게 깎
은 머리는 단정해 보이는 한편 남의 간섭엔 절대로 흔들릴 것
같지 않은 완고한 분위기도 풍겼다. 현서는 한자리에 우뚝 서
있기만 했다. 나는 할 말을 찾아 머릿속을 뒤져보았으나 도저
히 우리 사이의 접점을 찾을 수가 없어서 어쩔 수 없이 누구
나 다 하는 말을 꺼내어보았다.

요즘 날씨가 참 이상해. 장마철이어야 하는데 비도 안 오고
꿉꿉하기만 하고.

더워?

현서는 곧바로 선풍기를 틀었다. 조금 전까지만 해도 작동되었던 선풍기는 어느 틈엔가 저절로 꺼진 상태였다. 누군가 타이머를 맞춰놓은 것 같았다. 선풍기는 일정한 간격으로 딱딱거리는 소리를 내며 돌아갔다. 어딘가의 부품이 엉성하게 끼워져 있는 듯했다.

옛날에 우리 가게 선풍기가 이랬는데.

내 말에 현서가 고개를 들어 나를 쳐다보았다.

일 다녀오는 길이니?

현서는 고개를 끄덕이더니 다시 내 시선을 피해 선풍기 날개만 쳐다보았다.

무슨 일을 하는데?

언니는 무슨 일 하는데?

나는…… 여기저기에 글 쓰지.

무슨 글?

여행 칼럼이나 에세이 같은 거.

그럼 여행을 많이 다니겠네?

그렇지 뭐…….

나는 말끝을 흐렸다. 일을 시작한 지 얼마 되지 않았기에 가본 곳이 적었다. 앞으로 계속하게 될지도 미지수였다. 이제는 기억도 까마득한 10여 년 전 무명 잡지에 투고한 글이 당선되어 친척들 사이에선 작가 대접을 받았다. 하지만 그 잡지가 폐간되자 더 이상 글을 발표할 곳이 없었다. 다른 출판사에 투고해봤지만 번번이 낙선했다. 그런 사실은 숨기고 현실을 외면할 수 없다는 핑계를 대며 학원 강사 일을 본격적으로 시작했으나 결국 1년 전에 그만두었다. 같은 시기 지방에서 강사 일을 시작한 친구는 이제 자기 명의로 된 학원을 운영하고 있었다. 서울에선 무슨 일을 하든 치열했고, 매번 많은 사람들이 경쟁에서 도태되었으며 그들 가운데 항상 나도 있었다. 이런 상황에서 사촌동생을 상담하고 조언해줄 정도의 여유는 갖기 힘들었으나 숙모의 간곡한 부탁을 거절할 수 없었다. 숙모는 현서의 증세가 돌아가신 삼촌 때문인 것 같다고 말했다.

삼촌의 취미는 UFO 사진 찍기였다. 단 한 장일지라도 존재의 증거로 인정받을 수 있는 사진을 남기는 게 그의 유일한 소망이었다. 그는 친척들이 모인 술자리에서 종종 놀림감이 되곤 했는데 그때마다 사람 좋은 웃음을 지으며 이렇게 말했다.

갑갑하고 척박한 세상에 외계 생명체가 등장하는 것만큼이나 흥미로운 일이 어디 있겠어?

어린 현서는 삼촌을 싫어했다. 삼촌이 그런 말을 할 때마다 인상을 찌푸렸고 다른 말을 꺼내며 화제를 바꾸려 했다. 정말로 이해가 안 간다는 얼굴로 심하게 대든 적도 있었다. 현서는 어릴 때부터 이성과 논리만 앞세운 얄미운 소리를 곧잘 했다. 둘이 언제 화해했는지는 모르겠다. 삼촌이 돌아가시고 나서 현서가 어떤 마음으로 지냈는지도 나는 알지 못했다. 그때 나는 연이은 낙선에 방황했고 나를 제외한 다른 누구에게도 관심을 두지 않았다.

할 말 있으면 어서 해.

현서는 나를 잔소리 많은 어른으로 생각하는 것 같았다. 이런 상황에선 무슨 얘기를 꺼내더라도 반감만 살 게 분명했다. 다짜고짜 상담부터 받자고 할 수도 없었다. 숙모가 내 대학 성적표를 봤다면 이런 자리를 만들 생각도 하지 않았겠지만 그렇더라도 내 역할을 떠올리며 심리학 전공자답게 행동해야 했다. 아마도 심리학자는 상대의 폐부를 직접적으로 찌르지 않을 것 같았다.

삼촌이 돌아가셨을 때…….

현서가 날카로운 눈빛으로 나를 쏘아보았다. 삼촌 얘기를 우회 전술로 택한 건 어리석은 선택이었다. 후회가 밀려왔지만 다시 주워 담을 수도 없었다. 숙모의 예상이 맞았다. 현서는 그토록 싫어하던 아버지 때문에 이런 상황까지 온 것 같았다. 나는 천천히 입을 열었다.

그때 나는 개인적인 일로 좀 방황했어. 그래서 삼촌의 임종이 어땠는지 기억이 잘 안 나. 너는 그 자리에 있었지?

현서는 더욱 적대적으로 변한 눈빛으로 나를 보았다.

그래서?

나는 선뜻 대답하지 않고 말을 골랐다. 삼촌이 돌아가셨을 때 그 자리엔 숙모와 현서, 그리고 우리 부모님과 큰아버지 세 분이 모두 다 계셨다. 어머니는 그 순간을 떠올리며 훗날 내게 이렇게 말해주었다. 자신이 기억하고 있는 것은 귀지라고. 마지막 순간에 한 명씩 그에게 다가가 귓가에 대고 잘 가시라고, 다음에 다시 만나자고 인사를 나눌 때 어머니는 자신의 차례가 되어 작별 인사를 하려다 커다란 귀지를 보았다고 했다. 어머니는 그 귀지 때문에 작별 인사를 제대로 할 수가 없었고 당장이라도 그것을 끌어내고 싶은 충동이 일었다. 귀지가 귓구멍을 꽉 막아 무슨 말을 하더라도 전달되지 않을 것 같았다. 어머니는 다른 사람들이 작별 인사를 하는 내내 안절부절못하고 있다가 마침내 밖으로 뛰어나가 면봉을 구해왔는데, 병실에 들어섰을 땐 삼촌의 숨이 멎어 있었다.

너를 혼내려는 것도 아니고 닦달하려는 것도 아니야. 그저 네가 왜 그런 생각을 하고 있는지 궁금해서 그래. 우리 어릴 땐 친하게 지냈잖아. 네가 대학에 들어간 뒤로 코빼기도 비치지 않아서 그렇지.

나는 한 번도 현서가 나타나길 기다리지 않았고 많이 궁금해하지도 않았으면서, 마치 현서가 우리의 우정을 배반한 것처럼 굴었다. 현서는 거실 창을 쳐다보다가 한결 부드러워진 눈빛으로 입을 열었다.

언니, 내가 재미있는 얘기 해줄까?

그날, 나는 우리가 어디로 갈지 이미 알고 있었어. 또 시골 논둑길에 웅크리고 앉아 있다가 돌아올 게 뻔했으니까. 아빠는 운전하면서 나에게 계속 말을 걸었어. 나는 평소처럼 짧은 대답만 반복하다가 결국 입을 다물었고.

내가 왜 그렇게 UFO에 집착하는지 너는 모르지?

내가 그걸 알 리가 없었지. 듣고 싶지도 않았어. 그래서 또 아무 대답도 안 했는데 아빠가 나한테 그러는 거야.

너 때문이야, 이 녀석아.

무슨 소린가 싶었지만 일부러 아무런 반응을 안 보였어.

너무 어릴 때라 기억이 안 나겠지만, 네가 새로 산 공에 정신이 팔려서 사고가 난 적이 있었어. 용달차에 부딪힌 거지. 네 엄마와 나는 네가 팔이 부러져서 깁스를 했다고 말했지만 그게 다가 아니야. 팔이 부러진 건 사고가 일어나기 전이었고, 너는 깁스를 한 상태에서 트럭 아래 깔렸어. 손이나 다리 뭐 이런 데가 아니라 머리였어, 머리. 살아날 가망이 없다고 했지. 의사는 우리에게 마음의 준비를 하라고 했다. 너는 내내 혼수상태였어. 네 이모와 큰어머니들이 몰려와서 다 같이

282

손잡고 기도했지. 그래도 네 상태는 점점 더 나빠졌어.

나는 울부짖는 친척들을 피해 병원 구내를 쏘다니다 어느 진료실 대기 의자에 앉아 있었어. 그런데 옆자리에 있던 노인이 나한테 이상한 말을 하더구나. 젊을 때 죽을병에 걸린 적이 있었는데 외계인을 만나고 나서 살았다고. 그런 허무맹랑한 말 같은 건 듣고 싶지 않은 상황이었지만 네가 떠올라서 발걸음이 떨어지지가 않았어. 자세히 물었지. 그 외계인을 어디서 어떻게 만났는지. 노인은 자신의 고향을 알려주며 그곳에 가면 극장이 딱 하나 있는데 극장 뒤 공터에서 만났다고 했어. 죽을병에 걸린 사람이 그곳까지 왜 갔는지는 묻지 않았다. 그럴 정신이 없었지.

나는 그 길로 차를 타고 노인의 고향으로 향했어. 하지만 노인이 알려준 극장은 이미 사라지고 없었지. 마을 사람들에게 수소문해봤지만 극장을 기억하고 있는 사람이 아무도 없었어. 그제야 노인의 말이 사실이 아닐 수도 있다는 생각이 들더구나. 외계인뿐 아니라 극장까지도 망상에 불과했는지도 모른다는 생각이. 결국 포기하고 돌아오려다 어느 오래된 상회에 들러서 담배를 사며 기대 없이 물었는데, 글쎄 그 나이 든 주인이 극장을 알고 있다고 하지 뭐냐. 지금은 사라졌지만 어린 시절에 자주 드나들었다고.

나는 당장 그가 알려준 곳으로 차를 몰고 갔어. 잡초만 무성하게 자란 특색 없는 공터였지. 건물이 있었던 흔적은 전혀 없었어. 하지만 근처를 걷다 보니 조그만 창고가 있었고, 깨진 유리창을 통해 안을 들여다봤는데 겹겹이 쌓인 의자와 비스듬히 세워놓은 그림 간판이 보였어. 그런데 뭔가 좀 이상했어. 그림 간판이 마치 어제 그린 것처럼 새것인데다가, 놀라지 마라. 그 영화가 뭐였는지 아니?

너도 잘 아는 영화야. 〈이티〉. 이티를 태운 자전거를 타고 달을 지나 날아가는 포스터. 기억하지? 바로 그 장면이 그려져 있는 간판이었어. 얼마나 이상한 일이냐. 있을 수가 없는 일이지. 극장이 없어진 건 한참 전인데 바로 전날 그린 것 같은 그림 간판이 있고, 게다가 〈이티〉라니. 나는 어리둥절해서 창고 근처를 서성였어. 그러고 있는 동안 노인의 말이 완전히 틀린 것은 아니라는 생각이 들더구나.

고민 끝에 이런 결론을 내렸어. 그 노인이야말로 외계인이 내게 보낸 메시지라고. 당장 창고 안으로 들어가 그림 간판 앞에 무릎 꿇고 앉아서 빌었지. 제발 너를 살려달라고. 해질 무렵까지 그러고 있다가 다시 서울로 올라왔다. 도착하자마자 네가 기적적으로 호전되기 시작했다는 소식을 들었어. 내 기분이 어땠겠니?

그 후에 다시 그 창고로 가봤지만 이미 모든 게 흔적도 없이 사라진 상태였어. 사람들은 〈이티〉 간판을 묻고 다니는 나를 미친 사람 보듯 했고. 그날부터 나는 결심했다. 너를 살려준 외계인에게 꼭 감사 인사를 전하겠다고. 그리고 앞으로 우리 가족에게 어떤 시련이 닥칠지 알 수 없잖니. 내가 아플 수도 있고. 그럴 때 한 번 더 부탁해볼 수도 있지 않을까? 아직 가족을 떠날 때가 아니니 나를 좀 살려달라고 말이야.

아빠는…… 마치 자신의 앞날을 알고 있는 것처럼 말했어. 아빠가 입원했을 때 나는 자연스레 그 말이 떠올랐고. 하지만 묻지는 못했어. 그곳이 어딘지, 내가 어떻게 해야 하는지 물을 수가 없었어. 한 번도 그 얘기를 믿은 적이 없었으니까. 언니도 들어서 알겠지만 아빠가 돌아가신 날 하마터면 마지막 인사도 못 나눌 뻔했어. 아빠가 미워서 그랬냐고? 친척들은 그렇게 수군댔지. 임종도 겨우 지켰다고. 아빠와 마지막으로 인사한 사람이 나였어. 아빠한테 이렇게 말했지. 미안해. 못 찾았어.

엄마는 아빠가 왜 그렇게 외계인에 집착하는지 몰랐어. 나중에 그 얘기를 해주니까 펑펑 울면서 너무 순진한 사람이라고 하더라. 어떻게 그런 말도 안 되는 걸 믿을 수가 있냐면서. 결국 엄마한테 말하지 못했어. 아빠처럼 나 역시 외계인에 빠져 있다는 걸.

아빠가 돌아가시고 한참이 지나서야 그런 생각이 들었어.

내가 당신의 소망을 계승했다고 왜 말하지 못했을까. 분명히 기뻐했을 텐데. 외계인을 만나면 아직 가족을 떠날 준비가 되어 있지 않다고 전해달라고 했을 텐데.

현서의 이야기를 듣고 나자 돌아가신 삼촌의 익살스러운 표정이 떠올랐다. 그는 내 머리를 콕콕 찌르다가 내가 돌아보면 두 눈을 모으고 혀를 쭉 빼는 바보스러운 표정을 짓곤 했다. 그런 유치한 장난을 지치지도 않고, 내가 아이에서 어른이 될 때까지 했다. 나는 사춘기 시절을 제외하곤 매번 웃어주었으나 속으론 이제 그만할 때도 되지 않았나 싶었다. 그런 생각을 했던 게 미안했다.

현서가 얼굴을 내비치지 않았던 이유가 외계인 때문이라는 건 좀 놀라웠지만 그런 사연이 있었다면 그럴 만도 하다고 생각했다. 하지만 그 얘기를 다 듣고 나서도 나는 현서가 어쩌다 이런 상태까지 오게 되었는지 알 수 없었다. 삼촌의 소망을 계승하는 것과 현서가 현재 겪고 있는 망상증은 교차점이 없는 것처럼 보였다. 그것에 대해 물으려 입을 열자 현서가 한 손을 들더니 내 말을 제지했다.

내 얘기 아직 안 끝났어.

아빠가 돌아가신 뒤에도 나는 계속 외계인을 찾아다녔어. 아직 끝나지 않았다는 생각이 들었거든. 아빠가 남긴 수만 장의 사진 파일을 한 장씩 꼼꼼하게 살피면서 확실한 증거를 찾으려 노력했어. 하지만 미미한 흔적들뿐이었지. 결국 아빠가 남긴 사진들은 단 한 장도 확실한 증거가 될 수 없다는 결론을 내렸어. 그래서 아빠가 남긴 관찰 일지를 들춰보면서 아빠가 방문했던 장소들을 찾아다니기 시작했어. 다녀온 후엔 빨간색으로 줄을 긋고 날짜를 적어두었고. 그렇게 일지에 적혀 있는 장소를 일일이 다 찾아가봤지만 헛걸음만 하고 돌아오는 일이 많았어. 그러다 그 사람을 만났어.

그 사람도 10년 가까이 UFO를 쫓아다니고 있다고 했어. 관찰 일지도 쓰고 있었대. 아빠가 쓴 것을 보여주었더니 아주 좋아했어. 나를 금세 믿었지. 그러더니 대뜸 자기만 알고 있는 비밀 한 가지를 알려주겠다고 했어.

외계인 영화는…… 사실 누군가의 실제 경험담이 소문으로 퍼져서 영화로 제작된 거랬어. 우리는 이미 외계인을 만났지만 그 사람이 외계인인 줄 모르고 살아간다는 거야. 처음엔 그저 농담으로 하는 말이라고 생각했는데 그 사람은 점점 진지해졌어. 자기가 외계인이거나 내가 외계인일 수도 있지만 우리는 결코 자신의 정체를 드러내지 않을 거라고. 우리는 옆에 외계인이 있다는 사실은 까맣게 모른 채 창공만 응시하다가 돌아가는 거라고. 곁에 있는 사람에게 카메라 렌즈를 들이대야 하는데 엉뚱하게도 비행 훈련만 연거푸 찍어대고 있다고. 그 사람은 웃지도 않고 그런 말을 했어. 그러더니 갑자기 내게 증거를 제시해보라고 했어. 내가 인간이라는 증거. 외계인이 아니라는 증거. 나는 곰곰이 생각했지. 내가 인간이라는 증거가 뭘까.

결국 가족에 대해서 말했어. 그들이 내가 인간으로 살아온 증거가 될 거라고 생각했거든. 그 사람은 잠자코 내 말을 들어주긴 했지만 그게 사실인 것을 자기가 어떻게 아느냐고 했어. 그래서 내가 물었지. 당신도 인간이라는 증거를 말해보라고. 그랬더니 그 사람이 자기가 언제 인간이라고 말한 적이 있냐고 되묻더라. 외계인일 수도 있다고. 가면을 벗을 테니 곧바로 사진을 찍으라고. 나는 그저 웃었어.

그 사람은 아내와 딸이 보고 싶다고 했어. 아내와 대판 싸우고 집을 뛰쳐나왔는데 어떤 얼굴로 돌아가야 할지 모르겠다고. 나도 갑자기 아빠가 떠올라서 우울해하고 있는데 그가 내 눈치를 살피더니, 일급 기밀이라서 말해주지 않으려 했는데 외계인과 인간을 구별할 수 있는 확실한 방법이 있다고 하는 거야. 어디서 그런 정보를 얻었냐고 물었더니 구글로 웹 서핑을 하다가 미국의 어느 리커 스토어 게시판에서 찾았다고 했어. 출처가 상당히 이상했지만 무슨 말인지 궁금해서 들어봤지.

인간의 그림자는 검은색이지만 외계인의 그림자는 무지개

색이야.

나는 침까지 뿜으면서 웃었어. 도대체 그런 말을 왜 믿는 거냐고 물었지. 그 사람의 대답은 간단했어. 온라인 세계에 떠도는 그런 말들이 아니라면 우리가 어디서 외계인과 인간의 구별법을 알아내겠냐고. 생각해보니 일리가 있었어. 그런 종류의 말들은 오프라인 세계에선 듣기 힘드니까. 눈앞에 존재하지 않는 것들에 대해선 우린 되도록 말을 아끼니까.

그날 그 사람과 밤새 같이 있었어. 밤하늘에 나타나는 희미한 발광체를 찍고 또 찍으면서. 그러다 그 사람이 자기 고민을 털어놓는데, 매 시기마다 일어났던 문제가 비슷비슷했어. 모두 돈 때문에 시작된 문제였고 그때도 돈에 쫓기고 있었어. 나중에 책을 쓸 건데, 그 책이 베스트셀러가 되면 들어올 인세를 계산해보더니 그 돈으로도 빚을 다 갚기는 힘들 거라고 했지. 그래도 자신이 할 수 있는 일은 그뿐이니 일단 책을 먼저 쓸 것이고, 틈틈이 처가에서 재배하는 농작물을 떼다가 트럭에 싣고 방방곡곡 떠돌며 살 거라고.

해가 떠올랐을 때, 그는 잠들어 있었어. 나는 밤새 찍은 수십 장의 사진을 자세히 들여다봤지만 형체가 잡힌 건 한 장도 찾지 못했어. 정오가 돼도 그 사람이 일어날 기미를 보이지 않아서 작별 인사를 하려고 흔들어 깨웠지. 그랬더니 갑자기 화가 난 사람처럼 혼잣말로 욕설을 내뱉고, 되는 일이 하나도 없다고 불평하는 거야. 자기 같은 건 차라리 길바닥에서 죽어 버리는 게 가족들한테 도움이 될 거라고, 아내가 자기 이름으로 생명보험을 들어둔 걸 알지만 모른 척하고 있을 뿐이라면서. 그간의 세월이 모두 헛것이었다고 내게도 빨리 다른 길을 찾아보라고 말하면서 발걸음을 돌렸어. 그러다 갑자기 동작을 멈추더니 천천히 나를 돌아보는 거야. 그리고 금방이라도 눈물이 쏟아질 것 같은 표정으로 말했어.

놀라지 말고 들어. 너는…… 외계인이야.

현서가 나를 쳐다보았을 때, 나는 어떤 표정을 지어야 할지 알 수 없어서 창가로 고개를 돌렸다. 불시에 농락당한 사람처럼 머리가 멍했다. 정적 속에 선풍기가 작동되는 소리만 흐르고 있었다. 나는 이성을 되찾고 조심스레 물었다.

네 그림자가 무지개색이었다는 거야?

현서는 고개를 끄덕였다.

너도 봤어?

현서는 침묵했다. 그 침묵은 많은 것을 의미했다.

……봤지만 무지개색은 아니었어. 그냥 평범했어.

그래도 너는 그 말을 믿는다는 거지?

믿어. 나는 못 봤지만 그 사람은 본 거야.

현서는 더 이상 아무 말도 하지 않았다. 나는 혼란스러운 머릿속을 수습해 무슨 말이든 하고 싶었지만 현서가 얼마나 굳게 믿는지 알 것 같았기에 아무 말도 할 수 없었다. 도대체 왜 현서는 자신이 외계인이라고 생각하는 걸까. 딱 한 번 만났던 사람의 말만 믿고. 게다가 그는 외계인에 미쳐 있는 사람이라고 하지 않았던가. 나는 현서의 얼굴을 쳐다보았지만 현서는 선풍기 날개만 보고 있었다. 그것은 점점 느려지더니 이윽고 작동을 멈추었다. 현서가 버튼을 눌렀다 끄길 반복했으나 날개는 꿈쩍도 하지 않았다.

나는 선풍기 앞으로 다가가 철망을 벗겨내고 날개를 분해해 모터 앞쪽에 낀 먼지 덩어리를 털어냈다. 현서가 걸레를 가져왔다. 나는 선풍기 날개와 회전 장치 부근을 걸레로 닦아낸 뒤 다시 조립하고 버튼을 눌렀다. 날개는 아주 천천히 돌기 시작하다 이윽고 제 속도를 찾았다. 현서가 조그맣게 탄성을 질렀다.

나는 나의 외계인 사촌과 마주 앉아 저녁을 먹었다. 우리 사이엔 서먹함이 사라져 있었다. 나는 조심스레 아르바이트에 관해 물었다. 현서는 대학 졸업 후 관세사 시험을 준비했지만 한 번도 시험 결과에 관해 알려준 적이 없었다. 주변 어른들이 조심스럽게 입사를 권해도 대기업이 아니면 아무런 관심을 보이지 않는 현서가 나는 답답해 보였다. 내 처지도 잊고서 현서가 현실적인 선택을 외면하는 이유가 단순히 철이 없어 그런 것이라고 단정지었다.

외계인으로 자신을 정체화한 뒤 현서는 아르바이트로 생계를 꾸려갔다. 숙모와 단둘이 사는 아파트는 그들에게 안정적인 보금자리가 되었고, 숙모는 부유한 친정의 도움으로 일을 하지 않아도 부족함 없이 생활할 수 있었다. 그러므로 현서가 굳게 믿어 의심치 않는 자신의 정체성을 굳이 버려야 할 필요는 없을 것 같았다. 안락한 현실 속에서 현서는 계속 저렇게 살아도 될 것 같았다. 나는 면발을 건져 먹고 있는 현서를 바라보다가 시기 섞인 마음이 들었고, 그런 나를 발견하고선 부끄러움을 느꼈다.

면접 자리에서 현서는 자신이 외계인인 것을 숨기지 않았다. 누굴 만나든 그 말부터 먼저 한다는 숙모의 말은 사실이었다. 현서가 일하는 편의점의 사장은 야간 근무자를 고용하면 적자를 면치 못해 직접 야간 근무를 선다고 했다. 외진 곳인데다 한 블록 거리에 커다란 24시간 마트가 있어서 밤엔 카운터에 엎드려 자는 일이 더 많다는 그는 현서의 엉뚱한 말을 듣고도 아무것도 묻지 않았다고 한다. 그는 자기 직원이 외계인이든 지구인이든 일만 잘한다면 전혀 상관하지 않았다.

현서는 나를 역까지 배웅해주었다. 나는 현서가 걱정되었지만 한편으론 그가 나보다 더 순조롭게 삶을 꾸려가고 있다는 인상을 받았다. 현서는 대부분의 급여를 저축했고 그 돈으로 숙모에게 무언가를 해줄 생각이었다. 헤어지기 전 현서는 머뭇거리다가 말했다.

아빠가 그토록 찾아다녔던 게…… 나였어.

나는 뒤돌아 가로등 불빛에 길게 늘어난 우리의 그림자를 바라보았다.

꿈을 꿨어. 아빠가 자전거 바구니에 나를 태우고 달을 지나 날아가는 꿈. 근데 꿈속에서 나는 너무 무서웠어. 저 아래 건물 어딘가에 숨어서 우리를 쏘아 맞히려고 하는 사람들이 보였거든. 언니, 그게 무슨 의미일까?

현서는 내 대답을 기다리지 않고 발걸음을 돌렸다. 나는 천천히 멀어져가는 현서의 뒷모습을 물끄러미 바라보았다.

구제、

빈티지 혹은

구원

P가 빈티지 옷가게에 대한 말을 꺼냈을 때 우리는 트래비스의 앨범을 듣고 있었다. P의 차는 에어컨이 시원찮게 작동했고 차창을 닫아도 외풍이 느껴졌으며 스피커 상태가 매우 조악했다. 스튜디오에선 녹음되지 않았을 각종 잡음이 스피커에서 산발적으로 흘러나올 정도였다. 그런 탓에 최신 앨범조차 퇴락한 음악처럼 들렸다. 치르르 떨리는 드럼 소리를 들으며 우수수 떨어지는 잿개비를 떠올렸을 때, P가 엉뚱한 말을 꺼냈다.

　P는 구제 옷만 입었고 새 옷은 절대로 입지 않았다. 새 옷을 입은 사람은 어쩐지 우스꽝스러워 보인다는 게 그가 말한

이유였고, 새 옷에서 풍기는 염료 냄새를 싫어했던 까닭도 있
다. 무엇보다 P는 어린 시절부터 새 옷을 입을 때마다 접촉 부
위에 작은 발진이 돋아나는 증상을 앓고 있었다. 세탁하면 그
런 증상이 확연히 줄어들곤 했지만 옷감이 낡기 전까진 발진
이 완전히 사라지진 않았다. 그런 이유 때문인지 몰라도 P는
새것이라면 무조건 기피했다. 새 차와 새 직장과 새 여자친구
와 새엄마까지도. 그런 탓에 나는 P의 오래된 여자친구이고,
뒷좌석에 앉아 있는 머저리 같은 놈들도 P의 오랜 친구들이
었다.

빈티지 옷가게를 털자는 P의 말에 나는 차창 너머로 흐르
는 빗물을 손가락으로 쓸어내리는 시늉을 하다가 웃음을 터
뜨렸다. 뒷자리의 멍청이들은 들은 척도 하지 않았다. 그러나
P는 재차 같은 말을 꺼냈고 나는 여자친구로서의 의무감으로
물었다.

고작 옷가게를 털어서 뭐 하게?

가게가 아니야. 창고라고. 거대한 창고.

P는 두 손으로 나의 뺨을 감싸서 끌어당긴 뒤 자신의 얼굴
을 똑바로 보게 했다. 도로는 텅 비어 있었고, P의 양 무릎은
운전대에 바짝 붙어 있었다. 나는 P가 무릎으로 운전할 때마
다 조바심이 났다. P는 당장 죽더라도 아쉬울 거 하나 없다고
늘 말하곤 했으나 나는 아니었다. P가 운전대를 다시 잡더니

말했다.

거긴 감시 카메라가 없어. 찾아오는 사람도 없고.

주말인데?

K의 물음에 P는 고개를 뒤로 반쯤 돌린 채 말했다. 나는 P대신 전방을 주시했다.

주말에도 없어. 알려지지 않은 곳이거든.

그럼 무슨 돈으로 먹고살지?

L이 묻자, P가 다시 앞을 보며 말했다.

거긴 원래 인터넷 쇼핑몰이야. 그러니까 이런 구석에 처박혀 있지.

우리는 의왕의 어느 저수지로 향하던 길이었다. K가 어린 시절에 가족과 자주 갔던 오리고깃집을 찾아가는 중이었다. 오래전 K는 식당 마당 한구석에 타임캡슐을 묻고 왔는데 그걸 되찾고 싶어 했다. 가출한 그의 아버지가 어떤 생각으로 돌아오지 않는지, 그는 타임캡슐 속에 답이 있을 거라고 생각했다. K는 눈물이 많았고, 그의 아버지가 바람이 나서 가출한 것을 두고 덜 부도덕하게 들리게끔 말하려 노력했다.

L이 P에게 정말로 주말에도 사람이 없냐고 물었고 P는 그렇다고 답했다. L과 P는 비슷한 생각을 했는지 동시에 어깨를 들썩이며 웃었다. 그들의 과장된 동작과 웃음이 지겨워서 나는 차창으로 고개를 돌려버렸다. L과 P는 놀랍도록 닮았다.

P는 그곳을 찾지 못해 근방에서 한참이나 헤맸다. 이미 지나갔던 곳을 수차례 오가고 나서야 우리는 비로소 남루한 현수막을 발견했다. 현수막의 한쪽 귀퉁이 줄이 떨어져나가 반쯤 접혀 있었다. '창고형 빈티지'까지는 읽었으나 그 뒤에 적혀 있을 가게 이름은 알 수 없었다. 아무리 봐도 지하 주차장 같은 공간이었는데 입구엔 문 대신 철제 셔터가 끝까지 말려 올라가 있었다. P가 가게 근처에 아무렇게나 차를 댔고 우리는 모두 차에서 내렸다. 가게 앞에 칠이 벗겨진 붉은색 자전거가 세워져 있었다. 바구니에 담긴 피에로 인형은 입이 떨어져나간 상태였다. 두 눈을 홉뜨고 고깔모자를 쓴 채로 널브러지듯 비스듬히 누워 있는 인형을 L이 주워들다가 불에 덴 듯 내팽개쳤다. L은 조그맣게 '나이트메어'라고 중얼거렸다.

안으로 들어서자 서늘하고 습한 공기에 섞여 있는 배리착지근한 냄새가 코를 찔렀다. 나는 입구 쪽 행어에 걸린 옷들을 뒤적이는 척하면서 가게 안을 살폈다. 50평은 족히 됨직한 공간에 1단 혹은 2단 행어가 띄엄띄엄 놓여 있었다. 옷들도 빽빽하지 않고 뜨문뜨문 걸려 있었다. 지하 주차장 치곤 천장이 높은 편이었고 조명은 주황빛이 살짝 감돌았다. 우리의 얼굴은 달뜬 사람들처럼 불그스름했다.

P가 주인 여자를 발견하곤 먼저 인사를 건넸다. 여자는 우

리보다 고작 서너 살 정도 많아 보였는데 거대한 자루에 담긴 옷을 한 벌씩 꺼내 행어에 걸고 있었다. 연두색 비니와 패치워크 스커트, 니트 위에 겹쳐 입은 색실로 짠 조끼가 눈에 들어왔다. 손목과 목엔 실과 구슬로 만든 액세서리를 잔뜩 걸고 있었다. 얼핏 보면 재활용 의류 수거함에서 꺼냈음직한 옷들을 여자는 제법 맵시 있게 걸쳐 입었다.

P가 여자와 시답지 않은 대화를 나누는 동안 L이 셔츠를 들고서 내 곁으로 다가왔다. 귓불이 찢어질 정도로 커다란 귀걸이를 한 여자들이 칵테일 잔을 들고 있는 모습이 프린트된 셔츠였다. 아래쪽에 'LOVE & DIAMOND'라고 쓰여 있었다. L이 문구를 가리키며 말했다.

기막히지?

나는 건성으로 고개를 끄덕였다.

K가 한눈에 보기에도 좀이 슨 것 같은 모직 재킷을 들고 왔다. 그에겐 지나치게 클 것 같았고 디자인도 구식이었다. 그러나 K는 진지한 표정으로 거울 앞에 서서 재킷을 걸쳐보더니 근처에 놓여 있던 보라색 중절모를 썼다. 호피 무늬 깃털이 달려 있는 중절모는 K에게 제법 잘 어울렸으나 재킷과 매치하니 자석의 양극이 서로 밀어내려 안간힘을 쓰는 광경처럼 보였다. L은 혀를 차면서 고개를 돌렸다. 우리는 K가 일부러 이상한 옷만 입는 게 틀림없다고 진즉에 결론 내렸다. K가

입고 다니는 옷들의 거반은 가출한 아버지가 남기고 간 것들이었다. 우리는 K에게 정신과 치료가 필요하다고 생각했으나 한편으론 지극히 자연스러운 행동처럼 보이기도 해서 그냥 내버려두었다. K의 아버지는 부동산 업자였고 사계절 내내 질감과 디자인만 조금씩 다른 남색 재킷을 입었다. K는 아버지의 옷을 입어도 결코 부동산 업자처럼 보이지 않았다.

주인 여자가 P를 가게 안쪽 행어로 안내하더니 점프 슈트를 보여주었다. 주황색 옷감에 다양한 색의 페인트를 흩뿌리듯 바른 것으로 결코 멀쩡한 옷으로 보이진 않았고, 사회에 불만 많은 전위예술가가 애꿎은 옷에 화풀이한 걸로 보였다. 그러나 P는 잇몸이 드러나게 웃으며 점프 슈트를 몸에 대어보았다. P의 다리가 짧아서 바짓단의 3분의 1이 바닥에 질질 끌렸다. 주인 여자는 그 모습을 처량한 듯 바라보았으나 입가에 걸친 미소를 지우지는 않았다.

그 옷을 입으려고?

내 말에 L은 한쪽 눈을 찡긋거리더니 품속에서 장도리를 슬쩍 꺼내다가 다시 집어넣었다. 우리는 원래 농부의 집인지 농군의 집인지, 상호명이 헷갈리는 오리고깃집에 가려고 만난 것인데 장도리를 가져온 L을 이해할 수 없었다.

못을 박아달라는데 망치가 없대.

L의 외조모는 폐지를 주우며 혼자 살았다. L은 그의 부모

도 들여다보지 않는 낡고 좁고 더러운 외조모의 집에 이따금
들렀다.

못이나 박을 일이지. 어쩌게?

L이 어깨를 으쓱해 보이더니 '해머 앤 머니'라고 또다시 엉
뚱한 말을 중얼거렸다. K가 그 말을 듣더니 작게 속삭이듯 말
했다.

크라임 앤 머니. 휴먼 앤 머니. 러브 앤 머니.

우리는 여자를 에워쌌다. 여자는 우리를 경계하는 기색이
없었다. 가까이서 보니 낯빛이 창백했고 어쩌면 우리보다 더
어릴 수도 있을 것 같았다. 어쩌다 이런 곳에 처박혀 버려진
옷들에 둘러싸인 채 하루를 보내게 되었는지 새삼 궁금했다.

K가 손에 들고 있던 재킷을 여자 앞으로 내밀며 가격을 물
었다. 여자는 재킷을 받아들고 이리저리 들춰보더니 확신 없
는 어조로 만 원이라고 답했다. K는 어깨를 으쓱하며 나를 돌
아보았다. 생각보다 싸다는 건지, 비싸다는 건지 알 수 없었
다. L은 P가 그때까지도 손에 들고 있던 점프 슈트를 낚아채더
니 자신의 몸에 대어보았다. 여자가 재빨리 안쪽 스탠드 거울
앞으로 우리를 안내했다. 우리는 그곳으로 우르르 몰려갔다.

비스듬히 세워진 거울 양편에 수납장이 있었고, 그 안엔 때
가 탄 핸드백과 인형, 모자 등이 진열되어 있었다. 나는 마돈

나의 얼굴이 크게 프린트된 핸드백을 어깨에 걸쳐보았다. 어찌나 낡았는지 귀퉁이마다 실밥이 너덜거렸다. P는 멋지다고 말해주었다.

L은 점프 슈트에 정신이 팔려 있었다. 여자가 L에게 무척 잘 어울린다고 말했다. L은 P보다 다리가 훨씬 길었기에 바짓단이 끌릴 일이 없었다. L은 기분이 좋아졌는지 가격을 물었다. 2만 5천 원. 생각보다 비쌌다. L은 조금만 깎아달라 말했고 여자는 콧잔등에 주름을 만들더니 3천 원을 빼주겠다고 했다. L이 입어봐도 되냐고 묻자 여자는 커튼이 쳐진 한쪽 구석을 가리켰다. L은 점프 슈트를 들고 그곳으로 들어갔다.

짜잔, 하는 말소리와 함께 L이 커튼을 획 걷었다. K는 박수를 쳤고 P는 입술을 비죽거렸으며 나는 손톱을 깨물었다. 기막히게 잘 어울렸다. L의 얼굴에 있는 흉터가 저절로 가려질 정도로 복잡하고 난해한 옷이었다. L은 마치 제 옷인 양 주머니에 두 손을 넣고서 건들거리며 커튼 레인이 둘러쳐진 공간 밖으로 걸어나왔다.

얼마라고 했죠?

2만 2천 원에 줄게요.

이 흉터, 뭘 닮지 않았어요?

P가 끼어들어 여자에게 물었다. 여자는 L의 얼굴에 난 흉터를 똑바로 쳐다보았다.

닮았잖아요. 어떤 마크랑.

여자는 L의 눈치를 살피다가 조심스럽게 나이키,라고 말했다.

빙고.

P는 L을 향해 씩 웃어 보였고 L은 가운뎃손가락을 펼쳤다.

칼로 도려냈어요. 쟤네 아빠가.

P가 여자에게 말했다. 여자는 어색한 웃음을 짓다가 이내 거두었다. 여자의 얼굴이 점점 더 창백해져갔다.

2만 원에 줄게요.

여자는 황급히 덧붙였다.

잘 어울리니까요.

L은 여자를 무심히 쳐다보다가 품속에서 무언가를 꺼내들었다. 주황색 점프 슈트 속에서 나온 장도리는 의외로 그 등장이 자연스럽게 느껴졌다. L은 주위를 둘러보며 여자에게 물었다.

어디 못 칠 데 없나요?

못이요?

여자는 당황한 얼굴이었지만 L을 따라 주위를 두리번거렸다.

글쎄요. 못을 칠 일은 없는데.

L은 다시 품속에 장도리를 넣더니 진열장에 놓여 있던 낡은 가방을 꺼냈다. 먼지가 안개처럼 퍼지다가 바닥으로 천천

히 가라앉았다.

구찌네. 진짜 구찌?

여자는 고개를 끄덕였다.

얼마죠?

여자는 인상을 찡그렸다.

글쎄요. 기억이 안 나요.

L은 가방을 다시 진열장 안에 넣어두었다. 여자는 그 가방을 한참 동안 쳐다보았다. 그사이 K는 재킷을 다시 걸친 뒤 양쪽 주머니를 꼼꼼히 뒤져보고 있었다.

차 한 잔 어때요?

갑작스러운 여자의 말에 우리는 서로의 얼굴을 쳐다보았다.

차요?

P가 묻자 여자는 고개를 끄덕였다.

여자는 카운터 뒤편에 놓여 있는 작은 테이블로 걸어가더니 전기 주전자를 들어올려 뚜껑을 열고 안을 들여다보았다.

물 받아올게요.

우리는 서로 눈치만 살폈을 뿐 밖으로 나가는 여자를 말리진 않았다. K와 L은 여전히 재킷과 점프 슈트를 입은 차림새였다. L은 다시 장도리를 꺼내더니 벽면을 살피며 어슬렁거렸다. 나 역시 L의 시선을 따라 벽면을 훑어보았다. 자세히 보니 여기저기 금이 가 있었다. 확실히 못질할 만한 상태는 아니었다. L도 같은 생각을 했는지 길게 금이 간 자리를 손가락 끝으로 더듬다가 어깨를 흠칫 떨었다. 집게손가락만 한 그리마가 그의 눈앞으로 빠르게 지나갔다. L은 망설임 없이 장도리로 그리마를 내리쳤다. 그러나 그리마는 이미 높은 곳으로 도망친 뒤였다. L은 벽면을 몇 군데 더 내리치다가 여자가 들어오자 멈추었다.

바퀴벌레가 있어서요. 엄청 커요.

L의 말에 여자는 아무런 대꾸도 하지 않았다. 여자가 전기주전자의 버튼을 누른 뒤 우리 쪽으로 고개를 돌리며 말했다.

바퀴벌레는 사방에서 튀어나와요. 저 자루에서도.

여자는 구제 옷이 한가득 들어 있는 자루를 가리키며 말했다.

주머니에서 나올 때도 있고.

여자의 말에 K가 재킷 주머니를 다시 뒤지더니 안감을 바깥으로 꺼내고 탁탁 털었다.

그런데 그게 정말이에요?

내 말에 모두의 시선이 내게로 쏠렸다.

응급실에 실려간 사람들이 입었던 피 묻은 옷도 이런 데서 팔린다는 게.

여자는 처음 듣는 말이라는 표정을 지었지만 크게 놀라진 않았다. L은 점프 슈트의 붉은 페인트 자국을 유심히 들여다보았다.

검은색 옷이라면 티가 나지는 않겠죠.

여자는 아무렇지 않은 어조로 답하더니 주전자 앞으로 걸어갔다. 물이 끓는점으로 도달해가는 격렬한 소리가 들렸다. 끓어오르다가 달리다가 이내 폭발해버리는 소리.

시끄럽군.

P가 귀를 파면서 말했다. 여자는 여러 개의 잔을 테이블 아래쪽에서 꺼내더니 티백을 넣고 뜨거운 물을 부었다. 그리고 우리에게로 잔을 가져다주었다. 우리는 고분고분하게 잔을 받아들고 지나치게 뜨거운 차를 후후 불어가며 마셨다. 독특한 향이 있는 차였으나 무슨 종류인지는 알 수 없었다. 나뿐 아니라 세 명의 머저리들 역시 몰랐을 게 틀림없지만 아무도 무슨 차인지 묻지 않았다. 호로록, 꿀꺽, 후후, 차를 마시는 소리만 냈다.

K가 갑자기 작게 소리를 내질렀다. 그의 발밑으로 그리마가 빠르게 기어가고 있었다. L이 곁에 내려놓은 장도리를 집어들기도 전에 그리마는 자루 속으로 들어가 몸을 감췄다. L이 재빨리 달려가 자루 입구를 발로 밟아 봉하더니 자루 위로 장도리를 내리치기 시작했다. 그런다고 옷가지 속으로 숨어들었을 벌레를 죽일 수는 없을 것 같았으나 아무도 말리지 않았다. 여자 역시 L을 가만히 쳐다보기만 했다. 마침내 L이

붉어진 얼굴로 고개를 들더니 자루를 발로 툭툭 찼다. 포기하고 돌아서는 L의 등 뒤로 그리마가 빠르게 지나갔으나 우리는 모두 입을 다물었다.

저건 누구 거죠?

K가 테이블 위를 가리키며 물었다. 그곳에 한 개의 잔이 덩그러니 놓여 있었다.

아, 남편 거예요.

여자의 말에 우리는 서로의 얼굴을 쳐다보았다. 여자는 한 손을 들어 카운터 왼편을 가리켰다. 그러자 어두운 무대에 일순 불이 켜진 듯, 지면보다 1미터 정도 높은 곳에 유리로 막힌 공간이 드러났다. 여자의 남편이 그곳에서 자루에 담긴 옷을 꺼내고 먼지를 턴 뒤 옷걸이에 걸고 있었다. 여자가 다가가 판유리를 두들기자 남자가 고개를 돌렸다. 그는 우리를 쳐다보더니 오른편으로 걸어가 무대 밖으로 나왔다.

기다란 흑발 머리를 하나로 질끈 묶은 남자는 낡은 티셔츠에 무릎이 불거져나온 청바지를 입고 허리에 체크무늬 셔츠를 두르고 있었다. 그는 우리에게 잠시 눈길을 주다가 찻잔을 받아들고 호로록, 차를 마셨다. 두어 모금 더 마신 후에 비로소 우리의 얼굴을 찬찬히 살폈다. 처음부터 이곳에 있었을 테지만 우리 중 누구도 그의 존재를 눈치챈 사람은 없었다. 만일 우리가 여자를 위협했다면 그는 즉시 조치를 취했을 것이다.

잘 어울리네요.

남자는 점프 슈트를 입은 L에게 말했다. L은 멋쩍은 웃음을 지었다. L은 남자가 나타나기 전까진 옷값을 지불할 생각이 없었을 것이다. 남자는 우리 가운데 그나마 근육질이라고 말할 수 있는 P보다 더 단단해 보이는 몸을 갖고 있었다. 그 역시 우리보다 고작 서너 살 많아 보였다.

여기는 어떻게 알고 왔죠?

남자의 물음에 P가 머뭇거리며 답했다.

인터넷 쇼핑몰에 적힌 주소를 보고요.

그렇다면 찾는 옷이 있다는 건데?

남자가 다시 묻자 P가 고개를 돌려 나를 쳐다보았다. 모두가 나를 주목했다.

그게…… 청바지를 사려고요. 트루릴리전.

아, 그거라면!

남자는 다시 무대 위로 올라가더니 정리 중인 행어를 살피다가 청바지를 들고 아래로 내려왔다. 그리고 내게 허리 사이즈를 물었다.

26이요.

이건 좀 크겠는데요.

그게 트루릴리전인가요?

남자는 상표를 들여다보더니 고개를 저었다.

아니군요.

남자는 청바지를 옆으로 휙 던져놓고 다시 찻잔을 들었다.

청바지라면 저쪽에 많아요.

여자가 왼편 행어를 가리키며 말했다. 나는 아무런 대꾸도
하지 않았다. 남자가 던져놓은 청바지의 엉덩이 부근에 시커
먼 게 묻어 있었고, 자꾸만 그리로 시선이 갔다. 남자가 우리
를 골고루 쳐다보며 물었다.

당신들은 히피?

히피요?

K가 되물으며 웃음을 터뜨렸다. 연이어 L이 웃었고, P도 웃
었다. 나는 웃지 않았다.

웃긴 말인가 그게?

남자가 엄숙한 말투로 물었다. K가 웃음을 그쳤고, L은 입
술을 일그러뜨렸으며, P는 미간을 찡그렸다.

이젠 웃긴 말이죠.

K가 팔짱을 끼면서 연이어 말했다.

진짜 웃긴 말이라고요.

남자는 다시 호로록, 차를 마셨다. 여자는 찻잔을 내려놓고
바닥에 놓여 있는 자루의 입구를 벌려서 안에 든 옷을 한 벌
씩 꺼냈다. 더러운 걸레 뭉치처럼 냄새를 풍기며 누군가의 체

취가 가득 밴 옷들이 쏟아져나왔다.

세탁을 안 하는군요.

K의 물음에 여자는 돌아보지도 않고 답했다.

한 거예요.

냄새가 이상한데요.

헌옷은 냄새가 완전히 빠지지 않아요.

놀랍네요.

P가 전혀 놀라지 않은 어투로 말했다. 비꼬는 것처럼 들렸다.

구제 옷을 좋아하나봐요?

남자가 물었다.

얘는 구제 아니면 피부가 뒤집어지거든요.

L이 P를 가리키며 말했다. P는 적수에게 약점을 들킨 사람처럼 복잡한 표정을 지었다.

새 옷은 몸에 좋지 않죠. 특히 염료요. 아주 독해요.

남자는 넌덜머리가 난다는 듯 고개를 젓고 몸을 떨었다. 남자의 기다란 흑발 머리가 좌우로 흔들렸다.

다들 오염되어 죽고 말걸요.

남자는 저 혼자 말을 이어나갔다.

생산을 멈춰야 돼요. 이미 너무 많이 만들었으니까. 여기만 해도 헌옷 자루가 넘쳐나요. 정리하고 또 정리해도, 넘치고 또 넘쳐요. 손님 같은 사람이 없었으면 우리는 지금쯤 헌옷에

파묻혀서 질식했을 거예요. 질식사요. 익사요.

남자는 연극적인 말투와 몸짓을 구사했다. 그는 무대 아래로 내려와도 여전히 무대 위에 있는 것처럼 말하고 행동했다. 여자가 자루 속의 옷을 모조리 끄집어냈다. 더러운 내장 같은 옷들이 테이블 위에 높다랗게 쌓였다.

이참에 히피가 되어보는 게 어떨까요?

남자가 나를 돌아보며 물었다. 나는 곧바로 P를 쳐다보았고, P는 L을 보았으며, L은 K를 보았다. K가 팔짱을 끼더니 남자에게 말했다.

우리는 히피가 아니라니까요.

선택하세요. 히피를 하든가, 쓰레기를 하든가.

남자의 말에 L이 장도리를 들었다. 남자는 L의 위협적인 행동에도 흔들림이 전혀 없었다.

히피에겐 해머가 어울리지 않아요.

그럼 뭐가 어울려요?

남자는 나를 돌아보더니 말했다.

선물을 줄게요.

남자는 유리방 안에 있던 옷을 들고 나와 P와 머저리들에게 나눠주었다. 내게는 사이즈가 맞지 않는 예의 그 청바지를 주었다. 엉덩이 부분의 얼룩은 아무리 봐도 피로 보였다. 여자 청바지인 것으로 보아 생리혈인지도 몰랐다. L은 입고 있던 점프 슈트의 값을 지불하고 목이 늘어난 리바이스 반팔 티셔츠를 선물로 받았다. 옆구리에 누런 얼룩이 묻어 있었다. K는 재킷값을 지불하고 해골이 그려진 나일론 셔츠를 받았다. 해골의 콧구멍 부분이 찢겨 있었다. P는 선물을 한사코 거절했으나 결국 시커먼 기름 같은 것이 묻은 나이키 운동복 바지를 받았다.

그들은 우리를 배웅하지 않았다. 우리가 탐탁지 않은 표정으로 선물을 손에 쥐고 입구를 빠져나왔을 때, 그들은 여전히 카운터에 몸을 기대고 서서 헌옷으로 가득찬 창고 안을 멍하니 쳐다보기만 했다. 그들 역시 버려진 옷처럼 보였다.

L이 입구의 자전거 바구니에 놓여 있던 피에로 인형을 집어들더니 앞바퀴 밑으로 밀어넣었다. 우리는 동시에 차에 올라탔고 쾅 소리가 나게 문을 닫았다. 아무도 입을 열지 않았다. P가 후진으로 차를 빼고 나서 네 개의 차창을 열었다. 우리는 동시에 창밖으로 옷을 던졌다.

농부의 집 혹은 농군의 집이라 불렸던 오리고깃집은 더 이상 오리고깃집이 아니었다. 그곳은 기와로 지붕을 올리고 값비싼 목재로 외관을 장식한 한정식집으로 바뀌어 있었다. 카운터를 지키고 있던 여자는 K의 끈질긴 부탁에도 우리가 안마당으로 들어가는 것을 허락하지 않았다. K는 여전히 멍청해 보이는 차림새였고, L은 옷 같지도 않은 옷을 입고 있었으며, P와 나는 원래부터 남들에게 호감을 주지 못하는 부류의 사람이었다. 여자는 곤혹스러운 표정을 지으며 우리를 쳐다보았고, 우리가 카운터 근처를 계속 어슬렁거리자 노골적으로 나가달라고 말했다. 점프 슈트 안에 숨겨놓은 장도리를 꺼내려는 L을 내가 말렸다. 우리를 보는 눈이 많았다. 칸막이 뒤에 숨어 식사하던 사람들이 바퀴벌레처럼 은밀한 시선으로 우리를 훔쳐보고 있었다. 사태를 파악하기 위해 더듬이를 쉴 새 없이 움직이며.

밖으로 나온 우리는 차에 올라타지 않고 식당 근처를 배회했다. 우산을 쓰기에도 뭣하고 쓰지 않기도 뭣한 비가 끈덕지게 내리고 있었다. K가 가을비인지 겨울비인지 물었다. 나와 P는 겨울비라 답했고 L은 망설이다 가을비라 답했다. 가을이라는 증거를 대보라고 하자 겨울이라는 증거를 말해보라는 반박이 돌아왔다. 언제부턴가 계절을 구분하기가 쉽지 않았다. 앙상한 나무 옆에 단풍 든 나무가 나란히 서 있었고, 그 아래 이름 모를 들꽃이 피었다.

L이 장도리로 들꽃을 내리치며 말했다.

여자를 기다리자.

퇴근할 때까지?

K의 물음에 L이 고개를 끄덕였다.

어쩌려고?

L이 나를 돌아보며 말했다.

이걸 꺼내들고 못질할 데가 없는지 묻는 거야.

나는 웃었다. P도 바람 빠지는 소리를 내며 비웃었다.

어차피 없을 거야. 설마 아직까지 그게 남아 있겠냐.

P가 K에게 말했다. K는 그 말을 안 믿는 눈치였다.

도대체 안에 뭐가 들었는데?

K는 타임캡슐 안에 뭐가 들었는지 절대로 말해주지 않았다.

너희 아버지가 그때부터 바람을 피웠을 거라 생각하는 거야?

연이은 내 질문엔 답하지 않으며 K는 뭉우리돌에 걸터앉아 머리를 박박 긁었다.

안 알려줄 거야?

P가 묻자 K는 손톱에 낀 살비듬을 빼내며 말했다.

궁금해?

어.

우리는 동시에 답했다. K는 짓다 만 비닐하우스를 바라보며 말했다.

아버지가 껌 종이를 네 조각으로 자르더니 우리에게 하나씩 나눠주면서 단어를 한 개만 적으랬어. 나는 당연히 아버지가 집,이라고 적을 줄 알았거든. 근데 아니었어.

뭐라고 적으셨는데?

내 물음에 K는 고개를 가로젓기만 했다.

사랑?

P는 그렇게 말해놓고 얼굴이 시뻘게졌다.

돈?

L이 장도리로 나무 둥치를 두드리며 말했다. K는 고개를 젓더니 천천히 입을 열었다.

젊음.

우리는 차에 올라탔다. K는 이미 타임캡슐 속에 무엇이 있는지 알고 있었다. 아버지가 적은 단어를 그는 정확히 기억했다. 하지만 그 단어의 의미를 이해하지는 못했다. 우리는 모두 K와 같은 나이였으므로 그 단어의 의미를 설명해줄 수 없었다. 우리에게 그 단어는 가장 불가해한 것이었다.

와이퍼가 느릿하게 움직였다. 빗물로 얼룩진 세상이 훨씬 더 볼만했다. 라디오에서 존 레논의 노래가 흘러나왔으나 누구도 제목을 말하지 않았다. 알파벳 네 글자의 제목을 우리 모두 알고 있었음에도.

P가 길을 잘못 들어 우리는 다시 빈티지 옷가게 앞을 지나 갔다. 우리가 내던진 옷가지들이 그새 굵어진 빗줄기에 젖어 차에 짓밟힌 동물의 사체처럼 나뒹굴고 있었다. L이 차창을

내리고 고개를 빼더니 자전거 앞바퀴에 깔린 피에로 인형을 가리키며 웃었다. P는 그쪽을 돌아보지 않고 가속페달을 밟았다.

해설

시대의 초상

소유정(문학평론가)

소설의 시대성, 소설의 시의성

　2020년대 한국소설 안에서 동시대의 감각을 가장 잘 담아내는 작가는 이서수가 아닐까. 이서수의 소설은 시대를 이야기한다. 그가 포착하는 시대의 감각은 주로 청년 세대의 것으로 나타난다. 이서수의 소설 안에서 청년들은 자신이 살아가는 시대에 대해 여러 번 말한다. "인간을 육체적으로 학살하는 것은 시간이지만, 정신적으로 학살하는 것은 시대야."(《미조의 시대》), "언니, 내 인생이 이렇게 된 것은 내 탓이 아니야. 누구나 유명해질 수 있는 시대 탓이야."(《젊은 근희의 행진》), "이젠 그런 시대야. 기념비를 세우는 게 촌스러워진 시대"(《연희동의 밤〉)처럼. 물론 이들이 단지 그렇게 말했다고 해서 소설이 시대성을 획득한다는 의미는 아니다. 푸념과 같은 '시대 탓'을 제외하고도 이들이 살고 있는 시대적 배경이 "팬데믹 시대"(189쪽)라거나 "아파트가 오르면 빌라도 뒤따라 오르는 시대"(219쪽)라는 점에서 이는 우리가 살고 있는 현실, 그리고 우리가 겪고 있는 고통과 일치한다. 여기에 실제 보도된 바 있는 기사들, 예컨대 "프리랜서 청년들이 동반 자살한 기사"(101쪽), "부동산 하락기가 올 것이라는 기사"(129쪽), "노인에게 집을 빌려주지 않으려는 집주인들에 관한 기사"(201쪽) 등으로 인해 소설은 더욱 핍진하게 다가온다.

이 책에 수록된 모든 소설 속에서 인물들이 보이는 공통적인 모습은 바로 안전장치 없는 미래에 대한 불안이다. 이들이 살고 있는 시대, 그러니까 지금 여기와 같은 시대에 가늠해보는 미래란 한 치 앞도 보이지 않는 안갯속에서 어떠한 안전장치도 없이 나아가야 하는 시간이다. 이는 당연히 미래에 대한 기대도, 희망도 가질 수 없게 만드는 현재의 문제적 상황으로부터 기인한 것으로, 하나만이 아닌 여러 개의 문제가 복잡다단하게 얽혀 있기에 더욱이 혼란하다. 열 편의 소설 중에서도 표제작 〈젊은 근희의 행진〉은 이서수의 소설에서 나타나는 모든 문제의 키워드를 관통하고 있기에 여러 번 언급될 만하다. 그렇기에 《젊은 근희의 행진》을 읽는 것은 우리가 살아가고 있는 지금의 시대를 정확하게 바라보는 일이자 우리의 모습이기도 한 인물들을 한 걸음 떨어진 자리에서 지켜보며 감정을 나누는 일이라는 점에서 의미가 있다.

(구)시대에서 구원 찾기

이서수가 소설로서 청년 세대의 초상을 그리기 시작한 것은 데뷔작 〈구제, 빈티지 혹은 구원〉에서부터다. 이 소설에서 P를 중심으로 모인 친구들, K와 L 그리고 P의 오랜 여자친구인 '나'는 P의 제안으로 인적이 드문 곳에 위치한 창고형 빈티지 옷가게를 털기로 한다. 그런데 이상한 점은 범죄 공모에 아무도 의문을 품는 이가 없다는 사실이다. "여자친구로서의 의무감"(298쪽)으로 묻는 것도 기껏해야 "고작 옷가게를 털어서 뭐 하게?"(같은 쪽)와 같은 질문일 뿐, 옷가게를 '터는' 행위에 대한 근본적인 물음은 아무도 하지 않는다. P가 "새것이라면 무조건 기피"(같은 쪽)하는 탓에 언제나 "구제 옷만 입"(297쪽)는다는 서술이 있기는 하나 그들이 저지르려는 짓에 대한 합당한 이유는 될 수 없다. 옛것을 통해 새것을 안다는 온고지신의 자세도 아닐뿐더러 그렇다면 이들이 빈티지 옷가게를 털고자 하는 까닭은 과연 무엇일까. 이는 제목이 시사하듯 '구제, 빈티지 혹은 구원'이라는 동의어에서 실마리를 찾을 수 있다. 시대에 적응하지 못하고 방황하는 청년들이 구시대적인 것으로 상징되는 구제(vintage) 안에서 무언가를 발견한다면, 그 무언가는 그들에게 구원이 될지도 모를 일이었다. 그러나 이들의 계획은 어설픈 시작만큼이나 시도로 이어지지도 못한 채 끝이 나고 만다. 주인 남자에게 "히피를 하든가, 쓰레기를 하든가" "선택"(313쪽)하라는 말만 듣고서. 한편 남자의 말은 불쾌할 뿐만 아니라 의미심장하게까지 들린다. 이 시대를 살아가려면 어느 쪽이든 정확한 자세를 취해야 한다는 듯 말이다. "버려진 옷"(314쪽)처럼 보인다는 점, 그리고 여자와 남자가 그것을 '선택'했다는 점에서 이들의 자세는 모범적이지는 않을지언정 정확하고 올곧다. 하지만 P와 친구들은 '히피'인지 '쓰레기'인지 결정하지 못하고, 어떤 '답'을 찾기 위해 다시 길을 떠난다. 이들이 찾고 있는 '답'은 오래전 K가 아버지와 함께 "식당 마당 한구석에" 묻어둔 "타임캡슐"(299쪽) 속에 있는 것으로, 하나의 단어다. 그것은 바로 사랑도, 돈도 아닌 "젊음"(317쪽)이다. 답이 무엇인지는 알았으나 '젊음'이 곧바로 이들에게 해답으로 작용하지는 않는다. 이유는 "우리에게 그 단어는 가장 불가해한 것"(같은 쪽)이었기 때문이었는데, 그들은 모두 나이가 같았고, 충분히 젊은 탓이었다. 문제는 이 '젊음'이 그들을 배회하게 만든다는 사실이었다. P와 친구들에게 '젊음'은 어떤 선택을 하고, 앞으로 나아갈 수 있는 조건이 되지 못했다. 오히려 젊기 때문에 어떻게 해야 할 줄을 몰랐다. 결국 구제로도 구원받지 못한 청년들은 어디에도 멈춰 서지 못한 채 "가속페달"(같은 쪽)을 더욱 힘껏 밟는다. 어떤 무엇도 그들의 '답'이 되지 못하는 지금, 배회를 멈추지 않는 것 말고는 할 수 있는 게 없다.

안전장치 없는 미래

〈구제, 빈티지 혹은 구원〉의 청년들은 이렇게 묘사된다. "K는 여전히 멍청해 보이는 차림새였고, L은 옷 같지도 않은 옷을 입고 있었으며, P와 나는 원래부터 남들에게 호감을 주지 못하는 부류의 사람이었다."(315쪽) 즉, 외적인 모습이 비호감인 탓에 식당 안마당에도 들어가지 못할 만큼 소외되었던 것일 뿐, 이들이 시대와 불화하는 내적인 요인은 구체적으로 드러나지 않는다. 이 소설이 2014년 발표되었던 것임을 기억하며 그로부터 지금까지 시대의 흐름을 되짚어보면 어떨까. 2010년대 초반에서 2020년대 초반에 이르기까지 청년 세대가 시대에 불만을 갖고 갈등하는 요인들에 대해 떠올려본다면. 날이 갈수록 실감하는 고용·주거 문제, 이상(꿈)과 현실의 괴리로 인한 문제 등 당장 떠오르는 것만 해도 여러 가지다.

이에 이서수의 근작에서는 시대의 흐름에 따라 청년 세대가 시대와 불화하는 지점이 달라졌으며 보다 구체적이고 복합적으로 나타난다. 그중 가장 공통적인 문제로 발견되는 건 주거 불안이다. 대부분의 수록작에서 인물들은 주거 불안을 겪는다. 가령 〈미조의 시대〉의 미조는 아버지가 남긴 유산 5천만 원으로 엄마와 함께 살 집을 구해야 하는 위기에 처해 있고, 〈발 없는 새 떨어뜨리기〉(이하 〈발 없는 새〉)의 가진은 군산에 있는 3천만 원짜리 아파트를 사고 싶어 하지만 시세의 진위와는 관계없이 그녀에게는 3천만 원이 없기 때문에 집을 살 수 없다. 또한 〈나의 방광 나의 지구〉의 젊은 부부도 "노인이 된 미래의 그들이 의탁할 집"(218쪽)을 매수할 계획을 하지만, 그저 꿈으로 끝날 뿐이다. 이 소설들에서 인물들은 집을 구하려 하면 할수록 희망보다 더 큰 좌절을 맞이한다. "아버지가 평생 동안 모은 재산"(〈미조의 시대〉, 30쪽) 5천만 원은 "서울의 집값"으로는 "6평 남짓한 반지하방의 전세금"(31쪽)에 그치지 않는다는 사실을 깨닫게 되었고, "어디에도 내려앉아서 쉴 수가 없"기에 "집이 없는 우리도 그 참새 같다는 생각"(〈발 없는 새〉, 120쪽)만 들었으니 말이다. 〈나의 방광 나의 지구〉에서는 서울을 떠나 "수도권 외곽 지역으로"(200쪽) 이동을 고려할 뿐 아니라 아파트가 아닌 다가구 주택과 빌라까지도 알아보지만 끝내 집을 매수하지 못한다. 게다가 얼마 있던 돈을 투자한 신탁 상품에서 손해를 보는 바람에 누구보다 적극적으로 집을 알아보던 남편은 "전 세계에 대공황이 올 것이고, 가진 자들을 크게 망할 것이고, 못 가진 자들은 거의 죽은 것이나 다름없이 살아가야 할 것"(223쪽)이라는 내용의 영상을 믿으며 "모든 것에 회의적으로 변하기 시작"(222쪽)한다. 결국 아내마저도 "집을 사랑하는 대신 지구를 사랑하기로 마음먹"는데 "그러면 지구가 그녀의 집이 될 것 같았"(230쪽)기 때문이다. 지구 사랑에 대한 실천으로 식단의 고기를 채소로 대체하며 "그녀의 보금자리를 가질 수 있을 것 같은 착각"(231쪽)에 잠시 빠지기도 하지만, 기후 위기로 인해 두 사람의 집은커녕 생태계의 보금자리가 위협받고 있는 지금, "지구를 소유"(같은 쪽)한다는 그녀의 생각은 터무니없는 것처럼 보일지 몰라도 달리 방법이 없는 현실에서 어쩌면 그것은 최선의 자기 위로일 수 있다.

그런데 더 큰 문제는 앞서 시대와의 불화 요인이 복합적으로 드러난다고 말한 바 있듯 이 소설들에서 주거 불안은 반드시 고용 불안을 동반한다는 점이다. 〈나의 방광 나의 지구〉의 아내는 이십대엔 글을 썼으나 "결국 책을 내는 대신 도서관에서 계약직으로 근무하게 되었다."(203쪽) 은행에 다녀왔다는 남편의 말에 아내는 "내가 정규직 회사원이었다면 대출을 받을 수 있을 텐데"(같은 쪽) 하고 중얼거리며 고용 불안이 주거 불안으로 이어지는 연결 고리를 가시화한다. 다른 소설 또한 다르지 않다. '정규직 회사원이었다면' 5천만 원으로 둘이 살 집을 구하지 않아도, "밤마다 음식을 배달"(92쪽)하지 않아도 대출에 희망을 걸어볼 수 있었을 것이다. 이처럼 고용 불안과 주거 불안은 어느 쪽이든 해결되지 않는다면 반복될 수밖에 없는, 악순환의 굴레가 되어 이들을 시시때때로 조여온다.

집주인이 되지 못하는 이들의 이야기는 특정한 성별에 큰 영향을 준다기보다 보편적으로 청년 세대 전체에 적용되는 것이었다. 이서수는 여기서 한 걸음 더 나아가 주거 소유의 문제를 몸, 특히 여성의 몸으로 확장하여 심화된 문제의식을 보여준다. 육체를 나라는 한 개인의 집에 빗댈 수 있다면, 여성의 경우 그 주인으로 완전히 인정받지 못할 때가 많다. 일상에서 만연하게 발생하는 성범죄야말로 이를 반증하는 것이다. 왜 여성의 몸은 침범해서는 안 되는 것으로 여겨지지 않을까. 왜 여성은 그 몸의 주인으로 인정받지 못할까. 아니, 애초에 왜, 여성은 자신이 몸의 주인임을 타인으로부터 인정받아야 하는가. 〈엉킨 소매〉의 '나'와 〈젊은 근희의 행진〉의 근희 역시 이 물음 속에 빠져 있는 듯하다.

우선 〈엉킨 소매〉의 '나'는 임신 6주 차로 임신 사실을 앎과 동시에 임신 중단을 결심한다. 가장 친한 친구인 해정은 임신을 "임대업에 비유"하며 "방의 주인은 나이기에 내 결정에 달린 문제"(52쪽)라고 '나'를 위로하지만, 정말로 그런지에 대해서는 고민이 필요했다. '나의 결정'에 따라 행한 일이더라도 그것이 타인에게, 또 스스로에게 자신이 "나의 온전한 결정으로 이루어진 사람"(57쪽)이 되겠냐고 묻는다면 확신할 수 없다. 그렇다고 해도 '나'는 더 이상 경현을 사랑하지않았고, 아이를 원하지 않았으므로 수술을 이행한다. 회복이필요한 때에 윗집 공사로 인해 집에 있을 수 없게 된 '나'는해정이 담당하고 있는 매물 중 오랫동안 비워져 있던 집에잠시 머무르게 된다. "안에서 뭔가가 벽을 밀고 나올 것 같은모양새"의 "터질 듯 부풀어오른 벽"(66쪽)은 임산부의 배를닮아 기묘한 인상을 주지만, '나'는 별수 없이 해정이 안내한집에서 인스턴트와 배달 음식을 먹으며 휴식을 취한다. 수술이튿날, '나'의 임신 사실을 알고 있던 또 다른 친구인 주영이해정과 함께 그 집을 방문하고, 주영은 임신 중단에 대한 윤리적 판단 문제를 다시금 언급하면서 '나'와 설전한다. "나였어도 같은 선택을 했을 거"(74쪽)라고 하면서도 묘하게 핀트가 다른 주영에게 '나'는 자신의 의견을 분명히 말한다. 우리가 몸의 주인으로서 무엇을 판단하고 선택할 수 있다면 그것은 "임신 후 선택"에 대한 것이 아닌 "임신 자체"(75쪽)에 행해져야 하는 일이라고, "좋은 임신이 있고, 나쁜 임신이 있"(같은 쪽)다면 "원치 않는 임신"(74쪽)은 나쁜 임신에 해당하기에 '나'는 '임신 자체'에 대한 윤리적인 판단과 함께 결정한 것이라고 말이다. 두 사람은 미묘하게 다른 서로의 입장을 온전히 이해할 수 없을 것이다. 때문에 "나의 사건이 아니라 우리의 사건이 되어버렸다"(76쪽)는 진술에서는 '나'의 몸의 일로 그치지 않고 '우리'로 연결되는 데에서 오는 피로감이 묻어나기도 하지만, 동시에 그만큼의 의지와 연대의 감정 또한 느낄 수 있다.

집주인의 예기치 못한 등장으로 쫓겨난 세 사람은 집과 여성의 몸이 다른 점에 대해 생각한다. "집은 재산이라는 이유로 침입을 허락하지 않는데, 여자 몸은 집만도 못하다는 건가", "여자 몸은 누구나 간섭할 수 있는 공공자산이라는 건가"(81쪽) 하는 생각이 꼬리에 꼬리를 물다가 "나는 불법 점유에 반대합니다. 그러므로 오늘 우리의 행동은 불법 점유임을 인정하고 사죄합니다"(같은 쪽) 외치는 '나'에게서는 집이든 몸이든 누구나 간섭할 수 없는 고유한 자산임을 알고 행하겠다는 의지와 타인 또한 그러하기를 바라는 마음이 있다.

〈젊은 근희의 행진〉은 어떤가. 이 소설에서 근희는 "먹방, 술방을 거쳐 북튜버로 정착"(138쪽)해 활동 중이다. 근희의 언니인 문희가 동생을 이해할 수 없고, 걱정되고, 화가 나는 부분이 있다면 왜 "책을 읽어주고 책에 대해 말하는 방송에서"" "어깨를 훤히 드러내고 가슴이 푹 파인 옷"(같은 쪽)을 입어야 하냐는 것이다. 근희에게 "사상"이나 "해방운동"(같은 쪽)의 취지가 있었다면 조금 달랐겠지만 그럴 리 만무했다. 따라서 문희의 눈에 근희의 행동─"걸레들이나 입는 옷"(160쪽)을 입고 '방송'하는 것─은 그저 "관종"(138쪽)이라고밖에 받아들일 수 없는 것이었다. 한편 문희의 이러한 지적들이 사실은 자신이 "그토록 싫어하는 유교걸의 현현"(141쪽)이라는 점에서 모순이라는 것을 알고 있었지만, 근희를 통제하기 위해서라면 어쩔 수 없다고 여기며 모른 체한다. 서로를 영원히 이해할 수 없을 것 같던 두 자매가 처음으로 아주 깊숙한 마음까지 꺼내 보이게 된 것은 근희가 SNS로 사기를 당한 후 자취를 감추는 사건이 발생했기 때문이다. 템플스테이를 하며 쓴 편지에서 근희는 이렇게 말한다. "누구나 유명해질 수 있는 시대에 나도 같이 유명해지고 싶었던 것뿐이"(158쪽)라고. 그리고 "절대로 벗방" 같은 걸로 "내 몸을 상업적으로 이용하지 않"겠다는 약속도 하지만, "내 몸이 아름답다고 생각하"기에 "'걸레들이나 입는 옷'을 입고 방송은 계속할 거"(160쪽)라고 말이다. 더불어 근희는 편지 너머의 문희에게 되묻는다. "언니는 왜 우리의 몸을 핍박하는 거야? 언니의 몸은 언니의 식민지야? 언니는 왜 우리 몸을 강탈의 대상으로만 봐?"(같은 쪽) 몸의 주체로서 자신의 몸을 잘 지키는

것은 물론 중요한 일이나 스스로가 "식민지"로 취급하며 "핍
박"한다면, 나의 몸을 진정으로 사랑한다고 말할 수 없을 것
이다. 따라서 자신을 "핍박"받는 몸으로만 보지 않고, 몸의 아
름다움을 발견하는 일 역시 문희와 같은 시선의 변화를 위해
서도 중요하다. 근희에게 직접적으로 응원의 메시지를 보내
지는 않지만 소설의 말미에서 문희는 "근희의 행진은 나의 행
진과 명백히 다를 것"(162쪽)임을 인정하며 세상을 향해 말한
다. "나의 동생, 많은 관심 부탁드립니다."(같은 쪽) 이는 자신
과 같은 시선으로 근희를 바라보는 세상에, 그리고 우리에게
내미는 진심 어린 부탁의 손길이다.

근희의 편지 일부를 다시 떠올려보자. "언니, 어쩌면 이 세
계에선 진짜와 가짜의 구별이 의미 없는지도 몰라."(158쪽)
근희가 이렇게 말한 까닭은 유명 인플루언서 '김오리'가 진짜
사람이 아니라 버추얼 휴먼이고, 그 사실이 알려졌음에도 "팔
로워는 줄지 않고 오히려 늘었"(157쪽)음을 발견했기 때문일
것이다. 사람이 아니라고 해서 그것을 '가짜'라고 말할 수 있
는 시대는 이미 끝났다. 진짜와 가짜는 이제 생명력 따위로
구분되지 않는다. 한편 〈연희동의 밤〉에서 '진짜와 가짜의 구
분'은 드라마 작가가 되겠다는 꿈을 이제 막 포기한 경희에
의해 또 다른 의미로 재현된다. "저는 지금까지 진짜 인생은

여기가 아니라 다른 데 있다고 생각했어요. 근데 아니었어요. 여기가 진짜고, 거기가 가짜였어요."(173쪽) 경희는 줄곧 자신이 쓰는 드라마 속에 "진짜 인생"이 있다고 여기며 살아왔지만 사실 경희가 쓴 각본 속에서도 진짜와 가짜를 구분하기란 쉽지 않다. '나'의 말처럼 "등장인물이 죄다 언니를 닮"아 "처음부터 고뇌에 빠져 있었고 세상을 멸시"하는, 그래서 통 재미가 없는 경희의 각본은 진짜와 가짜가 뒤섞여 구분되지 않는 세상이 아니던가.

　인물들이 진짜와 가짜를 논하게 된 배경에는 그들의 꿈, 또는 직업과 연관이 있다. 이서수의 소설에서 인물들이 시대와 불화하는 가장 큰 요인 중 하나는 꿈에 대한 것이다. 생계유지가 되지 않는 꿈 때문에 〈연희동의 밤〉의 '나'처럼 "오래전에 꿈을 포기"해 "내일채움공제라 불리는 내일채움족쇄를 차고 2년 동안 꿋꿋하게 버티"(167쪽)고 있는 인물도 있지만, 〈발 없는 새〉의 가진과 같이 "확신할 수 없는 재능과 뜨거운 열정"(93쪽)만으로 여전히 갈등하는 인물도 있다. 그렇다면 이것은 재능의 문제일까? 재능이 있다고 할지라도 상황은 크게 달라지지 않는다. 재능이 있는 것과 꿈의 달성은 엄연히 다른 문제였으므로. 〈미조의 시대〉에 등장하는 수영 언니가 바로 그러한 경우인데, "언니의 꿈은 웹툰 작가였지만 회사에서 요구하는 그림", 그러니까 "다소 수위가 높은 성인 웹툰을"

"그리는 어시스턴트"(9쪽)가 될 수밖에 없었다. 이처럼 이서수의 인물들은 시대의 요구에 따라 어느 한쪽을 손에서 놓는다. 꿈을 포기하는 대신 생계유지라는 목표를 위해 노력하고, 반대로 꿈을 포기할 수 없다면 아주 근근이 살아갈 뿐이다. 생계의 문제가 해결됐다고 해서 끝은 아니다. 과도한 업무는 질병으로 이어지고, 질병은 삶의 구석구석을 돌아볼 여유를 잃게 만든다. 그러는 사이 가장 가까운 관계마저도 서서히 금이 간다. 가장 슬픈 건 그것을 눈치챘을 때에는 이미 많은 것을 잃게 된 후라는 사실이다.(〈재활하고 사랑하는〉)

〈연희동의 밤〉의 두 사람은 다짐한다. "우리, 할 말은 꼭 하고 살자."(185쪽) 그도 그럴 것이 "할 말을 못해서 끙끙 앓다가 평생 혼자 산 사람"(184~185쪽)이 '나'의 가까이에 있었기 때문이다. 비단 '나'의 이모뿐인가. 할 말은 하자며 굳게 다짐하는 언니조차도 사랑하는 사람에게 자신의 마음을 고백하지 못하고 있지 않은가. 이 소설만의 이야기는 아니다. 〈그는 매미를 먹었다〉에서 "작은 덮밥집을 운영"(255쪽)하는 그는 할 말을 하지 못해 이상 증세를 보인다. 그것은 "두 팔과 두 다리로 몸통을 감아 나무에 매달"려 "매앰매앰 소리를"(261쪽) 내며 우는 것이다. 이웃들로부터 "투명 인간으로 취급"(258쪽)받아 "이래도 돌아보지 않나 싶"(같은 쪽)은 마음에 매미 소리를 흉내낸 것이 시작이었으나, 여름이 깊어질수록 그래서 매미가 더 크게 울면 울수록 "참지 말고 매앰매앰 큰 소리로 울"(265쪽)고 싶은 충동에 휩싸이고 만다. 여름이 끝날 무렵 길에서 마주친 매미가 "이때껏 그가 들어본 가장 큰 소리로"(270쪽) 울다 숨이 멎는 것을 목격했을 때, 남자는 매미를 집어 삼킨다. 다소 기이하지만 남자의 행동에 어떤 불쾌보다도 안쓰러운 감정이 먼저 드는 건, 매미를 먹은 이후 "두 팔을 펼쳐서 날아보려는 듯이 흔들다가 곧바로 내려뜨"(271쪽)리는 날갯짓 때문이었을 것이다. 날아가보려 하지만 날 수 없는 날갯짓, 다시 자신의 가게로 돌아가 기다림을 해야 하는 날갯짓은 더욱이 서글프다. 배 속에서 울려퍼지는 매미의 "길고 긴 여음"(같은 쪽)을 들으며 남자는 자신과 매미의 비수기를 외롭게 견뎌낸다.

주어진 많은 문제들을 스스로 해결하면서 시대가 요구하는 것들에 발맞춰 가야 하는 이들은 자신의 정체성에 대해 돌아볼 여유가 전혀 없다. 정체성은커녕 자신의 꿈에서 점점 멀어지고, "좋아하는 것"(238쪽)이 무엇인지도 까맣게 잊을 만큼 일상에 치여 산다. 그렇기에 보다 명확히 자신의 정체성을 알고 행동하는 이들은 〈젊은 근희의 행진〉에서의 근희와 같이 그저 '관종'으로 취급받을 뿐이다. 자신이 외계인이라 주장하는 〈현서의 그림자〉의 현서도 크게 다르지 않다. 대학에서 심리학을 전공했다는 이유로 숙모의 부탁을 받아 망상증을 앓고 있는 사촌동생 현서를 상담하게 된 '나'는 삼촌이 시작한 외계인 추적을 현서가 계승했음을 알게 된다. 그런데 외계인을 찾아 나서는 "삼촌의 소망을 계승하는 것과 현서가 현재 겪고 있는 망상증", 즉 자신이 외계인이라고 주장하는 데에는 "교차점이 없는 것처럼 보"(286쪽)인다. 그러나 이어지는 현서의 이야기 속에서 그녀는 자신이 외계인인 까닭을 밝힌다. 그건 바로 "인간의 그림자는 검은색이지만 외계인의 그림자는 무지개색"(288~289쪽)이며 이에 따라 현서의 그림자 역시 무지개색이기에 외계인이라는 것이었다. 헤어지기 전, "아빠가 그토록 찾아다녔던 게…… 나였어"(293쪽)라는 현서의 말은 슬픔을 가득 머금고 있다. 삼촌은 정말로 외계인을 찾아다녔던 걸까? 삼촌이 찾고 있었던 건 어쩌면 나와는 다른 외계 생명체가 아니라, 나와 같은, 자신을 이해해줄 수 있는 사람을 찾아 다녔던 게 아닐까. 그렇다면 외계인의 그림자가 무지개색이라는 것 또한 남들과는 다르게 별나다는 의미일지도 모르겠다. 소설의 끝에 이르러서야 "삼촌의 소망을 계승" 했다는 현서의 말은 이러한 이해로 인해 조금은 다른 의미로 다가온다. 단순히 UFO나 외계인을 만나고 싶은 것이 아니라 자신의 말을 믿고, 이해해줄 수 있는 사람을 만난다면 현서는 삼촌의 소망을, 그리고 자신의 소망을 겹으로 이루게 될 것이었다. 그러니 "저 아래 건물 어딘가에 숨어서 우리를 쏘아 맞히려고 하는 사람들"(293쪽)이 있더라도 무너지기를, "굳게 믿어 의심치 않는 자신의 정체성을"(292쪽)을 버리지 않기를, 그녀의 그림자를 보며, 바라본다.

시대의 초상—우리의 얼굴

열 편의 소설을 경유해 다시금 확인한 바, 이서수의 소설은 과연 핍진하다. 그러나 소설이 사실적이라고 해서 곧장 훌륭한 작품으로 연결되지는 않는다. 그럼에도 이서수의 소설에 자신 있게 일독을 권할 수 있는 까닭은 이 소설들이 단순히 시대만을 논하는 것이 아닌, '우리'를 이야기하고 있기 때문일 것이다. 이서수의 소설을 읽을수록, 그리고 소설에 대해 말할수록 지울 수 없던 생각은 인물들이 꼭 다른 이름을 한 나의 얼굴이며, 나의 가까이에 있는 이들의 얼굴처럼 느껴진다는 것이다. 이것이 가장 치열하게 이 시대를 살아가는 우리의 얼굴이라면, 시대의 초상이라 말해도 좋지 않을까. 시대의 초상을 그리는 이서수의 소설은 우리와 함께 간다. 관찰하고 기록하는 것에서 그치지 않고, "나의 동생, 많은 관심 부탁드립니다" 인사하고 위로를 건네면서. 이 시대를 살아간다는 건 여전히 쉽지 않은 일이지만, 동시대의 한국문학에서 이서수의 작품을 만날 수 있다는 사실만큼은 무엇보다도 기쁘다.

1. 5년의 공백기

2014년부터 2022년까지 발표한 단편들이 모여 책이 되었다. 등단 후 꽤 오랜 기간 청탁이 없었는데, 그때 장편소설 공모전을 준비하며 많은 실패를 경험했다. 휴지통으로 사라진 원고만 5천 매가 거뜬히 넘을 것이다. 덕분에 이젠 장편 작업의 심리적 부담감이 단편에 비해 그리 크지 않게 되었다. 발표 지면을 정리하면서 2019년 아래에 2014년이 나란히 붙어 있는 것을 보고 기분이 묘했다. 마음 같아선 그사이에 블랙홀을 그려넣고 싶지만…… 그 시기를 지나 보내고 소설집을 낸 것이 기적 같다.

2. 옛 단편 이야기

소설을 쓰기 전엔 이런 이야기를 써야지, 하고 마음먹지만 막상 완성해놓고 보면 앞으로 한 걸음 더 나아가 있을 때가 많고, 시간이 한참 흐른 뒤에야 나에게 어떤 의미를 가진 소설이었는지 깨달을 때도 있다. 내겐 등단작이 그렇다. 〈구제, 빈티지 혹은 구원〉을 쓴 10여 년 전에 나는 나의 젊음과 부모님의 젊음이 다를 수도 있겠다는 생각을 처음으로 했다. 부모님의 젊음을 떠올릴 때마다 마음이 먹먹해졌고, 나의 젊음을 떠올릴 때면 어딘가로 도망치고만 싶었다. 지금은 나이를 떠나 생애를 관통하는 젊음이 있다는 생각이 든다.

〈현서의 그림자〉는 발표했을 당시엔 사촌 형제의 이야기였다. 초고에선 자매였던 이들이 퇴고 과정에서 형제로 바뀌었으나, 이번에 원래대로 돌려놓았다. 나는 내가 외계인일지도 모른다는 공상을 자주 한다. 생득적으로 지니게 된 것이더라도 아무런 의심 없이 받아들이는 게 어렵기 때문이다. 내가 속하고 싶은 범주가 없다면 새로운 범주를 만들면 된다는 생각으로 살아가는 동안 외계인이 된 기분이 든 적도 많았다. 어쨌든 나는 여전히 지구에 살고 있지만.

〈그는 매미를 먹었다〉를 쓸 땐 실제로 손님이 없는 가게를 지켰다. 이 소설은 나의 한 시절을 그대로 옮겨놓은 것이나 다를 바가 없어서 읽을 때마다 마음이 무겁지만, 결코 잊지 못할 시절이기에 소설로 남겨놓은 것이 다행스럽다. 가끔은 다시 가게를 열고 싶은 생각이 드는 걸 보면 아직 혼쭐이 덜 난 것 같다.

3. 단 한 명의 독자를 위해

소설을 쓰지 않을 때의 나는 답답한 현실과 불명확한 자아 때문에 자주 고민에 빠지지만, 소설을 쓰고 있을 때의 나는 이야기를 통해 제법 명확한 메시지를 얻는다. 지금 내가 할 수 있는 최선의 일은 소설 쓰기라는 것이다.

그러나 내가 발신한 이야기를 수신할 독자가 없다면, 내 소설은 마음속을 떠도는 종이 뭉치로 남아 있다가 아무도 모르게 소각될 것이다. 책으로 만들어지면 독자가 적어도 한 명은 존재할 테니, 그것만으로도 소설을 계속 쓸 수 있는 힘이 생길 것 같다. 이후의 일들은 신의 영역으로 밀어두고 짐짓 모른 척하며 소설을 오래오래 쓰고 싶다.

4. Thanks to

긴 기간 동안 발표한 단편들을 한 편의 글로 엮는 어려운 작업을 해주신 소유정 평론가님께 감사드린다. 추천사를 써주신

강화길 작가님께도 감사드린다. 손 닿는 곳에 작가님의 소설을 놓아두고 틈틈이 읽고 있었기에 기쁨이 더욱 컸다. 두 편의 장편소설에 이어 소설집에 이르기까지 세 권의 책을 함께 만드는 동안 깊은 신뢰감을 느끼게 해주었던 김서해 편집자님께도 마음속 온기와 정을 삭삭 긁어모아 전해드리고 싶다.

5. 행진합시다

'젊은 근희의 행진'이라는 제목을 처음 지었을 때 '행진'이라는 단어에 무척 끌렸다. 이제까지 살아오며 말할 일이 거의 없었던 단어를 이 책의 출간과 함께 마음 깊이 새기게 된 것이 무엇보다 기쁘다. 우리 모두의 행진이 길이길이 이어지길 소망한다.

2023년 여름을 앞두고,

이서수

수록 작품 발표 지면

젊은 근희의 행진

1판 1쇄 발행 2023년 5월 30일
1판 2쇄 발행 2023년 6월 16일

지은이 · 이서수
펴낸이 · 주연선

㈜은행나무
04035 서울특별시 마포구 양화로11길 54
전화 · 02)3143-0651~3 ｜ 팩스 · 02)3143-0654
신고번호 · 제 1997—000168호(1997. 12. 12)
www.ehbook.co.kr
ehbook@ehbook.co.kr

ISBN 979-11-6737-307-6 (03810)